REINHARD ROHN

Der glückliche Tote

Buch

Eigentlich hat der Kölner Hauptkommisar Matthias Brasch an diesem Freitagabend ein Rendezvous mit seiner verflossenen Liebe Leonie. Doch während er im vereinbarten Restaurant noch auf sie wartet, erhält er einen Anruf seiner Kollegin Pia: Im Domhotel ist die Leiche eines Mannes entdeckt worden, der kurz zuvor durch einen Genickschuss in seinem Badezimmer ermordet wurde. Bei dem Opfer handelt es sich um R. A. Kröber, einen weltberühmten Schriftsteller auf dem Gipfel seiner Popularität.

Als Brasch die Ermittlungen aufnimmt, stellt er schnell fest, dass in der Familie Kröber nicht alles zum Besten steht: Der Sohn Tom ist ein erfolgloser und willensschwacher Mann, der den Vorstellungen seines Vaters nie gerecht werden konnte und ihn stets abgelehnt hat. Kröbers erste Ehe ging unter dramatischen Umständen in die Brüche, und seine zweite Frau Madeleine erweist sich als eine undurchschaubare Person, die Brasch einige Rätsel aufgibt.

Da kommt dem Kommissar eine Zeugenaussage des Zimmermädchens Theresa zur Hilfe, die zur Tatzeit eine blonde junge Frau in der Nähe von Kröbers Zimmer beobachtet hat. Doch während Brasch dieser Spur noch nachgeht, verschwindet Theresa. Was es damit auf sich hat, findet Brasch durch einen überraschenden Zufall heraus – einen Zufall, der ihn allerdings fast das Leben kostet …

Autor

Reinhard Rohn, in Osnabrück geboren und als Verlagsleiter in Berlin tätig, legt mit »Der glückliche Tote« sein fünftes Buch vor. Wie bereits in seinen vorherigen Kriminalromanen, die ebenfalls bei Goldmann erschienen sind, dient ihm seine Heimatstadt Köln als Kulisse.

Außerdem von Reinhard Rohn lieferbar:

Rote Frauen. Roman (44558)
Leere Spiegel. Roman (44816)
Von sanfter Hand. Roman (44817)
Das Winterkind. Roman (45485)

Reinhard Rohn

Der glückliche Tote

Roman

GOLDMANN

Originalausgabe

Umwelthinweis:
Alle bedruckten Materialien dieses Taschenbuches
sind chlorfrei und umweltschonend.

1. Auflage

Dieses Werk wurde vermittelt durch die Literarische Agentur
Thomas Schlück GmbH, 30827 Garbsen
Umschlaggestaltung: Design Team München
Umschlagfoto: Getty images/Cotier
Satz: deutsch-türkischer fotosatz, Berlin
Druck: GGP Media, Pößneck
Verlagsnummer: 45238
CN · Herstellung: Sebastian Strohmaier
Made in Germany
ISBN 3-442-45238-4
www.goldmann-verlag.de

Handlung und Personen in diesem Roman sind frei erfunden. Auch bei der Ausgestaltung einiger Schauplätze, die real existieren, habe ich mir einige kleinere Freiheiten erlaubt.

PROLOG

Ich bin ein glücklicher Mensch, dachte er, ich werde bald sterben.

Er stand vor dem Spiegel und blickte sich in die Augen. Die tiefe Ruhe, die er bei diesem Gedanken empfand, gefiel ihm und überraschte ihn nicht mehr. Er war müde, zum Sterben müde. Vielleicht würde er mit der richtigen Therapie noch ein paar Monate leben können, aber das wollte er gar nicht. Sein Leben war zu Ende, nun galt es nur noch, ein paar Dinge richtig zu stellen.

In den letzten Tagen, seit sein Entschluss feststand, hatte er sogar eine heitere Stille gespürt. Er hatte in seinem Stuhl gesessen und der Stille gelauscht, als wäre diese Stille Musik, eine Musik, die er noch nie zuvor gehört hatte, und keine Worte waren wirklich zu ihm gedrungen.

Alles lag für einen festlichen Abend bereit, sein Anzug, seine Krawatte, die Bücher. Seit er von seinem Tod wusste, erlebte er seine Tage vollkommen anders. Er hatte beschlossen, sich keine Heimlichkeiten mehr zu erlauben; mit sämtlichen Lügen würde er aufräumen. Er war nie der gewesen, für den ihn jedermann gehalten hatte. Der frühe, unverdiente Erfolg hatte ihn zum Schreiben angetrieben. Er war kein großer Schriftsteller, sondern jemand, der sich immer vor Buchstaben auf weißem Papier gefürchtet hatte, wie große, unzusammenhängende Zeichen waren sie ihm oft erschienen, Zeichen, die gar keine Bedeutung hatten. Manchmal war er, um sich abzulenken, zu schönen, schweigsamen Huren gegangen, oder er hatte sich eine Hotelbar gesucht und sich gepflegt betrunken, und eine Zeit lang hatte er sogar eine winzige, geheime Dachwohnung in der Altstadt besessen, die er nie bewohnte, in der er lediglich eine Stunde am Tag verbrachte, die heilige Zeit zwischen vierzehn und fünfzehn Uhr. Er hatte sich ausgezogen, hatte sich nackt auf das Bett gelegt und Musik gehört, Opern von Wagner zumeist, die er in seinem Haus nicht hören durfte, und sich ausgeruht, fernab von aller Welt. Dabei war er nie unvorsichtig geworden und hatte immer der Versuchung widerstanden, länger zu bleiben oder die Wohnung auch über Nacht zu nutzen. So hatte niemand je von seinem Versteck erfahren.

Er stellte sich die Gesichter seiner Zuhörer vor, wenn er ihnen von seinen triumphalen Lügen erzählte. Von seinem ersten Buch, wie er das Manuskript in einem Karton mit alten Schallplatten und Schulheften gefunden und es als sein eigenes ausgegeben hatte, ohne zu ahnen, welche Wendung sein Leben dadurch nehmen würde. Nie hätte er vermutet, dass er mit diesem gestohlenen Manuskript zu einem Bestsellerautor avancieren würde. Das Leben hatte es gut mit ihm gemeint, und nun würde er einiges zurückzahlen, weil der Tod keine Lügen duldete. Er war kein gläubiger Mann, erwartete nicht, dass sich ein Himmelstor golden vor ihm öffnen würde, und doch musste man auf der Hut sein. Es starb sich besser mit einem reinen Gewissen – er hatte Fehler gemacht, aber er hatte immerhin keinen Mord begangen oder jemanden ins Grab gestoßen.

Langsam band er sich die Krawatte um und lächelte in den Spiegel hinein; er war kein guter Lächler; meistens sah es zu künstlich und gequält aus, doch plötzlich, in dieser Sekunde, gefiel ihm sein Lachen. Er hatte gelernt zu lächeln; er hatte vieles gelernt, besonders in den glücklichen letzten

Jahren, und vielleicht wusste er nun auch, wie man mit Würde starb, ohne eine Klage auf den Lippen.

Er blickte auf seine Uhr, in einer Stunde würde alles ans Licht kommen. Er würde die Lügen abstreifen und wiedergeboren werden – wiedergeboren, um dann in Frieden zu sterben.

Als es an der Tür klopfte, registrierte er es nicht sofort. Lass es klopfen, dachte er, diese letzten Momente deines verlogenen Lebens gehören nur dir. Doch dann pochte es erneut, und jemand rief mit drängender Stimme seinen Namen. Wer wusste, dass er hier war und sich auf seinen letzten großen Auftritt vorbereitete?

Er lächelte sich noch einmal im Spiegel an. Zum ersten Mal in seinem über siebzigjährigen Leben kam ihm sein Spiegelbild nicht fremd vor. Nein, er hatte nichts mehr zu verlieren; er würde sich vor niemandem mehr verstecken und die Tür öffnen, selbst wenn da der Tod leibhaftig mit seiner Sense vor ihm stehen würde.

ERSTER TEIL

1

Brasch sah sie lächeln. Sie saß ihm schräg gegenüber an einem schmalen Tisch und schaute ihn über ein Buch hinweg an. Er wusste zuerst nicht, ob das Lächelm ihm galt oder ob sie sich über etwas in ihrem Buch amüsiert hatte, doch dann traf ihn ihr Blick, und er verstand, dass sie ihn meinte. Hatte sie ihn schon lange beobachtet, wie er unruhig wartend dasaß? Sie war blond, ihr Haar war so modisch geschnitten, dass ihr immer zwei lange Strähnen ins Gesicht fielen, die sie dann mit einer anmutigen Handbewegung zurückschob. Besonders auffällig waren ihre Augen. Sie waren hellblau, wie das Meer bei strahlendem Sonnenschein oder wie zwei kostbare Diamanten. Vielleicht aber trug sie auch teure Kontaktlinsen. So ein Blau gab es eigentlich gar nicht wirklich, jedenfalls nicht im Gesicht einer Frau.

Außer ihm war sie der einzige Gast im Restaurant, der allein an seinem Tisch saß, aber sie schien sich nicht unwohl zu fühlen, tat auch nicht so, als würde sie auf jemanden warten, wie er es schon oft bei Frauen beobachtet hatte, die allein in einem Lokal oder in einem Kino saßen und denen ihre Einsamkeit so peinlich war, dass sie in jeder Sekunde glaubten, sie verbergen zu müssen.

Als ihn ihr klarer, blauer Blick erneut traf, lächelte Brasch zurück. Er spürte selbst, wie unsicher und zaghaft sein Lächeln wirken musste. Wollte die Frau mit ihm flirten? Wollte sie, dass er seinen Cappuccino nahm und sich zu einer charmanten Plauderei an ihren Tisch setzte? Sie legte ihr

Buch beiseite und rührte nachdenklich in ihrem Kaffee. Vor ihr lagen eine Schachtel Zigaretten und ein größerer Notizblock, auf dem sie aber noch nichts notiert hatte.

Brasch schaute auf die Uhr. Es war zwanzig vor acht. Die meisten Tische waren schon besetzt. Für seinen Geschmack war das Restaurant ein wenig zu vornehm und gediegen. Vielleicht hatte Leonie das »Lorenzo« ausgesucht, weil sie hier noch nie gewesen waren. Seit acht Wochen hatte er sie nicht gesehen. Brasch wollte noch immer, dass sie zu ihm zurückkehrte, dass alles so wurde wie früher, aber insgeheim wusste er auch, dass dieser dumpfe Wunsch nicht in Erfüllung gehen würde. Zwei unglückliche Telefonate hatten sie geführt; Leonie war einsilbig gewesen und hatte seine Fragen nach dem, was sie machte, wie sie sich fühlte, nur äußerst unwillig beantwortet. Sie tat nicht viel, war immer noch damit beschäftigt, ihr neues Haus einzurichten, und genoss die Sommerferien, die vor einer Woche begonnen hatten. »Niemand macht mir Vorschriften«, hatte sie am Telefon erklärt, beinahe vorwurfsvoll, als hätte er ihr immer gesagt, was sie tun sollte. Erst von Hedwig, Leonies Schwester, hatte er erfahren, dass sie sich einen Hund angeschafft hatte. Vielleicht war sie einsam und fürchtete sich nachts allein.

Manchmal, aus heiterem Himmel, wenn er morgens allein Kaffee trank oder im Wagen saß, spürte er, dass er noch immer wütend auf sie war; sein Zorn war nicht verflogen, trotz vieler Worte nicht. Warum saß sie in ihrem neuen Haus und er in ihrem alten, das er sich bald nicht mehr würde leisten können?

Die Frau vom Nebentisch schaute ihn wieder an und lächelte. Diesmal lag eine eindeutige Aufforderung in ihrem Lächeln. Als sein Handy klingelte, war Brasch sicher, dass Leonie am Apparat sein würde. Sie kam wieder zu spät und würde ihm ein paar phantasievolle Entschuldigungen präsentieren.

»Hallo«, sagte Pia mit forschender Stimme, als müsste sie erkunden, ob ihr Anruf ungelegen kam. »Ich hoffe, ich störe dich nicht.«

Pia Krull gehörte zu Braschs Kommissariat. In den letzten Wochen war sie ihm wegen ihrer kühlen, unaufdringlichen Art die liebste Kollegin gewesen. Von ihr hatte er auch nie einen dummen Vorschlag gehört, wie er Leonie zurückgewinnen konnte.

»Es gibt Arbeit.« Sie wartete gar nicht darauf, dass Brasch etwas entgegnete. »Im Domhotel ist vor fünfzehn Minuten eine Leiche gefunden worden. R. A. Kröber, der berühmte Schriftsteller, ist tot. Genickschuss. Sieht beinahe wie eine Hinrichtung aus.«

Während er Pia noch zuhörte, erhob Brasch sich schon und legte einen Geldschein auf den Tisch, um seinen Cappuccino zu bezahlen.

»Ich bin in zwei Minuten da«, sagte er und unterbrach die Verbindung.

Als er zur Tür ging, spürte er, dass die blonde Frau ihm mit den Augen folgte. Er schob sein Telefon in die Jacke und drehte sich noch einmal um. Sie schaute ihn an und nickte ihm zu. Wie ein Versprechen war dieser Blick. Wir werden uns wiedersehen, sagte er, und bis dahin wirst du mich nicht vergessen. Brasch hatte plötzlich das Gefühl, dass die Frau keine Deutsche war; vielleicht war sie eine hübsche Amerikanerin auf der Durchreise und spielte ein kleines Verwirrspiel mit ihm.

Er schob die elegante Glastür auf und eilte zum Dom hinauf. Leonie würde ihm Vorwürfe machen, keine Frage. Nichts hasste sie mehr, als versetzt zu werden. Seine Arbeit war der eigentliche Grund, warum sie nicht mehr zusammen waren. Zu spät fiel ihm ein, dass er wenigstens eine Nachricht für sie hätte hinterlassen sollen.

Ein Taxi rauschte an ihm vorbei, in dem er Leonies Silhouette zu erkennen glaubte. Er hob die Hand, doch der Wagen fuhr mit unverminderter Geschwindigkeit weiter. Wahrscheinlich hatte er sich getäuscht. Warum sollte Leonie auch mit einem Taxi vorfahren? Brasch würde einen Kollegen vom Streifendienst bitten, in dem Restaurant Bescheid zu sagen, oder er würde Leonie voller Reue eine Entschuldigung auf ihren Anrufbeantworter sprechen.

Majestätisch reckte sich der Dom in den tiefblauen Himmel, als gehörte diese Sphäre ganz allein ihm; in dieser Höhe hatte sonst niemand etwas zu suchen. Keine andere Kirche, die Brasch kannte, strahlte eine solche Ruhe und Erhabenheit aus. Niemand, nicht eine Million Touristen, die um die halbe Welt nach Köln reisten, um einen Blick in den Dom zu werfen, konnte seiner Würde etwas anhaben. Einmal, ein paar Tage, nachdem Leonie ihn verlassen hatte, war Brasch sogar auf die Idee gekommen, sich abends einschließen zu lassen und die ganze Nacht in der Kathedrale zu verbringen. Wie musste es sein, nur mit einigen Kerzen allein in der weiten, heiligen Dunkelheit zu sitzen? Aber wahrscheinlich passte der Wachdienst genau auf, dass sich niemand im Dom versteckte.

Das Domhotel lag direkt gegenüber. Ein paar Skater glitten vorbei, die Hunde von zwei Punkern stritten sich um einen Plastikball, und auf einem Springbrunnen saß ein Liebespaar reglos im letzten Sonnenlicht. Ein idyllisches Bild an einem ruhigen Freitagabend, nur im Hintergrund, vor dem Eingang zum Hotel, standen zwei Streifenwagen mit eingeschaltetem Blaulicht.

Brasch ärgerte sich über die Nachlässigkeit der Kollegen. Ein eingeschaltetes Blaulicht zog immer die Aufmerksamkeit von neugierigen Passanten auf sich, was die Ermittlung selten beförderte. Keiner der beiden Wagen war abgeschlossen. Brasch beugte sich in den ersten hinein, um das Blaulicht abzustellen. Ein Buch lag auf dem Beifahrersitz. Offensichtlich waren die Kollegen auf einen geruhsamen Abend vorbereitet gewesen. *R. A. Kröber, Asiatisches Gold* stand in breiten gelben Lettern auf dem Umschlag. Brasch kannte den Roman nicht; wenn er ehrlich war, hatte er auch den Namen R. A. Kröber noch nie gehört, aber den Umschlag kannte er. Die blonde Frau im Restaurant hatte ebenfalls in diesem Buch gelesen.

In der düsteren Hotellobby deutete nichts darauf hin, dass etwas Ungewöhnliches vorgefallen war. Zwei Männer mit schweren Koffern standen vor der Rezeption und füllten einen Anmeldebogen aus. Der Portier, ein älterer, grauhaariger Mann im vornehmen Livree, blickte Brasch freundlich entgegen. Erst als er seinen Ausweis zückte, verschwand seine Freundlichkeit.

»Dritte Etage, das Zimmer am Ende des Flurs«, erklärte er mit rheinischem Zungenschlag und machte ein bekümmertes Gesicht, als müsste er eine ganz eigene Art von Trauer zeigen. »Wir wären Ihnen sehr verbunden, wenn Sie möglichst wenig Aufhebens machen würden.«

Brasch nickte. Dann fuhr er mit dem Fahrstuhl hinauf.

Das Domhotel galt in Köln immer noch als eine gute Adresse, auch wenn es längst nicht mehr zu den modernsten Häusern am Platz zählte. Die Gänge waren dunkel und sehr schmal. Zwei Polizisten in Uniform hatten sich neben dem Fahrstuhl postiert. Sie grüßten Brasch mit ernstem Gesicht, als er an ihnen vorbei zum Ende des Flurs schritt.

Brasch sah die Spuren des Wassers, noch bevor er das Zimmer betreten hatte. Der Teppich hatte sich dunkel verfärbt, feuchte Fußabdrücke waren über den ganzen Raum verteilt. Müller, der Polizeifotograf, stand mitten im Zimmer und schien wahllos Fotos zu schießen. Als er Brasch bemerkte, setzte er die Kamera ab. »Ein Fest für die Spurensicherung«, sagte er ohne jede Regung. »Die Badewanne ist übergelaufen. Nebenan hat es noch schlimmer ausgesehen.«

Durch die geöffnete Tür sah Brasch, dass im Bad zwei Männer damit beschäftigt waren, mit weißen Tüchern, die sie dann in Plastikbeutel fallen ließen, den Boden aufzuwischen. Geschickt bewegten sie sich in ihren weißen Gummischuhen in dem engen Bad. Entweder war das Wasser von selbst abgelaufen, oder sie hatten schon ganze Arbeit geleistet. Die Leiche war noch nicht abtransportiert.

»Fingerabdrücke werden wir hier kaum finden«, erklärte der jüngere der beiden ohne jede Aufregung. »Ich vermute, dass hier mindestens eine halbe Stunde das Wasser gelaufen ist.«

Der Tote lag zusammengekrümmt vor der Badewanne, als wäre ihm kalt, als hätte er sich zum Sterben mitten in der Antarktis auf eine Eisscholle gelegt. Nur die starren, geöffneten Augen passten nicht ins Bild. Größere Blutspuren waren nicht mehr auszumachen. R. A. Kröber war ganz in Schwarz gekleidet; Jackett, Hose, Hemd, alles war vollkommen durchnässt und sah aus, als hätte er es in einem teuren Designerladen gekauft, um gleich in die Oper oder zu einem festlichen Empfang zu gehen. Unter seinem rechten Schuh klebte noch ein Preisschild. 230 Euro – nicht schlecht.

Als Brasch sich wieder umwandte, stand Pia Krull neben ihm. »Wir sind seit fünfzehn Minuten hier«, sagte sie. »Mehler spricht mit der Ehefrau des Toten. Sie hat ihn gefunden. Außerdem überprüfen wir gerade, wer sich auf der Etage in seinem Zimmer befindet und etwas gehört haben könnte. Die meisten Gäste scheinen aber ausgeflogen zu sein.«

Brasch schaute sich im Zimmer um. Es war klein und

wies außer zwei altmodischen Sesseln das übliche Mobiliar auf: ein Doppelbett, ein Kleiderschrank mit Spiegel und ein schmaler Tisch, auf dem ein Fernsehgerät stand. Unbewohnt sah der Raum aus. Nirgendwo ein Koffer, ein abgelegtes Kleidungsstück oder ein anderer Gegenstand, der dem Toten gehören konnte. Mit einer Ausnahme: Neben dem Fernsehgerät lagen mindestens drei Dutzend Bücher *Asiatisches Gold.*

»Seit wann hat Kröber hier gewohnt?«, fragte Brasch.

Pia sah ihn an und furchte die Stirn, als hätte er ihr eine besonders schwierige Frage gestellt. »Gar nicht«, sagte sie dann. »Er wohnt nicht im Hotel. Er hatte dieses Zimmer nur für den Abend gemietet. Das war gewissermaßen eine Tradition. Er wohnt in Rodenkirchen, aber immer, bevor sein neues Buch vorgestellt wurde, ging er ins Domhotel, um Journalisten zu treffen. Dann zog er sich für ein, zwei Stunden auf genau dieses Zimmer zurück, signierte Bücher und ruhte sich für den Abend aus.«

»Er hat also hier im Hotel Gäste empfangen.«

Pia nickte. Sie hielt ein schmales, blaues Notizbuch in der Hand. »Er hat mit drei Journalisten gesprochen. Außerdem hat er seinen Verleger und seinen Agenten getroffen.« Sie bemerkte Braschs ratlosen Blick. »Kröbers Frau hat es mir erklärt. Manche Autoren haben heutzutage einen Berater, der Verträge für sie abschließt und alle Abrechnungen überprüft. Diese Leute nennen sich Literaturagenten.«

Brasch ging aus dem Zimmer. Für einen Moment überlegte er, Leonie anzurufen. Wenn er nicht so dumm gewesen wäre, sein Telefon angeschaltet zu lassen, hätten sie vielleicht die Chance auf einen versöhnlichen Abend gehabt. Doch eigentlich wusste Brasch gar nicht, wie er sich eine Versöhnung vorstellen sollte. Viel zu schweigsam und abweisend war Leonie in der letzten Zeit gewesen.

»Mehler spricht im Zimmer des Direktors mit Kröbers Frau. Sie hat bisher ziemlich gefasst reagiert. Der Verleger und der Literaturagent warten in der Bar. Außerdem versuchen wir die beiden Journalisten ausfindig zu machen, die heute Nachmittag im Hotel waren.« Pia griff sich durch ihr kurzes blondes Haar. Sie lächelte verlegen, als sie Braschs müden Blick bemerkte. Wahrscheinlich wusste sie genau, dass sie ihm ein Rendezvous mit Leonie vermasselt hatte.

Sie fuhren mit dem Fahrstuhl wieder hinunter.

»Von der Tatwaffe fehlt wohl jede Spur«, sagte Brasch.

»Wir werden uns jeden Winkel des Hotels vornehmen. Zwanzig Leute sind angefordert und werden in ein paar Minuten hier sein. Nur Leute in Zivil, das habe ich der Direktion versprochen.«

Im Spiegel an der hinteren Wand des Fahrstuhls glaubte Brasch zu sehen, dass sein Haar an den Seiten einen grauen Schatten aufwies, der vor ein paar Tagen noch nicht da gewesen war. Auch bei Leonie war ihm neulich eine graue Strähne aufgefallen. Anscheinend hatte es sie nun erwischt. Als Mittdreißiger kamen sie allmählich in das graue Lebensalter.

Brasch begegnete Pias Blick im Spiegel. »Kanntest du Kröber?«, fragte er. »Hast du schon einmal einen Roman von ihm gelesen?«

»Als ich noch auf der Schule war, habe ich seine Bücher verschlungen. Er schreibt eigentlich immer dasselbe. Agentengeschichten mit einem Helden, der am Ende natürlich die schönste Frau abkriegt. Ziemlich altmodische Männerphantasien, wenn du mich fragst, aber so etwas mögen viele von euch ja immer noch. Dann hat Kröber sich scheiden lassen und war eine Zeit lang eine richtige Berühmtheit. Jeden Tag stand etwas über ihn in der Zeitung. In den letzten Jahren ist es ruhiger um ihn geworden. Ehrlich gesagt, dachte ich, er wäre schon längst tot.«

Pia stieg aus und führte Brasch an der Rezeption vorbei in das Büro des Direktors. Es lag hinter einer dicken, schallisolierten Tür, wie man sie noch aus alten Filmen kannte. Brasch erblickte einen antiken, wuchtigen Schreibtisch, hinter dem niemand saß, dann fiel sein Blick auf zwei schwarze Ledersessel, zwischen denen ein filigraner Glastisch stand. Er zögerte. Seinem Kollegen Mehler gegenüber, mit dem er seit vier Jahren zusammenarbeitete, saß eine Frau, die wie ein exotischer Filmstar aussah.

Frank Mehler sprang auf und gab Brasch förmlich die Hand, was er sonst niemals tat, dann wandte er sich wieder der Frau zu.

»Frau Kröber«, sagte er, »das ist Hauptkommissar Brasch. Er wird die Ermittlungen leiten.«

Die Frau nickte Brasch zu, ohne sich zu erheben. Sie hatte lange schwarze Haare, einen dunklen Teint und war höchstens dreißig Jahre alt, vielleicht sogar noch jünger. Sie war Asiatin. Thailänderin oder Inderin, schätzte Brasch. In ihrem schlichten weißen Kleid, das wahrscheinlich sündhaft teuer war, hätte sie neben dem ganz in Schwarz gekleideten Kröber eine exzellente Figur abgegeben. Der alte reiche Schriftsteller und seine schöne Muse.

»Nennen Sie mich Madeleine«, sagte die Frau mit sanfter, geflüsterter Stimme, ohne jeden Akzent. »Wenn jemand mich als Frau Kröber anspricht, fühle ich mich gleich zwanzig Jahre älter. Außerdem wäre ich nur Frau Kröber Nummer zwei, wie Sie sicher wissen.« Sie lächelte. Auch ihre Zähne funkelten in perfektem Weiß.

Brasch zog sich vom Schreibtisch einen Stuhl heran und setzte sich, während Pia sich neben der Tür postierte und in ihrem winzigen Notizblock blätterte. Ein kleiner Recorder auf dem Tisch lief leise surrend mit.

Mehler schaute Brasch an. »Frau Kröber sollte ihren Mann

gegen Viertel nach sieben hier im Hotel abholen. So war es verabredet. Sie wollten dann zusammen zum Neumarkt in die Mayersche Buchhandlung gehen. Dort sollte um acht Uhr vor Publikum die Buchpremiere von Kröbers neuem Roman stattfinden. Frau Kröber hat in der Lobby gewartet. Als ihr Mann nicht herunterkam, hat sie den Portier anrufen lassen. Das war genau um neunzehn Uhr achtzehn. Schließlich, weil niemand sich meldete, ist Frau Kröber selbst hinaufgegangen. Sie hat das Wasser gesehen, das unter der Tür hervordrang, und das Zimmer sofort öffnen lassen.«

Madeleine Kröber saß da und blickte an ihnen vorbei in ein fernes Nirgendwo, wie jemand, der die Sprache, die da gerade gesprochen wurde, nicht verstand. Brasch fiel auf, wie seltsam sie atmete, ganz flach und schnell, aber vielleicht gehörte diese Art zu atmen zu einer fernöstlichen Meditation, um eine gewisse Aufregung in den Griff zu bekommen. Noch etwas fiel ihm auf: ein breites Pflaster, das über den Rücken ihrer rechten Hand lief.

»Madeleine«, sagte Brasch. Anders als Mehler hatte er keine Schwierigkeiten, sie so anzusprechen. »Wie lange sind Sie schon verheiratet?«

»Drei Jahre«, erwiderte sie. »Im August wären es vier geworden.« Sie griff zu der Zigarettenpackung, die vor ihr lag, und steckte sich eine Zigarette an, die fünfte. Im Aschenbecher befanden sich bereits vier Zigaretten, die sie nur halb geraucht hatte.

»Wie lange haben Sie sich in dem Hotelzimmer aufgehalten? Haben Sie von dort aus die Polizei verständigt?«

Madeleine schüttelte den Kopf. Zum ersten Mal schaute sie Brasch offen an. Ihre Pupillen wirkten geweitet und zitterten ein wenig. Also schien ihr die Aufregung doch etwas auszumachen.

»Ich habe genug Bücher meines Mannes gelesen. Daher

weiß ich, dass man am Tatort nichts verändern darf. Mehr als dreißig Sekunden bin ich gewiss nicht im Zimmer gewesen, und die Polizei hat der Portier angerufen.«

»Haben Sie das Wasser abgestellt?«

»Nein, das hat auch der Portier gemacht. Ich habe nur einen kurzen Blick in das Bad geworfen, und dann ist mir schlecht geworden.« Sie schluckte und wandte ihr Gesicht ab. Im Profil sah sie noch schöner aus; wie eine Frau, die nur dazu da war, in teuren Cafés zu sitzen und sich fotografieren zu lassen. »Als ich das Wasser unter der Tür sah, habe ich gewusst, dass etwas nicht stimmte. Ich habe gedacht, R. A. habe einen Herzinfarkt erlitten …«

Plötzlich klingelte ein Telefon. Zielsicher zog Madeleine einen winzigen Apparat aus einer schwarzen Handtasche neben sich. Sie warf einen flüchtigen Blick auf das Display und schaltete das Gerät dann aus.

»Erwartet Sie jemand?«, fragte Brasch.

Madeleine atmete tief ein. »Mein Bruder … Er sitzt in unserem Haus und macht sich Sorgen. Er weiß noch nicht genau, was passiert ist.«

»Wenn Sie gestatten, wird meine Kollegin Sie gleich nach Hause fahren und sich ein wenig umsehen. Briefe, Dokumente, Unterlagen, alles, mit dem sich Ihr Mann in der letzten Zeit beschäftigt hat, interessiert uns und kann bei der Polizeiarbeit weiterhelfen.« Brasch hatte das Gefühl, dass Madeleine Kröber ihn zwar ansah, aber mit ihren Gedanken weit entfernt in einer ganz anderen Welt weilte. Eine bestimmte Frage schien sie zu bedrängen, die mit ihren Ermittlungen nichts zu tun hatte. »Gibt es jemanden, der mit Ihrem Mann Streit gehabt hatte? Jemanden, der auch vor Gewalt nicht zurückschrecken würde.«

Bekümmert schüttelte Madeleine wieder den Kopf. Mit der verletzten Hand rieb sie sich über die Augen. »Es gibt niemanden auf der Welt, der R. A. nicht mochte«, sagte sie. »Mit einer Ausnahme. Seine erste Frau, die er verlassen hat, um mich zu heiraten. Aber sie ist alt und verbittert.«

2

Nachdem Pia das Hotel mit Madeleine Kröber verlassen hatte, gönnte sich Brasch fünf Minuten Stille. Er setzte sich in die Lobby und schloss für ein paar Momente die Augen, um nach den richtigen Worten zu suchen, die er Leonie auf ihren Anrufbeantworter sprechen konnte. Aber wie schon früher so häufig fiel ihm nicht die richtige Entschuldigung ein. Wahrscheinlich war es ohnehin zu spät. Leonie hätte sich nur mit ihm versöhnt, wenn er endlich seinen Beruf an den Nagel gehängt hätte. Nach einer Fehlgeburt hatte sie ihn von einem Tag auf den anderen verlassen, weil er nicht bei ihr gewesen war, die Tragödie nicht einmal bemerkt hatte. Wochenlang hatte er damals an einem rätselhaften Parkhausmord gearbeitet.

Als zwei Männer den Sarg mit dem toten Kröber vorbeitrugen, öffnete Brasch seine Augen wieder und ging in die Bar hinüber. Die Atmosphäre im Hotel hatte sich vollkommen verwandelt. Dreizehn Beamte waren eingetroffen, die Mehler eingeteilt hatte, um das Personal sowie die anwesenden Gäste zu befragen. Es war unwahrscheinlich, dass der Täter sich noch im Haus aufhielt, doch musste er jemandem begegnet sein. Kröbers Terminplan war recht eng gewesen. Viel Zeit hatte der Täter nicht gehabt, ihn in seinem Zimmer anzutreffen.

Die Bar war fast leer. An einem Tisch saßen drei Geschäftsleute, die sich ihre gute Laune offensichtlich auch durch einen Mord nicht verderben ließen. Ein junges Paar hatte sich in die dunkelste Ecke gedrückt, um sich ungestört unterhalten zu können. Zwei Männer lehnten schweigend an der Bar, vor sich ein Getränk, das selbst aus der Entfernung hochprozentig aussah. Sie schienen zusammenzugehören, aber nicht gerade die besten Freunde zu sein.

Mehler hatte ihn vorbereitet. Der ältere der beiden, ein untersetzter Mann in einem grauen, schlecht sitzenden Anzug, hieß Böhler und war Kröbers Verleger. Der andere musste Marchow sein, der Literaturagent. Er war mindestens dreißig Jahre jünger, bestenfalls Anfang dreißig, und hatte sich den Kopf vollkommen kahl geschoren, was sein Gesicht seltsam kindlich und altklug wirken ließ. Nicht ein winziges Härchen war auf seinem Schädel auszumachen.

Brasch stellte sich vor, was aber lediglich Marchow aus seinem Schweigen erlöste.

»Wir sind alle fassungslos«, erklärte er, ohne genau zu sagen, wen er mit »wir« meinte. »War das ein Verrückter? Oder hat jemandem Kröbers letztes Buch nicht gefallen?« Wie ein Süchtiger zog Marchow an einem Zigarillo.

Brasch schaute Böhler an. »Worum ging es in Kröbers letztem Roman?«

Doch statt auf seine Frage zu antworten, schüttelte der alte Verleger traurig den Kopf. »Ich habe seinen ersten Roman herausgebracht. Es hat Zeiten gegeben, da waren wir wie Brüder. Jede neue Idee hat er mit mir durchgesprochen. Damals brauchte er noch keine Agenten und Vermögensberater.«

Marchow blies den Rauch seines Zigarillos in Böhlers Richtung, als wollte er ihn mit dieser Unhöflichkeit zum Schweigen bringen. »Kröber war vielleicht kein großer Stilist, aber er hat in seinen Büchern immer heiße Eisen angepackt. Die Story war ihm wichtig. Wenn die Story ihn nicht selbst fesselte, hat er sie sofort in den Papierkorb geworfen.«

»Was wissen Sie schon von R. A.?«, fragte Böhler. Er war einen halben Kopf kleiner als Marchow, hatte die Figur eines alt gewordenen Boxers und schaute verächtlich zu dem Literaturagenten auf.

Marchow überhörte die Frage. »Kommissar«, sagte er zu Brasch, als würde er eine wichtige Mitteilung machen, »Kröber hat über alle Top-Themen geschrieben: Korruption, Spionage, Abtreibung, Parteienskandale. Er war ein großartiger Rechercheur. Sein letztes Buch spielt zu einem gewichtigen Teil in Asien. Es geht um eine neue Art von Mafia, die in Europa einen schwunghaften Handel mit Kopien von Markenartikeln betreibt.«

»Und Sie glauben, Kröbers Buch könnte diese Mafia auf den Plan gerufen haben?«

Marchow drückte sein Zigarillo aus. »Den Schlitzaugen ist alles zuzutrauen. Ich komme aus Berlin. Da geht es nicht so friedlich zu wie hier. Da tragen die Vietnamesen mitten auf der Straße ihre Streitigkeiten aus. Ein Menschenleben zählt bei ihnen nicht viel.«

»Sie reden Unsinn, Marchow, totalen Unsinn.« Böhler kippte seinen Drink hinunter. Dann winkte er den Barkeeper heran und ließ sich das Glas noch einmal füllen. »Es ist vollkommen klar, dass nicht irgendein Vietnamese oder Koreaner hier hereinspaziert ist und R. A. erschossen hat.«

Eigentlich hätte Brasch mit beiden Männern einzeln sprechen müssen, aber ihn reizte es zu sehen, wohin ihre offenkundige Abneigung sie noch trieb.

»Wer hätte dann ein Motiv gehabt?«, fragte Brasch. »Wem nützt Kröbers Tod?«

Marchow rieb sich über seinen kahlen Schädel. Irgendwie schien ihn Böhlers Angriff doch eingeschüchtert zu haben, oder er hatte plötzlich das Interesse an ihrem Gespräch verloren.

»Mir«, sagte Böhler plötzlich, er klang rau und heiser. »Mir nützt sein Tod. Wissen Sie, was mir gerade passiert ist? Eine halbe Stunde, nachdem Kröber tot ist, hat mich mein Vertriebsleiter angerufen und gefragt, ob wir nicht sofort nachdrucken sollten. Morgen wird alle Welt nach Kröbers letztem Roman schreien. ›Asiatisches Gold‹ wird sein größter Bestseller werden. Ich habe eine viertel Million für das Buch bezahlt, viel zu viel eigentlich, doch nun werde ich ein Vermögen damit machen.«

Marchow stieß ein kurzes, hohles Lachen aus, während der alte Verleger wieder an seinem Drink nippte. Böhler sah eindeutig nicht glücklich aus, als wäre der Reichtum, der ihm nun drohte, etwas, dem er gerne aus dem Weg gegangen wäre.

»Wie lange kennen Sie R. A. Kröber schon?«, fragte Brasch, ohne sich präzise an einen der Männer zu wenden.

»Seit ungefähr vier Jahren«, erwiderte Marchow leise. Wie eine Art Geständnis klang seine zaghafte Antwort.

Böhler schaute Brasch müde an. »Ich habe seinen ersten Roman herausgebracht. Im Jahr 1959 habe ich R. A. entdeckt und ihn von der ›Rundschau‹ weggeholt. Er war damals ein schlecht bezahlter Lokalredakteur, der für andere die Drecksarbeiten erledigen musste. Ich habe als Erster erkannt, dass er viel mehr konnte. Er war ein Trüffelschwein. Er hat gute Geschichten viel früher gewittert als jeder andere.«

»Dann waren Sie seitdem sein Verleger?« Brasch bemerkte, dass es Marchow nicht gefiel, wie sehr sich das Gespräch in Böhlers Richtung verlagerte. Es wurde an der Zeit, ihre Unterredung zu dritt abzubrechen.

»Ja«, erwiderte Böhler und schüttelte den Kopf. »Das heißt, bis vor fünf Jahren. Da haben wir uns getrennt. Wegen ein paar lächerlichen Meinungsverschiedenheiten.«

Wieder stieß Marchow ein hohles Lachen aus. »›Lächerliche Meinungsverschiedenheiten‹ ist eine ziemlich kunstvolle Untertreibung«, sagte er ganz beiläufig vor sich hin, als enthielte sein Satz kein gefährliches Gift. »Sie haben ihn vernichten wollen, Ihren eigenen Autor. So etwas hat es noch nie gegeben.«

Wenn man beide Männer gewähren ließe, dachte Brasch, dann würden sie gleich ihre Jacken ausziehen und sich prügeln. Mit einem Ergebnis, das allerdings ziemlich vorhersehbar war, obwohl Böhler sich gewiss nicht so leicht geschlagen geben würde. Genau so hatte er sich Menschen, die mit Büchern zu tun haben, nicht vorgestellt.

Böhler setzte zu einer Antwort an, die gewiss eindeutig ausgefallen wäre, aber dann hielt er inne und starrte stumm zum Eingang der Bar hinüber.

Brasch wandte den Kopf. Eine Frau stand da, hinter die sich Mehler ins Bild schob. Die Frau machte einen zaghaften, verwirrten Schritt nach vorne, als wüsste sie nicht ganz, ob sie die richtige Richtung eingeschlagen hatte. Sie mochte um die siebzig sein und gehörte nicht zu den Gästen, die sich für gewöhnlich in einer Hotelbar aufhielten.

»Anna!«, rief Böhler aus und eilte an Brasch vorbei auf die Frau zu. »Was tust du hier? Ich habe dir doch gesagt, dass du besser nicht kommen solltest …« Er umarmte die alte Dame, die noch kleiner war als er, und wiegte sie wie ein Kind, dem jede Art von Trost gut tat.

Mehler blickte über die beiden hinweg und machte eine Geste, dass er die Frau nicht hatte zurückhalten können. Brasch begriff nun endlich, wer sie war. Anna Kröber hatte das Hotel betreten, in dem jemand vor einer guten Stunde ihren Ex-Mann ermordet hatte. Alt und verbittert, wie ihre junge Nachfolgerin sie genannt hatte, sah sie nicht aus, als sie sich aus Böhlers Umarmung löste, eher auf sanfte Weise neugierig, wie eine Schauspielerin, die in ihren Filmen immer die verständnisvolle, gutmütige Großmutter spielen musste. Von der tiefen Trauer, in der Böhler sie offenbar wähnte, war in ihrem Gesicht nichts zu lesen.

Ein wahres Erdbeben musste sich in Kröbers Leben ereignet haben, dass er eine so komplette Wandlung vollzogen hatte: von einer Frau, die ihn an Jahren wahrscheinlich noch übertraf, hin zu einer exotischen Schönheit, die jedes Cover eines Hochglanzmagazins schmücken konnte.

Brasch winkte die alte Dame zu sich. Sie lächelte ihn an und reichte ihm eine blasse, knochige Hand. »Hat es den alten Dreckskerl endlich erwischt«, sagte sie mit verschwörerischer Flüsterstimme. »Eigentlich hätte ich das schon vor ein paar Jahren selbst erledigen wollen, aber da hat mir irgendwie der Mut gefehlt.« Noch nie hatte sich jemand Brasch mit einer solchen Freude als Hauptverdächtige präsentiert.

Das Haus lag im vornehmen Stadtteil Marienburg, am Ende einer Sackgasse. Auch in der zunehmenden Dunkelheit konnte Brasch erkennen, dass es ein altes, stattliches Gemäuer war, an dem sich zumindest an der Seite zur Straße Efeu bis zum Dach emporrankte.

»Wohnen Sie hier allein?«, fragte Brasch.

Anna Kröber schaute ihn unwillig an, während sie die schwere Eingangstür aufschloss. »Ich habe eine Putzfrau, die dreimal in der Woche kommt, und manchmal besucht mich mein Sohn.« Viel Gesellschaft schien sie nicht zu haben.

Brasch folgte ihr in das schweigsame Haus. Sein Blick fiel zuerst auf eine Bauerntruhe, auf der ein Anrufbeantworter stand und blinkte. Anna Kröber beachtete den Apparat nicht. Sie entledigte sich ihres dünnen Sommermantels und ging in die Küche vor. Die Einrichtung in der geräumigen Diele zeugte von Geschmack und einer Vorliebe für dunkle, antike Eichenmöbel. Allein der schwere Spiegelschrank neben der Eingangstür musste ein Vermögen gekostet haben.

In der Küche, die ebenfalls ganz aus dunklem Holz bestand, ließ Anna Kröber Wasser in einen Kessel rauschen. Auf der Fahrt hatte sie sich eigentümlich still verhalten; vielleicht hatte sie sich für die Befragung wappnen wollen, die ihr bevorstand. Brasch hatte ihr im Auto nur eine einfache Frage gestellt: »Haben Sie eine Ahnung, wer Ihren Ex-Mann umgebracht haben könnte?«

»Nein«, hatte sie geantwortet, nun viel einsilbiger und abweisender, »außer mir fällt mir niemand ein, aber wer weiß, wie viele Feinde R. A. sich in den letzten Jahren gemacht hat.«

Brasch trat ans Fenster und blickte in den weitläufigen Garten hinaus. Er hatte Mehler im Hotel zurückgelassen und ihn gebeten, sich Böhler und Marchow einzeln vorzunehmen; er selbst war neugierig, warum sich Anna Kröber so eindeutig über den Mord geäußert hatte. Dunkelheit hatte sich über den Garten gesenkt. Man konnte noch ein Stück Rasen und ein paar Blumenbeete erkennen, aber der Rest des Grundstücks verlor sich in undurchdringlichen Schatten.

»Dort drüben, hinter den Bäumen, liegt Kölns wichtigster Verlag«, erklärte Anna Kröber. »R. A. hat immer davon geträumt, dort zu veröffentlichen, er hat sogar einmal selbst ein Manuskript bei der Empfangsdame abgegeben, aber er war dem Verleger nicht fein genug. Mit einem billigen Vordruck haben sie ihm seinen Roman nach einem halben Jahr zurückgeschickt. Den Roman hat er dann auch nie veröffentlichen lassen; ich werde ihn nächstes Jahr selbst herausbringen.« Sie seufzte. Brasch sah ihr ernstes Gesicht im

Fenster. »Diese Ablehnung hat ihn besonders gekränkt. Vielleicht war das sein größter Fehler; er war nie zufrieden; er wollte immer der sein, der er nicht war.«

Brasch drehte sich um. Anna Kröber hatte zwei Teetassen und eine Dose mit Würfelzucker auf den Tisch gestellt und schob nun eine Schale mit Keksen zurecht. Sie lächelte ihn auffordernd an, wieder ganz die freundliche Großmutter.

»Wie lange waren Sie verheiratet?«, fragte Brasch, während er sich setzte.

»Dreiundvierzig Jahre«, erwiderte sie. »Eines Tages, als es mir zu viel wurde, habe ich ihn vor die Tür gesetzt, habe eigenhändig zwei Koffer für ihn gepackt und sie ihm auf die Straße geworfen. Da konnten alle Nachbarn staunen.«

»Dann haben Sie sich von ihm getrennt?«

Anna Kröber nahm die Kanne und schenkte Brasch und sich ein. Offenbar nahm sie stillschweigend an, dass er auch Tee trank oder zumindest aus Höflichkeit nicht ablehnen würde.

»Ich hatte herausbekommen, dass er zu dieser braunäugigen Schlange ging und sich sogar in irgendwelchen Nachtclubs mit ihr sehen ließ. Da musste er sich entscheiden, und als er das nicht konnte oder wollte, habe ich ihm auf die Sprünge geholfen.«

»Woher wussten Sie, dass Ihr Mann eine Freundin hatte?« Brasch probierte den Tee, der aromatisch nach Wildkräutern schmeckte. Er begann sich zu entspannen, als wäre er lediglich zu einem netten Plauderstündchen hierher gekommen.

»Böhler hat es mir gesagt«, antwortete Anna Kröber. »Er war immer ein guter, ehrlicher Freund.«

So sah also eines der lächerlichen Missverständnisse aus, die der alte Verleger mit Kröber gehabt hatte. Er hatte seinen Autor auffliegen lassen, hatte seinen Betrug publik gemacht. Und er war es auch, der Anna Kröber vom Tod ihres Ex-Mannes unterrichtet hatte.

»Dann ist Ihr Mann zu seiner Freundin gezogen und hat sich von Ihnen scheiden lassen«, fuhr Brasch mit der Geschichte fort, die ihm allzu bekannt vorkam. Wie oft las man in der Zeitung, dass sich reiche, erfolgreiche Männer in einem bestimmten Alter jüngeren Frauen zuwandten; als wäre eine neue Liebe eine Art Jungbrunnen, in den sie bloß zu steigen brauchten, um sich ein Stück ihres längst vergangenen Lebens zurückzuholen.

»So ungefähr«, erwiderte Anna Kröber mit nüchterner Stimme. »Aber vorher habe ich versucht, ihn zu ruinieren. Fast wäre es mir auch gelungen.« Sie lächelte geheimnisvoll. »Immerhin war er nach der Scheidung ziemlich pleite. Das Haus musste er mir auch überlassen.«

Einen Racheengel stellte man sich gemeinhin anders vor, nicht als eine zarte, grauhaarige Frau. Trotzdem war hinter all ihrem freundlichen, kultivierten Gehabe eine stählerne Härte zu spüren.

»Es war aber nicht meine Schuld, dass es eine schmutzige Scheidung wurde.« Langsam, als suche sie Wort für Wort zusammen, sprach Anna Kröber weiter. »Plötzlich schien sich die ganze Welt für R. A. zu interessieren. Reporter lauerten vor dem Haus, liefen mir nach, wenn ich einkaufen ging, und fragten mich nach der braunäugigen Schlange aus. Wissen Sie, dass dieses Weib fast vierzig Jahre jünger ist als er? Kann eine so junge Frau ehrlichen Herzens einen Mann wie R. A. lieben, dessen Lungen kaputt sind und der abends so geschwollene Beine hat, dass er kaum noch laufen kann?« Sie schaute Brasch entrüstet an, als erwartete sie tatsächlich eine Antwort von ihm. »Ich war nach der Scheidung so wütend, dass ich mir sogar eine Pistole besorgt habe. Ohne Waffenschein, wie ich gestehen muss.«

Brasch hörte zu, ohne einen Recorder laufen zu lassen. Er verstand ihr Spiel nicht ganz. Tat sie alles, um verdächtig zu erscheinen? Oder legte sie einfach ihre Karten auf den Tisch, weil er das, was sie ihm zu sagen hatte, ohnehin bald herausfinden würde?

»Haben Sie die Pistole noch?«, fragte er.

Sie nickte. »Nebenan im Wohnzimmer. In einer Schublade. Ich habe sie in ein Album mit Fotos von R. A. gelegt.« Plötzlich stockte sie, und zum ersten Mal entdeckte Brasch einen Hauch von Trauer in ihrem Gesicht; als würde sie allmählich begreifen, dass genau das, was sie sich immer vorgestellt hatte, nun wirklich geschehen war. Ihr geschiedener Mann war tot, lag irgendwo in einem Leichenschauhaus oder schon auf dem Seziertisch eines eifrigen Pathologen.

»Hatten Sie noch Kontakt zu Kröber?«, fragte Brasch weiter. »Wann haben Sie ihn zum letzten Mal gesehen?«

Anna Kröber schaute zum Fenster und starrte hinaus, als wäre da nicht nur Dunkelheit, sondern als würden irgendwo zwischen den Bäumen Geister vorüberziehen. »Vorgestern«, sagte sie leise. »Wir haben uns die Hand geschüttelt und sogar umarmt. Er hat nach dem Rasierwasser gerochen, das ich ihm früher immer mitgebracht habe.«

Brasch glaubte ein stilles Funkeln in ihren Augen zu sehen. So sprach niemand, der seinen Ex-Mann einfach so erschießen würde. »Sind Sie sich zufällig über den Weg gelaufen?«

»Mein Sohn feierte seinen vierzigsten Geburtstag. Ich wusste nicht, dass R. A. auch kommen würde. Er hat sich davongeschlichen. Sonst passt die braunäugige Schlange immer auf, dass er mich nicht trifft.« Anna Kröber schaute Brasch wieder ernst an. Der eine träumerische Moment der Erinnerung war vorüber. »R. A. war sehr euphorisch, weil sein Buch erschienen war. Endlich hatte er wieder etwas geschrieben, das ein großer Erfolg werden würde. Seine zwei letzten Bücher, die er nach der Scheidung verfasst hatte, waren ziemliche Reinfälle gewesen. Eigentlich hatten alle gedacht, seine Zeit sei endgültig vorbei und niemand wolle seine Geschichten mehr lesen. Aber das stimmt natürlich nicht. Ich bin sicher, noch in hundert Jahren wird man seine Romane verschlingen.«

»Haben Sie noch Dinge im Haus, die uns weiterhelfen könnten? Dokumente? Briefe? Bei unseren Ermittlungen müssen wir uns zunächst auf den persönlichen Hintergrund Ihres Mannes konzentrieren.« Brasch bemerkte, dass er »Mann« und nicht »Ex-Mann« gesagt hatte.

Anna Kröber zögerte einen Moment, dann nickte sie und erhob sich. Sie gingen in die erste Etage hinauf. Im Halbdunkel erkannte Brasch nicht sofort, dass die Fotografien in der Diele, die in eleganten Metallrahmen steckten, alle R. A. Kröber zeigten. Es handelte sich um eine Art Prominentengalerie. R. A. Kröber hatte im Laufe seines Lebens eine Menge sehr berühmter Leute getroffen. Brasch meinte im Vorübergehen Franz Beckenbauer, Udo Jürgens, Heinrich Böll und Sophia Loren zu erkennen. Sogar eine Audienz beim Papst hatte Kröber erhalten. Auf den meisten Fotos machte er einen devoten, unsicheren Eindruck; ein zu klein geratener Mann, der unter die großen Geister gefallen war und sich unwohl fühlte. Auf einem Bild war im Hintergrund auch sein Verleger Böhler zu sehen, nie aber seine Frau. Wahrscheinlich stammten die Fotos von ihr.

»R. A. hätte der erfolgreichste deutsche Schriftsteller aller Zeiten werden können«, sagte Anna Kröber, als sie Braschs interessierten Blick bemerkte. »So wie in Frankreich Georges Simenon, eine richtige Institution, zu der die Leser und Journalisten kommen wie zu einer Pilgerstätte, aber dazu hätte er den Leuten mehr von sich verraten und auf Partys und Opernbälle gehen müssen.«

War Georges Simenon nicht ein Sexbesessener gewesen, ein Mann, der jeden Tag mindestens eine Frau haben musste?, fiel Brasch ein. Leonie hatte einige seiner Romane um den Kommissar Maigret gelesen.

Anna Kröber öffnete eine dunkle Holztür und ließ Brasch eintreten. »Das war sein Heiligtum. Früher durfte ich nur meinen Fuß in das Zimmer setzen, um ihm Kaffee und Zigaretten zu bringen. Und ich durfte kein Geräusch verursachen, kein Wort sagen, um mich bemerkbar zu machen. Nicht einmal ein leises Räuspern war erlaubt. Wenn man ihn beim Schreiben störte, konnte er sehr ungehalten werden. Er war ein Schreiber, den die kleinste Störung aus dem Gleichgewicht bringen konnte, aber seine Kritiker haben nie erkannt, dass er eigentlich ein Genie war.«

Zuerst schlug Brasch ein dumpfer, muffiger Geruch entgegen, der ihn an das Haus seiner Eltern in der Eifel erinnerte: schlecht gelüftete Räume, durchgelaufene Schuhe und eine Elektroheizung, die immer falsch eingestellt war. Dann hörte er das verzweifelte Summen einer Fliege, die gegen eine Fensterscheibe flog. Kröber hatte sich ein geräumiges Arbeitszimmer gestattet, das sehr ordentlich wirkte, aber auch so, als würde sein Bewohner im nächsten Augenblick zurückkehren und seine unterbrochene Arbeit wieder aufnehmen. Vor einem großen, zweiflügeligen Fenster stand ein gelbes Sofa, daneben, an die Wand gerückt, ein Tisch aus schlichtem Holz mit einer altmodischen mechanischen Schreibmaschine. Über dem Tisch hing, nur mit ein paar Stecknadeln befestigt, ein Bild von einer wilden Gebirgslandschaft, die an Kanada erinnerte.

»Hier, auf dieser alten Olympia hat er geschrieben«, sagte Anna Kröber mit routinierter Stimme. Vermutlich hatte sie diese Art Führung schon oftmals abgehalten. »Beinahe jeden Tag hat er ein neues Foto an die Wand geheftet. Er wollte nicht aus dem Fenster schauen, sondern jeden Tag etwas anderes sehen. Meistens hat er Bilder aus Kanada und den Rocky Mountains aufgehängt. Solche Landschaften haben ihn besonders inspiriert, obwohl sie in seinen Büchern überhaupt nicht vorkommen.«

Neben der Schreibmaschine stand ein Aschenbecher, der sogar benutzt aussah, und ein Stoß Papier. Ein paar Seiten waren beschrieben, wie Brasch beim flüchtigen Blättern erkannte.

»Hat Ihr Mann all diese Dinge nicht mitnehmen wollen?«, fragte er.

Anna Kröber fing mit einer geschickten Bewegung die verzweifelte Fliege ein, öffnete kurz das Fenster und ließ sie ins Freie. »Nein, nicht einmal sein letztes, angefangenes Manuskript hat ihn noch interessiert. Wahrscheinlich hat er sich einen supermodernen Computer gekauft, als er zu der braunäugigen Schlange gezogen ist. War ohnehin dumm und sentimental, noch mit einer alten, mechanischen Schreibmaschine zu arbeiten.«

Die Längsseite neben dem Schreibtisch wurde von Regalen eingenommen. Kröber hatte sich für die unterschiedlichsten Dinge interessiert. Brasch entdeckte kaum Romane, sondern Lexika, Geschichtsbücher, Bücher über Autos und über Waffen. Anscheinend hatte Kröber einiges für Faustfeuerwaffen und Panzerschlachten des Zweiten Weltkriegs übrig gehabt.

»Sein Vater ist im Krieg gefallen«, erklärte Anna Kröber beiläufig. »Eigentlich hat er nur geschrieben, um seinen Vater zu beeindrucken. Posthum, sozusagen. Und später ist auch noch sein älterer Bruder umgekommen. Motorradunfall.«

Auf der anderen Seite des Zimmers standen ein alter, abgewetzter Ledersessel mit Leselampe und ein großer Vitrinenschrank, der vollkommen neu aussah, als wäre er erst vor ein paar Tagen aufgestellt worden.

»Hier«, sagte Anna Kröber mit lebhafterer Stimme, »bewahre ich alle seine Manuskripte auf. Manche Romane gibt es in unterschiedlichen Versionen, einige nur auf dünnem Durchschlagpapier. Bis in die siebziger Jahre konnte man ja noch nichts kopieren.«

»Wie viele Manuskripte besitzen Sie?«, fragte Brasch, obschon es ihn eigentlich nicht interessierte, aber Anna Kröbers Haltung, wie sie an dem Vitrinenschrank entlangstrich, schien diese Frage herauszufordern.

»Ich habe sie alle, bis auf eine kleine Geschichte aus dem Jahre 1963. ›Unsere besten Jahre‹ – der Text ist auf dem Postweg verschollen und nie wieder aufgetaucht. Ansonsten sind auch noch über achthundert Briefe in meinem Besitz, die R. A. Kröber seit 1956 geschrieben hat. Da haben wir uns kennen gelernt.«

Brasch versuchte, eine Tür des Vitrinenschranks zu öffnen, aber wie in einem richtigen Museum war sie verschlossen, und Anna Kröber kam ihm auch nicht mit einem Schlüssel zur Hilfe.

»Eines Tages werde ich all die Manuskripte und Briefe der Universität überlassen, aber vorher werde ich den Nachlass herausgeben: kleinere, unveröffentlichte Erzählungen und eine Auswahl der Briefe. Ich habe schon vor zwei Jahren mit der Durchsicht begonnen. Nun, wo R. A. tot ist, wird mich keiner mehr daran hindern können.«

»Wer hat Sie denn bisher daran gehindert?« Brasch trat zum Fenster und spähte hinaus. Als er sich vorbeugte und die Hände an das Glas legte, meinte er, eine Gestalt im Garten zu erkennen. Ein großer, hagerer Mann mit schulterlangen Haaren stand auf dem Rasen und blickte zum Fenster hinauf. Für einen Einbrecher war er entschieden zu früh dran und auch sehr unvorteilhaft gekleidet. Das weiße T-Shirt, das er trug, leuchtete in der Dunkelheit.

»Alle haben mich gehindert«, sagte Anna Kröber. »R. A., die braunäugige Schlange und vor allem Marchow, der Blutsauger. Dabei gehören die Texte mir. R. A. hat sämtliche Rechte an mich abgetreten.«

Der Mann auf dem Rasen schien sich auszukennen. Er verschwand schnell zwischen zwei Büschen. Selbst wenn Brasch ihm durch das Fenster hätte folgen können, hätte er ihn nicht mehr erwischt.

Brasch drehte sich um. Anna Kröber stand nur einen Schritt hinter ihm. Er konnte ihrem Gesicht nicht ansehen, ob sie den Mann im Garten auch entdeckt hatte.

»Waren Sie heute den ganzen Tag zu Hause?«, fragte er.

Sie lachte kurz auf und schaute ihm zum ersten Mal in die Augen. Ihre Augen waren auch grau und nichts sagend, so wie ihr Haar, ihr Gesicht, ihre ganze Erscheinung. Wahrscheinlich war sie über vierzig Jahre lang die ideale Frau für Kröber gewesen, immer unsichtbar in seinem Rücken, aber mit einer unerbittlichen Energie ausgestattet.

»Fragen Sie also endlich nach meinem Alibi? Meine Putzfrau war bis dreizehn Uhr da, ein gutes russisches Mädchen namens Polina, die sich illegal in unserem wunderschönen Land aufhält und von der ich nur die Handynummer habe. Dann habe ich kurz mit meinem Sohn und später mit meinem Anwalt telefoniert. Außerdem habe ich einen langen Brief an einen Studenten geschrieben, der sich in seiner Examensarbeit mit R. A. beschäftigt.«

Brasch ging an ihr vorbei und verließ das Zimmer. Er würde einen Mann abstellen müssen, um Kröbers Unterlagen und zumindest die jüngeren Briefe zu sichten, auch wenn er bereits wusste, dass es wenig bringen würde.

»Könnte es sein, dass der Tod Ihres Mannes mit seinen

Büchern zu tun hat? Dass er vielleicht bei seinen Recherchen auf Dinge gestoßen ist, die er besser nicht wissen sollte?«

Anna Kröber lachte wieder, doch diesmal klang es beinahe heiter. »Hat Marchow Ihnen diesen Bären aufgebunden? Das Märchen von R. A. Kröber, dem großen Rechercheur, der erst zwei Jahre durch die Weltgeschichte reist, bevor er einen Roman schreibt? Natürlich hat R. A. das eine oder andere Buch gelesen, das er für den Hintergrund seiner Romane brauchte, aber groß zu recherchieren war ihm viel zu langweilig. Ihn hat immer nur seine Geschichte interessiert.«

In der Diele, am Absatz der Treppe, bemerkte Brasch ein Bild, das ihm beim Hinaufgehen noch nicht aufgefallen war. R. A. Kröber in Öl; wie ein Staatsmann wirkte er auf dem Gemälde. Lächelnd, ein aufgeschlagenes Buch in der Hand saß er da und schaute den Betrachter mit strahlend blauen Augen an.

»Eigentlich habe ich ihm das Bild zum siebzigsten Geburtstag schenken wollen«, erklärte Anna Kröber, »aber dann hat er mich nicht einmal eingeladen. Nun, war vielleicht auch besser so.«

Sie bewegte sich ein wenig zu hastig auf die Tür zu, als sei sie froh, Brasch endlich loszuwerden. Aus dem Wohnzimmer war plötzlich das aufdringliche, melodiöse Klingeln eines mobilen Telefons zu hören, auf das sie allerdings nicht reagierte, so, als wäre sie schwerhörig oder als ginge sie dieses penetrante Klingeln nichts an.

»Die Pistole«, sagte Brasch. Er zog seine Visitenkarte hervor, die er ihr hinhielt. »Sie wollten mir noch Ihre Pistole zeigen.«

Er registrierte im Spiegel, der neben der Tür hing, dass Anna Kröber mit ernstem Gesicht nickte. Plötzlich sah man ihr an, dass die letzten drei Stunden sie angestrengt hatten.

Sie ging in das Wohnzimmer, und kaum war sie hinter der Tür verschwunden, hörte das Klingeln abrupt auf, so als hätte sie den Apparat kurzerhand abgeschaltet. Dann, nach ein paar langen Sekunden, die so still und tief waren, als könnte in ihnen etwas Unerwartetes passieren, hörte Brasch ihre dumpfe, aufgeregte Stimme. »Sie ist nicht mehr da«, rief sie. »Die Pistole ist verschwunden.«

3

Es war fast Mitternacht, als Brasch ins Domhotel zurückkehrte. Frank Mehler saß an der Bar, vor sich eine Tasse Kaffee. Er rauchte und machte ein Gesicht, als würde er tief in sich hineinblicken; vielleicht war es aber auch nur die Erschöpfung, die ihn so abwesend wirken ließ.

Brasch bestellte ebenfalls eine Tasse Kaffee. Wenn er überhaupt einen Freund unter seinen Kollegen hatte, dann war es Mehler. Gelegentlich trainierten sie im Keller des Polizeipräsidiums zusammen, boxten ein paar Runden, wobei sich Mehler, der drei Jahre jünger war, immer als der flinkere, geschicktere Kämpfer erwies. Privat trafen sie sich fast nie, doch das hinderte sie nicht daran, im Dienst eine besondere Art der Vertrautheit zu pflegen. Brasch hatte den Verdacht, dass Mehler sich in Pia verliebt hatte; allerdings wusste er nichts Genaues darüber. Mehler war ein Schweiger, aber ein sehr guter Polizist, der jede Spur aufnahm und analysierte und daher selten zu voreiligen Schlüssen neigte.

»Na, hat sie gestanden, ihren Exmann umgebracht zu haben?«, fragte Mehler und nahm einen tiefen Zug seiner filterlosen Zigarette. Es sollte ein harmloser Scherz sein, doch eigentlich sprach mehr Ratlosigkeit aus seinen Worten.

»Vielleicht stammt die Tatwaffe von ihr«, antwortete

Brasch ernst. »Nur ist die leider verschwunden. Sagt sie zumindest.«

Mehler zog die Augenbrauen hoch und trank einen Schluck Kaffee. Für einen Freitagabend war die Bar schlecht besucht. Selbst die üblichen Journalisten waren entweder noch nicht aufgetaucht oder bereits wieder abgezogen, um vor Redaktionsschluss noch ihre Artikel zu schreiben. Zwei ältere Männer saßen an der Bar, und an einem Tisch schien ein Ehepaar eine Art stummen Kampf auszufechten; sie fixierten sich mit düsteren Augen und warteten darauf, dass der andere etwas sagte. Brasch kam dieses Schweigen bekannt vor; das Schweigen nach der Liebe, wenn alles gesagt war und es keine Worte, keine Hoffnung mehr gab. Er hatte Leonie noch immer keine Nachricht hinterlassen, aber wahrscheinlich war es längst zu spät, eine Erklärung für das geplatzte Rendezvous vorzubringen.

»Wir haben ein paar Dinge herausgefunden«, sagte Mehler ohne jeden Enthusiasmus. »Niemand hat etwas gehört, keinen Schuss zumindest. Wahrscheinlich weil der Mörder das Badewasser bereits angestellt hatte, als der Schuss fiel. Kröber hat definitiv nicht baden wollen. Er war bereits fix und fertig angezogen, um zu seiner Buchpräsentation zu gehen.«

»Das heißt, dass er seinen Mörder gekannt haben muss. Niemand lässt einen Fremden im eigenen Badezimmer herumhantieren.«

»Vielleicht.« Mehler bestellte sich einen zweiten Kaffee. »Jedenfalls gibt es im Zimmer keinerlei Spuren eines Kampfes. Möglicherweise wurde Kröber die ganze Zeit mit einer Waffe bedroht, oder aber der Mörder hat sie blitzschnell hervorgezogen und Kröber an den Hals gesetzt, als er sich im Bad frisiert oder die Krawatte gebunden hat. Große

Hoffnungen auf Fingerabdrücke dürfen wir uns im Übrigen auch nicht machen. Alles war mit Wasserdampf überzogen.«

Der Kaffee schmeckte scheußlich; wenn Brasch so weitermachte wie in den letzten Wochen ohne Leonie, dann wäre ein handfestes Magengeschwür nur noch eine Frage der Zeit.

»Was ist mit seinen Besuchern? Wen genau hat Kröber empfangen?«

Mehler nickte. »Kröber hat mit drei Journalisten im Restaurant gesprochen. Die Interviews haben jeweils zwanzig Minuten gedauert und waren um Viertel vor sieben beendet, doch danach hat ihn angeblich noch jemand besucht. Ein Zimmermädchen will eine junge Frau auf dem Gang in der dritten Etage gesehen haben. Morgen früh lassen wir im Präsidium eine Zeichnung anfertigen. Vielleicht bringt uns das weiter.«

Brasch schloss für einen Moment die Augen. Erst da nahm er die sanfte Jazzmusik wahr, die im Hintergrund spielte. Eine Klarinette, dazu ein Bass und ein Schlagzeug, dann reihte sich noch vorsichtig ein Klavier mit ein; wohltuende, unaufdringliche Musik, die dem Tag an seinem Ende eine besondere Bedeutung und Harmonie verlieh, die er bis zu dieser Stunde gar nicht gehabt hatte. Wenn man solch eine Musik hörte, dann konnte man sich gar nicht vorstellen, dass es Schuld gab, dass irgendwo außerhalb des Hotels, vermutlich nur ein paar Kilometer entfernt, ein Mörder durch die Gegend lief. Leonie hatte manchmal auch solche Lieder gespielt, hatte sich an ihr Klavier gesetzt und improvisiert. Ihm tat der Gedanke weh, dass er sie vielleicht nie wieder so sehen würde: ganz in Gedanken über die Tasten gebeugt.

Als Brasch wieder aufschaute, stand der Barkeeper vor

ihm und lächelte. Auch seine Augen lächelten; ein helles Licht funkelte in ihnen. Gütig, dachte Brasch seltsam berührt, weil dieses Wort eigentlich gar nicht zu seinem Vokabular gehörte, gütig sahen diese Augen aus. Der Barkeeper stellte zwei Gläser mit einem orangefarbenen Drink auf den Tresen. »Ein exquisiter Cocktail. Fast ganz ohne Alkohol«, sagte er. »Geht aufs Haus.«

Brasch und Mehler tranken zögernd. Leicht säuerlich schmeckte der Drink, keineswegs nach Orangen, eher nach Zitrone und Grapefruits, die man mit einem Spritzer Likör versüßt hatte.

»Manchmal ist er spätabends hierher gekommen«, sagte der Barkeeper. Seine ruhige, volle Stimme klang viel jünger, als sein von vielen Falten durchzogenes Gesicht aussah. Er hatte schütteres, graues Haar und einen grauen Schnauzbart. Unschwer war zu hören, dass er aus Köln kam und wahrscheinlich die Stadt nie für länger verlassen hatte. Jemand, der in Köln geboren war, hätte wahrscheinlich noch sagen können, aus welchem Stadtteil er stammte.

»Von wem reden Sie? Meinen Sie Kröber?« Mehler reagierte eindeutig schneller als Brasch.

Der Barkeeper nickte, und seine Augen funkelten wieder, als wolle er sein Gegenüber bestärken, ihm noch aufmerksamer zuzuhören. »Er ist immer mit dem Taxi gekommen. Manchmal hat er den Fahrer sogar mit hereingebracht und hat mit ihm zusammen hier an der Bar gesessen. Wir haben über alles Mögliche gesprochen, über Fußball, den 1. FC Köln, er hat sich, wenn er Zeit hatte, jedes Heimspiel angesehen, manchmal auch über Bücher oder Musik. Zuletzt hat er aber meistens über den Tod geredet, seinen eigenen Tod. Manchmal tun das die Leute, wenn sie die halbe Nacht hier sitzen. Sie stellen sich ihren eigenen Tod vor, und ich höre ihnen zu, fast wie ein Pfarrer. Fast alle haben Angst vor ihrem Tod, aber so war Kröber nicht. Er war über die Angst hinaus, oder er hatte nie welche gehabt.«

Brasch atmete tief durch. Der Cocktail tat schon seine belebende Wirkung. »Was hat Kröber über seinen Tod gesagt? Hat er sich bedroht gefühlt? Anonyme Briefe oder telefonische Drohungen erhalten?«

»Keineswegs.« Der Barkeeper hatte sich ebenfalls einen Drink gemixt und nippte daran. Auch wenn er mit Mehler und Brasch sprach, so schien er seine Bar doch immer komplett im Blick zu haben. »Er hat von seinem Körper gesprochen, davon, dass er ihn immer mehr im Stich ließe. Er hatte Herzprobleme, auch seine Lungen arbeiteten nicht mehr richtig. Manchmal war er so kurzatmig, dass er sich nicht rühren und keinen Schritt mehr tun konnte. Ein paar Monate noch, bestenfalls ein Jahr – mehr hat Kröber sich selbst nicht gegeben. Und wie ein Hypochonder hat er nicht gewirkt.«

»Was hat er noch gesagt?«, fragte Brasch. »Hat er von seiner jungen Frau gesprochen?«

Der Barmann lächelte wieder; sein Schnauzbart tanzte über seinen gelblichen Zähnen auf und ab, und um die Augen zog sich ein Gespinst von Falten. Doch seine Antwort fiel verhaltener aus. »Ich weiß nicht recht, ob ich alles sagen darf, was ...«

»Wir können Sie auch ins Präsidium für eine förmliche Aussage vorladen«, fiel Mehler ihm ein wenig zu barsch ins Wort.

Brasch berührte seinen Kollegen besänftigend am Arm. »Wir ermitteln in einem Mordfall. Da geht es besonders darum, den persönlichen Hintergrund des Ermordeten zu erkunden.«

Der Barkeeper nickte und verschwand für einen Moment, um ein Bier zu zapfen und es einem der älteren Männer am anderen Ende der Bar zu servieren. »Ich glaube, er hat sie wirklich geliebt«, sagte er, als er zurückgekehrt war, »das heißt, ihre Jugend gefiel ihm, ihre gelassene Art, die Dinge anzugehen. Bei seiner ersten Frau wäre er kaputtgegangen. Vierzig Jahre lang hat sie ihn dazu angetrieben zu schreiben, jeden Tag mindestens sechs Stunden. Sie war viel ehrgeiziger als er. Einmal, spät in der Nacht, hat er hier gesessen, hat mich angeguckt und gesagt: ›Wissen Sie, wie das ist, wenn man keinen vernünftigen Satz mehr auf das Papier bringt, wenn jeder Satz aussieht, als hätte man ihn schon tausendmal geschrieben?‹ Natürlich konnte ich ihm nicht sagen, wie das ist«, fuhr der Barkeeper lächelnd fort, als hätte er Kröbers Frage tatsächlich ernst genommen. »Vorher hatte hier irgend so ein junger Dichter im Maßanzug an der Theke gesessen und allen erklärt, wie genial er sei und dass ihm die Worte nur so in den Schoß fielen. Da ist der alte Kröber ganz schön wütend geworden, hat innerlich gekocht und noch mehr getrunken als sonst. Es hat ihm gut getan, nicht mehr schreiben zu müssen.«

»Ist er manchmal mit seiner zweiten Frau gekommen?«, fragte Mehler. »Haben Sie gesehen, wie die beiden miteinander umgegangen sind?«

Der Barmann schüttelte gütig den Kopf. »Nein, die Bar war sein Geheimnis. Ich glaube nicht, dass irgendjemand von seinen Besuchen hier gewusst hat.«

»Moment.« Brasch spürte, wie seine Müdigkeit verflog. Entweder hatte der Barmann einen wahren Wunderdrink gemixt, oder der Fall begann erste, genauere Konturen anzunehmen; das Gedankenkarussell kam allmählich in Gang. »Haben Sie gesagt, es hat ihm gut getan, nicht mehr zu schreiben? Aber was ist mit seinem letzten Buch, ›Asiatisches Gold‹, das er heute vorstellen wollte?«

»Nun«, verlegen nahm der Barkeeper ein Handtuch und

begann, an ein paar Gläsern herumzupolieren, »ich habe keine Ahnung von Büchern, und ich habe auch noch nie einen Roman von Kröber gelesen, aber ich glaube nicht, dass auch nur eine Zeile in seinem neuen Buch von ihm stammt. Hier, genau vor mir hat er gesessen und mit mir nach seiner Scheidung darauf angestoßen, dass er nun nie wieder auch nur eine einzige Stunde an seiner Schreibmaschine sitzen würde, egal, wie pleite er auch war.«

Brasch sah Mehler sein Erstaunen an, eine Fähigkeit, die er auch nach über zehn Jahren bei der Kriminalpolizei noch nicht verloren hatte. »Aber wer hat dann Kröbers letzten Roman geschrieben?«, fragte er.

Der Barmann gestattete sich ein heiteres Lachen. »Keine Ahnung«, sagte er und schaute sich in der Bar um, »ich jedenfalls nicht.«

Zwei Männer waren hereingekommen, die Brasch schon mit einem flüchtigen Blick erkannte. John Morgner, der Polizeireporter vom »Express«, und sein Fotograf, den alle nur Leica nannten, weil er mit einer alten Leica arbeitete, schneiten mit großer Geste herein, riefen lautstark nach einem Bier und steuerten einen der Tische in der Nähe der Bar an. Noch hatten sie Brasch nicht bemerkt.

Mehler wandte sich ab. Neugierigen Journalisten ging man zu dieser späten Stunde am besten aus dem Weg.

»Eine Frage noch«, sagte Brasch, bevor auch er in Richtung Ausgang abdrehte. »Wie heißen Sie?«

Der Barkeeper schenkte ihm ein letztes gütiges Lächeln. »Schmitz«, erwiderte er. »Alle nennen mich nur Schmitz. Einen Vornamen habe ich nicht mehr.«

Von der Alten Neusser Landstraße bog Brasch ab und ging auf den Rhein zu. Er konnte nicht schlafen. Zu viele Gedanken trieben ihm durch den Kopf. Was war R. A. Kröber für ein Mensch gewesen? Einerseits der erfolgreiche Bestsellerautor mit einer jungen, exotischen Frau, die wie ein Fotomodell aussah; andererseits ein alter gebrochener Mann, der kaputte Lungen hatte und angeblich keine Zeile mehr zu Papier brachte. Und wer konnte ein Motiv gehabt haben, ihn zu töten? Dieser Frage hatten sie sich überhaupt noch nicht angenähert. Wo war das Motiv? Noch wussten sie zu wenig darüber, wie Kröber in den letzten Jahren gelebt hatte.

Brasch sah den Rhein vor sich, ein silbernes Band, das sich durch die Dunkelheit zog. Anders als Leonie hatte er früher nie zu Träumen geneigt, dachte nie daran, dass es möglich war, ganz einfach, aus einer Laune heraus, ein neues Leben zu führen und am nächsten Tag seine Sachen zu packen, um nach Lappland oder Australien auszuwandern. Aber manchmal in der Nacht, wenn er am Fluss stand, schien ein Flüstern in der Luft zu schweben, das sogar er wahrnahm; alte Wassergeister murmelten vor sich hin, flüsterten von Flucht und Freiheit, oder waren es die eigenen, wirren Gedanken, die in die Dunkelheit hinaustrieben? Brasch ertappte sich dabei, dass er Leonies Nummer in sein Telefon eintippte, was ihm nicht einmal bei totaler Finsternis schwer fiel. Als es dreimal geklingelt hatte, hob sie ab.

»Matthias«, sagte sie und wartete gar nicht ab, dass er sich meldete, »ich weiß, dass du es bist.« Ihre Stimme klang müde, aber nicht weil es ein Uhr in der Nacht war und sie schon tief geschlafen hatte.

»Es ist etwas dazwischen gekommen.« Das Gespräch war schon misslungen, ehe es überhaupt begonnen hatte. »Tut mir Leid. Wir hatten einen Einsatz.«

Leonie seufzte. Er kannte dieses Seufzen und hasste es. Erschöpfung und Resignation sprachen aus diesem Seufzen; so, als lohnte es sich gar nicht mehr, Worte zu verschwenden.

Ein Hund bellte in der Nacht, dann hörte Brasch auf der anderen Seite des Rheins eine Frauenstimme, die das Tier zur Ordnung rief.

»Ich weiß«, sagte Leonie endlich. Ihre Stimme wirkte nun nicht mehr ganz so unversöhnlich. »Ich habe die Nachrichten gehört. R. A. Kröber, der Schriftsteller, ist tot. Vielleicht sollten wir erst wieder eine Verabredung treffen, wenn ihr diesen Fall gelöst habt.« Sie lachte kurz auf, ohne dass dieses Lachen einen Sinn hatte, aber vielleicht war sie nicht allein, vielleicht galt dieses Lachen jemandem, der neben ihr stand oder lag.

»Was tust du?«, fragte Brasch und lauschte angestrengt, ob er irgendwelche Geräusche aus ihrer Wohnung vernahm, einen eingeschalteten Fernseher oder ein Radio vielleicht.

»Ich habe gemalt«, erwiderte Leonie, und es klang, als sagte sie die Wahrheit. »Als ich nach Hause gekommen bin, habe ich mich an die Staffelei gestellt und ein wütendes Bild gemalt. Es ist nicht besonders schön geworden. Willst du wissen, wie das Bild heißt? Es heißt: ›Wütende Frau zersägt Polizisten‹.«

Brasch stellte sich ihren zornigen Mund vor. Stundenlang hatte er nur ihren Mund beobachten und zusehen können, wie ihre rosigen Lippen vor ihren ein wenig zu groß geratenen Zähnen auf und ab glitten und hastig Worte formten. Manchmal, wenn sie aufgeregt war, begann Leonie auch zu lispeln.

»Das Bild würde ich gerne einmal sehen«, sagte Brasch und lächelte leise vor sich hin. Leonies Zorn erschien ihm nun nicht mehr ganz so echt. »Morgen Nachmittag vielleicht?«

»Bestimmt nicht«, sagte Leonie und legte auf.

Als Brasch über die feuchten Wiesen zurück zu seinem

Haus ging, war der Mond aufgezogen und leuchtete die Landschaft aus wie eine große, weite Theaterbühne, auf der gleich ein griechischer Chor aufmarschieren würde. Die wenigen Bäume warfen silberne Schatten, und manchmal sah Brasch die Scheinwerfer von Autos in der Ferne aufblinken. Das Klingeln des Telefons in seiner Tasche überraschte ihn so sehr, dass er zusammenzuckte. Leonie, dachte er dann mit einem Funken Hoffnung, vielleicht war ihr das Ende ihres Gesprächs doch zu unfreundlich vorgekommen.

»Wir haben alles durchsucht«, sagte Mehler und sog dann die Luft ein, als würde er im Büro an seinem Schreibtisch sitzen und genüsslich eine Zigarette rauchen. »Jeden Mülleimer, jeden Wäschekorb. Der Täter muss seine Waffe mitgenommen haben.«

»Schläfst du eigentlich nie?«, fragte Brasch. Er hatte den Feldweg am Ende der Wiese erreicht und lief auf die Neusser Landstraße zu. Seine Hose war klitschnass vom Tau. »Wie soll ich jetzt schlafen können?«, erwiderte Mehler. »Immer wenn ich die Augen schließe, sehe ich diese Leiche vor mir. Ich kann mir das nicht abgewöhnen: diese Abneigung gegen Tote.«

»Wer ist morgen bei der Obduktion dabei?«, erkundigte sich Brasch. Wie ein riesiger, düsterer Fels lag sein Haus auf der anderen Seite der Straße vor ihm. Für einen Moment blitzte zum wiederholten Mal der Gedanke vor ihm auf, wie er ohne Leonie immer noch in diesem Haus leben konnte, warum er noch nicht ausgezogen war. Diese Frage würde ihm allerdings auch bald sein Bankberater stellen, wenn sein Konto weiter ins Minus rutschte.

»Pia«, erwiderte Mehler. »Sie beginnen um neun. Dann werden wir genauer wissen, mit welcher Waffe Kröber erschossen wurde.«

Von Kröbers Exfrau stammte die Waffe, dachte Brasch,

irgendjemand hatte gewusst, dass sie eine Waffe besaß, und hatte sie ihr gestohlen. Irgendjemand? Nein, der Mörder. Nun hatten sie ihre erste richtige Spur.

4

Brasch fuhr die Berrenrather Straße hinauf, dann bog er nach rechts in eine winzige Seitenstraße ab, die noch mit Kopfsteinen gepflastert war. Sülz hieß der Stadtteil, ein altes, vor mehr als hundert Jahren entstandenes Viertel voller Einbahnstraßen, in denen man sich heillos verirren konnte.

Am Morgen, noch vor acht Uhr, hatten sie eine kurze Teambesprechung abgehalten. Sogar Balk, der Polizeipräsident, und Doktor Schroedel, der leitende Staatsanwalt, hatten an der Konferenz teilgenommen, als hätten sie allen zeigen müssen, wie wichtig ihnen dieser Fall war. Kröber hatte zwar keinen Nobelpreis für Literatur erhalten und war auch nie ein Autor gewesen, den das Feuilleton gefeiert hatte, trotzdem war er in der Stadt offenbar einigermaßen prominent gewesen. Ausschnitte aus dem Archiv des Kölner Stadtanzeiger hatten sie schon angefordert. Insgesamt zwölf Kollegen beschäftigten sich mit den Ermittlungen. Pia war anschließend in die Gerichtsmedizin gefahren, und Frank Mehler würde im Präsidium bleiben und die Befragungen koordinieren. Sowohl Böhler, der Verleger, als auch Marchow, der Literaturagent, sowie einige Mitarbeiter aus dem Domhotel sollten noch ihre Aussage machen.

In den engen Gassen einen Parkplatz zu finden erwies sich an einem ruhigen Samstagmorgen als ein unmögliches Unterfangen. Brasch parkte schließlich vor der Feuerwehrzufahrt einer Grundschule. Feuer würde zu dieser Stunde wohl kaum ausbrechen; außerdem hatten die Ferien begonnen. Mitten auf der Straße saß eine schwarze Katze und musterte Brasch mit ihren riesigen gelben Augen. Aus der offenen Tür eines Kiosks klang laute türkische Musik. Brasch klatschte in die Hände, und die schwarze Katze erhob sich und sprang auf eine Backsteinmauer.

Das Haus, vor dem Brasch stehen blieb, war das einzige in der Straße, dem ein neuer Anstrich und ein paar Verschönerungsarbeiten gut getan hätten. Drei Klingelknöpfe gab es an der Tür, doch an keinem hing ein Namensschild. Brasch drückte auf den untersten Knopf und hörte, wie das schmale Haus unter einem dröhnenden Schellen förmlich erzitterte. Trotzdem dauerte es ein paar Sekunden, bis sich hinter der Eingangstür etwas regte.

Der Mann, der ihm öffnete, sah aus, als hätte er vor ein paar Minuten noch selig geschlafen. Er war groß und hager, mit kurzen, wirren Haaren. Eine Zigarette wippte in seinem rechten Mundwinkel auf und ab. Tom Kröber war vor drei Tagen vierzig geworden, aber er hätte auch gut und gerne ein paar Jahre älter sein können, so wettergegerbt und von Falten durchzogen wirkte sein Gesicht, beinahe als würde er nicht mitten in der Stadt wohnen, sondern irgendwo in der Eifel eine Schafherde durch die Gegend treiben.

»Polizei?«, murmelte Kröber junior. »Tut mir Leid. Ich hatte Sie noch nicht so früh erwartet.« Das T-Shirt, das er trug, und die schwarze Stoffhose schien er sich eilig übergestreift zu haben. Nach grenzenloser Trauer sah er auch nicht aus.

»Ich muss Ihnen leider ein paar Fragen stellen«, sagte Brasch. »Zum Mord an Ihrem Vater.«

Der Mann nickte und lief in die Küche voraus, die sich am Ende eines engen Ganges befand. Die Art und Weise, wie Kröber junior sich bewegte, verriet eine aufdringliche

Gleichgültigkeit, als würde er überall auf der Welt so umherschlendern, egal, ob er einen teuren Anzug trug oder eine zerrissene Turnhose. Polizist, ich habe dir nur aus einem Rest von Höflichkeit die Tür geöffnet, verriet jede seiner Bewegungen, nicht, weil ich mich für deine Arbeit interessiere. Brasch kannte diese besonders zur Schau gestellte Gleichgültigkeit noch aus seiner Schulzeit; wenn mittelmäßige Schüler in der Oberstufe ihren Lehrern zeigen wollten, dass sie absolut nichts von ihnen hielten.

»Kaffee?«, fragte Kröber junior und machte sich an seinem Herd zu schaffen. »Ich jedenfalls könnte einen gebrauchen.«

Brasch schaute sich um, bevor er sich auf einen groben Holzstuhl setzte. Die Küche verriet einiges über seinen Bewohner, zum Beispiel, dass keine Frau unter seinem Dach wohnte und er auch keinen Cent für eine Putzfrau ausgab. Überall standen leere Weinflaschen, schmutziges Geschirr stapelte sich im Ausguss, zerlesene Bücher und Zeitungen lagen auf dem Tisch verstreut, und vor dem Fenster stand ein Radio, das aus den fünfziger Jahren stammen musste. An den Wänden hingen Plakate von Kunstausstellungen, die längst Vergangenheit waren. So hatten die Küchen von Wohngemeinschaften vor zwanzig Jahren ausgesehen.

»Wenn Sie gestatten, würde ich unser Gespräch gerne aufnehmen«, sagte Brasch und zog einen kleinen Recorder aus der Tasche. »Sie waren nicht zufällig gestern Abend im Domhotel und haben Ihrem Vater einen Besuch abgestattet?« Er hatte seine Frage sehr leise ausgesprochen, aber sie genau platziert, wie einen Steinwurf, der nicht durch seine Wucht Wirkung erzielte, sondern durch seine Präzision.

Tom Kröber hielt einen Moment inne, dann wandte er sich ungläubig um. Nun hatte Brasch seine ungeteilte Aufmerksamkeit gewonnen. »Sie glauben doch nicht, dass ich meinen Vater getötet habe? Nein, ich bin nicht im Hotel gewesen. Ehrlich gesagt, wusste ich gar nicht, dass mein Vater ein neues Buch geschrieben hat.«

»Sie haben also keinen übermäßig engen Kontakt zu Ihrem Vater gehabt?« Brasch sah, wie Kröber junior den Kopf schüttelte, ohne etwas zu entgegnen. Stattdessen schien er sich vorsichtige, unverfängliche Worte im Kopf zurechtzulegen.

»Nein«, sagte er endlich, während er Wasser in eine Espressomaschine füllte und sie dann auf den Herd stellte. »Wir hatten nicht viel Kontakt. Für meinen Vater habe ich immer alles falsch gemacht, die falschen Freunde, die falschen Frauen und natürlich den falschen Beruf.«

»Gehört Ihnen das Haus oder Ihrem Vater?« Durch die offene Tür, die in den Garten führte, spähte die Katze mit den riesigen gelben Augen herein. Als sie Brasch entdeckte, machte sie provozierend langsam wieder kehrt.

»Mein Vater hat mir hier jeweils das Wohnrecht für ein Jahr eingeräumt«, erklärte Kröber. Er hantierte am Herd und kam dann mit zwei Tassen Kaffee an den Tisch. »Das war auch einer seiner Tricks. Statt mir das Haus zu schenken, so dass ich ihm nur einmal unendlich dankbar sein musste, hat er mir pünktlich in jedem Januar eine Abrechnung über die Nebenkosten geschickt und mein Wohnrecht für das nächste Jahr verlängert. In seinen Augen war ich ein Versager, ein Nichtsnutz.«

Kröber lächelte, während er an seinem Kaffee nippte; er hatte wieder ein Stück seiner Gleichgültigkeit zurückgewonnen, und doch verbarg sich ein tiefer Schmerz hinter seinen Worten.

Viele Söhne hassen ihre Väter, dachte Brasch, besonders wenn ihre Väter Erfolg haben und reich sind und an ihren Sprösslingen kein gutes Haar lassen.

»Aber zu Ihrem vierzigsten Geburtstag ist Ihr Vater gekommen? Haben Sie sich an diesem Tag mit ihm verstanden, oder sind Sie vielleicht zu später Stunde in Streit geraten?« Der Kaffee schmeckte erstaunlich süß, so als hätte Kröber schon Zucker zum Kaffeepulver gegeben.

»Er hat kaum mit mir gesprochen«, erklärte Tom Kröber und nahm zum ersten Mal die Zigarette aus seinem Mundwinkel. »Hat mir einen Briefumschlag mit fünf dicken Scheinen in die Hand gedrückt und dann den halben Abend mit meiner Mutter geredet. Ich glaube, er ist nur gekommen, um sie zu sehen. Sonst hat er sich auch nie groß um meine Geburtstage gekümmert.«

»Und worüber haben sich die beiden unterhalten?«

»Keine Ahnung.« Kröber zuckte die Achseln. »Ich belausche nicht die Gespräche anderer Leute; außerdem hatte ich genug mit meinen übrigen Gästen zu tun.«

Wenn man den jungen Kröber genau ansah, seinen mageren, knochigen Oberkörper, wie er sich ungelenk über seine Kaffeetasse beugte, so musste jedem Betrachter unwillkürlich auffallen, dass er auf eine unnatürliche Art dünn war, so wie ein Drogensüchtiger oder ein Alkoholiker, der sich jahrelang nur flüssiger Nahrung verschrieben hatte. Brasch konnte sich jedenfalls nicht vorstellen, dass Tom Kröber jeden Tag für brave acht Stunden in irgendeinem Büro arbeitete. »Womit verdienen Sie Ihren Lebensunterhalt, Herr Kröber? Haben Sie noch andere Zuwendungen von Ihrem Vater erhalten?«

Tom Kröber drückte seine filterlose Zigarette aus und zündete sich sogleich eine neue an. »Ich bin Künstler, aber mitunter laufen die Geschäfte nicht so gut, dann arbeite ich als Stillsteher.«

»Heißt das, Sie sind so eine Art Türsteher, arbeiten in Bars oder Nachtclubs?«

»Keineswegs.« Kröber lächelte wissend. Die Geschichte des Stillstehers hatte er offenbar schon häufiger erzählt. »Ich verkleide mich als Nofrete oder als kalkweißes Gespenst und postiere mich vor dem Dom, dann stehe ich ein paar Stunden lang still, je nachdem, wie ich in Form bin. Stillstehen ist eine sehr anstrengende Tätigkeit, nein, eigentlich ist es eine besondere Form der Kunst, Atmen und Beobachten, aber es bringt einem gut und gerne fünfzig Euro am Tag, manchmal sogar noch mehr, wenn gerade ein Reisebus mit Japanern oder Amerikanern angekommen ist. Die zücken dann sofort ihre Fotokameras und schießen Hunderte von Fotos.«

»Verstehe«, sagte Brasch, »und was machen Sie sonst, wenn Sie nicht vor dem Dom stillstehen?« Es gelang ihm nicht ganz, einen spöttischen Unterton zu unterdrücken.

»Kommen Sie mit!« Kröber junior stand auf und trat durch die halb geöffnete Tür in den Garten hinaus. Für einen Moment wurde Brasch von der Sonne geblendet, die schon hoch am Himmel stand, dann entdeckte er die Skulpturen. Der Garten war eigentlich genauso verwahrlost wie das Haus; karges, zertrampeltes Gras, das mit Holzsplittern übersät war, ein paar schmale, überwucherte Beete, in denen kreuz und quer Baumstämme lagen, und eine grob gezimmerte Hütte, auf deren Wellblechdach die schwarze Katze hockte und zum Himmel hinaufstarrte. Doch die Skulpturen, die überall auf dem Gras standen, nahmen Brasch schier den Atem. Kröber mochte wie ein Penner aussehen, der das bisschen Glück hatte, noch ein Dach über dem Kopf zu besitzen – aber als Künstler war er ein echter Magier.

»Das bin ich«, sagte Tom Kröber und breitete seine Arme wie ein Priester aus. »Ich meine, damit beschäftige ich mich den ganzen Tag. Ich stehe da und arbeite mit Hammer und

Meißel, um einem alten, abgestorbenen Baum ein neues Leben zu verleihen.«

Sofort musste Brasch an Leonie denken. Was hätte sie dafür gegeben, wenn sie diesen geheimen Skulpturenpark hätte sehen können! Gesichter starrten ihn aus den Bäumen heraus an, helle, lächelnde Kindergesichter; Gesichter mit großen, vor Schreck geweiteten Augen; traurige, dunkle Gesichter, die sich in ihrem Baum versteckten. Ein anderer, besonders dicker Stamm sah aus, als würde eine Tänzerin aus ihm herausspringen, aber noch war sie halb Mensch, halb Baum und gehörte daher weder ganz der Erde noch ganz dem Himmel an.

»Großartig«, sagte Brasch voller Staunen und warf Kröber einen Blick zu, dem seine ehrliche Begeisterung offensichtlich gefiel. Wie konnte ein hagerer Mann wie Kröber solche Kunstwerke erschaffen? »Wenn ich ein paar Tausender mehr auf dem Konto hätte, würde ich Ihnen sofort eine Ihrer Skulpturen abkaufen.« Er ging zwischen den Baumfiguren umher, berührte das Holz, das sich mal glatt poliert wie Elfenbein anfühlte, dann wieder ganz rau und ursprünglich, als stände der Baum noch mit all seinen Wurzeln fünf Fuß tief in der Erde. Jeder Skulptur hatte Kröber einen eigenen Ausdruck verliehen. Eine schien einen Clown zu verkörpern, der seinen Baum wie eine zweite Haut benutzte, in die er sich zurückziehen konnte. Eine andere sah aus wie ein Soldat auf Wache, den der Baum umfing, um ihn zu entwaffnen. Zwei Figuren stellten Liebende da, die sich umarmten und doch fern und abwesend wirkten. Aus einem kurzen, breiten Stamm schien ein Schwarm Vögel aufzufliegen. Ganz am Ende, in einem Winkel an der Gartenmauer, in den kein Sonnenlicht fiel, erkannte Brasch, dass der junge Kröber auch das Gesicht seines Vaters einem Eichenstamm entlockt hatte. R. A. Kröber wirkte dumpf und abweisend, eine trostlose Erscheinung, die in die Ferne starrte, aber nicht um etwas zu sehen, sondern um denjenigen, der möglicherweise vor ihm stand, nicht beachten zu müssen.

»Eigentlich habe ich ihm diese Figur zum siebzigsten Geburtstag schenken wollen«, erklärte Kröber, dem Braschs Blick nicht entgangen war. »Doch er hat mein Geschenk zurückgewiesen. Er wollte so einen Unsinn nicht. Für ihn waren diese Figuren nichts als Marterpfähle; Kinderkram.«

Kröbers siebzigster Geburtstag schien ein voller Erfolg gewesen zu sein; das war nun die zweite Geschichte eines missglückten Geschenkes.

»Verkaufen Sie manchmal etwas?«, fragte Brasch, als er vor einer Nymphe stand, die aus ihrem Baum, einem hölzernen Meer, zu schweben schien.

»Nicht genug«, erwiderte Kröber. »Die meisten Galeristen interessieren sich nicht für mich. Holz ist für sie ein Material, das ihnen allenfalls für afrikanische Künstler geeignet erscheint.«

»Wie gefallen Ihrer Mutter die Skulpturen?« Brasch spähte durch ein winziges Fenster kurz in den Schuppen an der Gartenmauer hinein. Ein heilloses Durcheinander aus Werkzeugen und Holzstücken herrschte da, doch entströmte der Hütte ein wunderbarer Geruch von frischem Holz.

»Meine Mutter ist anders«, erklärte Kröber. »Sie versteht andere Menschen. Eigentlich ist sie die Künstlerin von den beiden. Ich habe nie verstanden, aus welcher Inspiration heraus mein Vater seine Romane geschrieben hat. Für mich war er als Kind der phantasieloseste Mensch, den ich kannte. Wenn Leute mich gefragt haben: ›Wie ist es, einen berühmten Schriftsteller als Vater zu haben?‹, konnte ich nur antworten: ›Es ist schrecklich, zum Glück sehe ich ihn jedoch nicht sehr oft.‹ Nur meine Mutter hat mir vorgesungen und mir Geschichten vorgelesen; er hat sich fast nie um mich gekümmert, aber seine verdammten Bücher musste ich immer lesen.«

»Und was ist mit der zweiten Frau Ihres Vaters?« Brasch stand vor der Skulptur einer nackten Frau, die lange Haare hatte und in der man durchaus eine schöne Asiatin vermuten konnte.

»Madeleine? Ich ...«, begann Kröber junior, dann jedoch zögerte er, als könnte dieses bedeutungsvolle »Ich« eine Tür öffnen, die besser geschlossen bleiben sollte, »... ich kenne sie nicht besonders gut«, fuhr er in gleichgültigem Tonfall fort.

Sie gingen langsam zum Haus zurück. Der Garten war viel größer, als es von außen den Anschein hatte. Brasch fragte sich, wie Kröber all das Holz herantransportierte. Wahrscheinlich musste es per Kran über die Mauer gehievt werden, die an einigen Stellen auch schon recht ramponiert aussah. Die Katze hockte noch immer auf dem Blechdach, doch sie war längst nicht mehr wachsam, sondern träumte mit geschlossenen Augen in der Sonne.

Als sie das Haus erreicht hatten, begann Kröber sich wieder genauso gleichgültig und kraftlos zu bewegen wie zuvor, als würde er zwischen seinen Skulpturen ein ganz anderes Leben führen. Brasch verstand die Faszination, die von Bäumen ausgehen konnte; in seinem Heimatdorf in der Eifel war er oft, sobald es in der Schule Schwierigkeiten gab, tief in den Wald hineingelaufen, und wenn er überhaupt einen Traum hatte, dann sich ein Holzboot zu bauen und den Rhein nicht in Richtung Nordsee, sondern bis zu seiner Quelle hinaufzufahren.

In der Küche erwartete Brasch eine weitere Überraschung. Eine junge Frau saß am Tisch und trank aus seiner Kaffeetasse. Sie mochte halb so alt wie Kröber sein und war von einer Schönheit, die man ansonsten höchstens auf Leinwänden im Kino erlebte. Zumindest was Frauen anging, schienen Vater und Sohn einen ähnlich exquisiten Geschmack zu haben.

»Das ist Kyra, Herr Kommissar«, sagte Kröber beiläufig. So hätte er auch seine Hauskatze vorstellen können.

Kyra nickte nur und nahm gleich noch einen Schluck Kaffee, um richtig wach zu werden. Sie sah aus, als wäre sie vor ein paar Momenten aus einer warmen, wohligen Höhle ans Tageslicht gekrochen. Keinen Deut interessierte sie sich dafür, warum ein Polizist am Samstagmorgen in der Küche ihres Freundes stand.

»Wussten Sie, dass Ihre Mutter eine Waffe besaß?«, fragte Brasch und schaute Kröber an, der rauchend aus dem Fenster zu seinen Skulpturen blickte.

»Ja«, sagte Kröber, »ich glaube, mein Vater hat sie vor ein paar Jahren besorgt, weil meine Mutter sich manchmal, wenn sie allein war, in ihrem großen Haus fürchtete.«

»Ihre Mutter sagt, sie habe sie selbst besorgt, weil sie wütend auf Ihren Vater gewesen sei.«

Tom Kröber lachte und schüttelte den Kopf. »Sie glauben, meine Mutter hat meinen Vater ermordet? Niemals, sie hat ihn geliebt, immer noch. Für sie ist er der größte Künstler aller Zeiten.«

»Haben Sie die Waffe einmal gesehen oder vielleicht sogar in der Hand gehalten? Ihre Mutter hat von einer Pistole gesprochen, die angeblich verschwunden ist. Was war es für ein Fabrikat? Unterlagen scheint es darüber ja nicht zu geben.«

»Ich habe die Waffe nie zu Gesicht bekommen. Mit neunzehn bin ich ausgezogen, weil ich meinen Vater nicht mehr ertragen konnte. Er hat immer großartige Pläne mit mir gehabt: Er wollte mich in ein Internat stecken, er wollte, dass ich Jura oder Betriebswirtschaft studiere, und er hat meiner ersten Freundin Geld gegeben, damit sie mich in Ruhe lässt, nur, weil sie zehn Jahre älter war als ich. Nachdem ich endlich weg war, habe ich mich nicht mehr um ihre Angelegenheiten gekümmert.«

Kyra beugte sich plötzlich vor und pflückte Kröber die Zigarette aus dem Mund. Sie trug ein langes schwarzes T-Shirt und hatte den grazilen, durchtrainierten Körper einer Turnerin, die ihr Leben an irgendwelchen Sportgeräten verbrachte. Brasch bemerkte, dass ihr kurzes zerzaustes Haar schwarz gefärbt war.

»Glauben Sie nicht alles, was er sagt.« Kyra lächelte Brasch an, und während sie lächelte, wurde sie noch jünger. Er hätte einen besonderen Countdown hinunterzählen können. Sie war zwanzig, neunzehn, nein, höchstens achtzehn. »Tom ist ein guter Lügner. Heute Nacht hat er mir zum Beispiel gesagt, dass er mich liebt. Sonst sagt er solche Sachen nur, wenn er betrunken ist.«

Kröber beachtete seine Freundin gar nicht, er sog nur kurz die Luft ein und steckte sich eine neue Zigarette an, als wäre Kyra ein Gespenst, das nur in der Nacht existierte, sich am Tag aber in Luft auflöste. Vielleicht beobachte ich hier gar nicht das alberne Spiel zwischen Verliebten, dachte Brasch, vielleicht ist das alles todernst, und die kleine Schönheit bettelt tatsächlich um Kröbers Liebe, während er ihr vorführt, dass er sich nur für seine toten Baumstämme interessiert.

»Haben Sie R. A. Kröber auch gekannt, Kyra?«, fragte Brasch und bemerkte, dass er zu ihr wie zu einem Kind sprach.

»Klar.« Kyra nickte heftig und nahm ihn mit ihren großen, braunen Augen ins Visier. »Er war sogar einmal im Theater, hat in der ersten Reihe gesessen.«

»Kyra ist Schauspielerin«, erklärte Tom Kröber mit einem müden Lächeln. »Theater in der Südstadt. Zur Zeit spielt sie ›Fräulein Else‹ von Schnitzler. Kann man sich wirklich ansehen.« Es klang gönnerhaft und sollte wohl auch so klingen.

»Danke.« Kyra hauchte Kröber einen ironischen Kuss zu, den er jedoch völlig ignorierte. »Sie sind alle drei gekommen. R. A., Madeleine und dieser Claude. Die beiden haben im Dunkeln Händchen halten, fand ich so komisch, dass ich beinahe meinen Text vergessen hätte.« Kyra kicherte und hob dabei die Hand vor den Mund. Die Geste wirkte so geziel, dass sie Brasch unecht vorkam, aber vielleicht bewegten Schauspielerinnen sich wirklich so geziert.

»Sie meinen, es ist seltsam, wenn ein alter Mann mit seiner viel jüngeren Frau Händchen hält?«

Kyra kicherte wieder, diesmal noch eine Spur affektierter und mädchenhafter. »Nein, sie hat doch nicht mit Toms Vater Händchen gehalten, dafür war er viel zu steif und gehemmt, sondern mit Claude, obwohl der angeblich ihr Bruder ist.«

Als Brasch ihn fragend anschaute, hob Kröber nur die Schultern. Er hatte sich nun ganz in seine Gleichgültigkeit verkrochen und blickte weiter aus dem Fenster, als wäre das Gespräch für ihn längst zu Ende. Wie Wächter, seine Leibgarde, die ihn schützte, standen die Skulpturen im Sonnenlicht und starrten zum Haus herüber.

Brasch machte einen Schritt zur Tür. »Wenn Sie gestatten, würde ich gern noch zur Toilette gehen, bevor ich wieder fahre.«

Tom Kröber nickte. »Die Treppe hinauf, dann die erste Tür rechts.«

Als Brasch die enge Holztreppe hinaufging, hörte er, wie die beiden hinter ihm in der Küche flüsterten. Besonders freundlich klangen ihre Stimmen nicht. Brasch verstand nicht viel, aber er konnte sich vorstellen, dass Kröber ihr Vorwürfe machte, weil sie von der seltsamen Szene im Theater gesprochen hatte.

Ein Badezimmer verrät eine Menge über die Menschen, die es benutzen. Handtücher stapelten sich wild durcheinander, ein Duschvorhang lag abgerissen über einem Plastikstuhl in der Ecke, und einige Kacheln waren abgefallen und nicht erneuert worden. Der ramponierte Spiegel über dem Waschbecken sah aus, als stammte er aus einer alten Künstlergarderobe. Ein Kranz aus Glühbirnen reihte sich auf einem groben hölzernen Rahmen um den Spiegel und verstrahlte ein grelles, hartes Licht. Auf der Ablage davor lagen die üblichen Utensilien, die sich in jedem Badezimmer fanden: Zahnbürste, Seife, Zahnpasta, Rasierapparat. Man konnte nicht sagen, dass Kröber junior übermäßig eitel war. Auch hatte seine Freundin Kyra noch keine Spuren im Bad hinterlassen. Nur ein dünnes gelbes Sommerkleid, das an einem Haken an der Tür hing, schien ihr zu gehören.

Brasch schaute sich kurz im Spiegel an. Er war schlecht rasiert und hätte einen Haarschnitt gebrauchen können; ansonsten sah er nicht mehr so düster und abgemagert aus wie in den ersten Wochen, nachdem Leonie ihn verlassen hatte. Dann betätigte er die Toilettenspülung und zog eine Plastiktüte aus der Tasche. Er gehörte nicht zu den Polizisten, die regelmäßig am Rand der Legalität arbeiteten, aber es war besser, sich möglichst früh einen Trumpf zu verschaffen, den man zu gegebener Zeit ausspielen konnte. Vorsichtig zupfte er ein paar Haare aus der Bürste, die vor dem Spiegel lag. Sie waren dunkel, lang und schienen eindeutig dem jungen Kröber zu gehören. Wenn sich Haare im Hotelzimmer des Toten befunden haben sollten, wäre ein schneller, inoffizieller Abgleich möglich.

Als Brasch in die Küche zurückkehrte, war von Kyra nichts mehr zu sehen. Kröber saß rauchend auf seinem Stuhl und starrte in den sonnigen Garten, als hätte er sich nicht von der Stelle bewegt. Brasch legte ihm eine Visitenkarte auf den Tisch und sagte mit förmlicher Stimme: »Ich muss Sie noch fragen, wo Sie gestern Abend gewesen sind.«

Kröber schaute ihn an und lächelte verächtlich. »Kyra hatte Vorstellung. Da war ich im Theater. Habe mir zum sechsten Mal ›Fräulein Else‹ angesehen.«

»Sehr groß scheint die Trauer um Ihren Vater nicht zu sein, zumindest wirken Sie sehr gefasst.« Brasch ging zur Tür. Er glaubte, Kyra oben im Haus singen zu hören.

»Ja«, sagte Tom Kröber, »meine Trauer hält sich in Grenzen, aber so empfindet man, wenn man sein ganzes Leben unter seinem Vater gelitten hat.« Er blies den Rauch seiner Zigarette wie ein echter Genießer aus. »Haben Sie nie unter Ihrem Vater gelitten? Wenn nicht, müssen Sie wirklich ein glücklicher Mensch sein.«

Die Kölner Polizei arbeitete auch an einem Samstagmorgen tadellos. Als Brasch in seinen Wagen steigen wollte, fand er einen Strafzettel wegen Falschparkens an der Windschutzscheibe. Ein alter Mann hatte sich auf der anderen Straßenseite postiert und nickte ihm beifällig zu, als wäre er es gewesen, der ihm höchstpersönlich das Strafmandat unter den Scheibenwischer geklemmt hatte. Brasch ließ den Zettel stecken und fuhr mit aufheulendem Motor davon.

Während er sich einen Weg durch das Gewirr von Einbahnstraßen suchte, beschloss er, nicht sofort zum Präsidium zurückzufahren, sondern Madeleine Kröber, der jungen Witwe, einen Besuch abzustatten. Das Bild des Toten hatte in den letzten Stunden keine festeren Konturen angenommen; im Gegenteil, viele Dinge wurden immer rätselhafter.

R. A. Kröber hatte seine erste Frau verlassen, die sein Erbe wie eine Museumswächterin hütete, und eine junge Asiatin geheiratet, die im Halbdunkel eines Theaters mit ihrem angeblichen Bruder Händchen hielt. Sein einziger Sohn hasste ihn, was anscheinend kein Familiengeheimnis war, und er selbst hatte nach seiner Scheidung verkündet, nie mehr eine Zeile schreiben zu wollen, aber noch einige Bücher veröffentlicht.

Kurz vor dem Chlodwigplatz in der Südstadt fand Brasch einen Parkplatz und gönnte sich ein paar Minuten in einer Kaffeebude. Er kam in letzter Zeit oft hierher. Der Duft von frischem Kaffee zog ihn an. Früher, als Leonie noch da gewesen war, hatte es am Morgen, bevor sie in die Schule fuhr, auch in ihrer Küche so gerochen. Die Bedienung nannte sich Rosa, obwohl Brasch vermutete, dass es nicht ihr richtiger Name war, doch vielleicht war dieses Misstrauen eine Art Berufskrankheit. Rosa mochte gut und gerne hundert Kilo auf die Waage bringen, sie hatte hochgestecktes, blond gefärbtes Haar und trug immer einen weißen Kittel, dessen oberste zwei Knöpfe sie nie schloss, so dass ein üppiger Flecken heller, faltiger Haut zu sehen war. Rosa hatte die Welt säuberlich in gewöhnliche Kunden und Stammgäste unterteilt. Die einen hießen »meine Dame« oder »der Herr«, während sie die anderen nur auf gut Kölsch mit »Liebchen« oder »Jung« anredete. Brasch war erst kürzlich in den Status des Stammkunden aufgerückt.

Rosa schlurfte heran und brachte ihm den Kaffee, schwarz, aber gut gesüßt, an einen Stehtisch. »Alles klar, Jung?«

Brasch nickte und schaute auf den Chlodwigplatz hinaus. Manchmal war er mit Leonie am Wochenende hierher gefahren; sie hatte die Südstadt geliebt, weil sie ein paar Jahre an einer Straße am Volksgarten gewohnt hatte. Gemeinsam hatten sie eingekauft, waren durch ein paar Boutiquen gezogen, an denen Leonie nie vorbeigehen konnte, und hatten sich schließlich ein Café gesucht. Plötzlich entdeckte Brasch auf der anderen Seite der Straße ein bekanntes Gesicht. Hedwig, Leonies kleine, wilde Schwester, stand an einer Ampel und schaute einer Straßenbahn nach, dann wand sie sich zwischen zwei wartenden Autos hindurch und blickte in Braschs Richtung. Sie hatte die schönsten Augen, die er je gesehen hatte. Eine Sonnenbrille steckte in ihrem langen braunen Haar, und sie bewegte sich elegant und selbstsicher, weil sie in jedem Augenblick wusste, dass sie einige neugierige Männerblicke auf sich zog. Brasch wollte schon die Hand heben, um ihr zuzuwinken, als sein Telefon klingelte.

Die Stimme seiner Mutter klang so zart und leise, als wäre sie keine achtzig Kilometer entfernt, sondern als müsste das Gespräch mindestens um die halbe Welt reisen. Sie hatte ihn noch nie auf seinem Handy angerufen.

»Der Vater ... er ist heute Morgen ...«, sagte sie und schien sich mit langsamen Worten vortasten zu müssen. Brasch ahnte, dass eine Katastrophe passiert sein musste. »Er ist heute Morgen beim Rasieren zusammengebrochen ... Herzanfall ... doch nun geht es ihm schon besser, sagen die Ärzte.« Sie stöhnte vorsichtig auf, als müsste sie nun ihrem Herzen Luft machen.

»Wo ist er jetzt?«, fragte Brasch.

»In Daun. Im Krankenhaus«, erwiderte die Mutter. »Sie haben ihn an ganz viele Apparate angeschlossen, und er hat auch schon wieder geredet. Ich dachte, du solltest das wissen.«

»Ja, sicher.« Brasch stellte sich vor, wie seine Mutter klein und gebückt in irgendeinem Krankenhausgang am Telefon stand. »Kommst du zurecht? Ist Robert bei dir?«

Seine Mutter zögerte einen Moment, und dann spürte Brasch, dass sie sich für eine Lüge bereitmachte, obwohl sie Lügen hasste. »Ja«, sagte sie, »er hat ja eine neue Freundin, aber ich habe ihn gleich heute Morgen am Telefon erwischt.«

Brasch verfluchte seinen älteren Bruder. Robert gehörte zu den Menschen, auf die man sich mit Gewissheit nicht verlassen konnte. Er hatte sich in einem Dutzend Berufen versucht und war doch nie von der Stelle gekommen.

»Wir haben seit gestern Abend einen neuen Fall«, sagte Brasch. »Mord an einem berühmten Schriftsteller, ich habe daher noch ein paar wichtige Besprechungen, aber heute Abend komme ich bestimmt ins Krankenhaus.« Er hörte seine Mutter abgehackt ein- und ausatmen, dann erwiderte sie: »Ist schon in Ordnung. Wir sehen uns dann«, und hängte ein.

Als er das Telefon einsteckte, bedrängte ihn das Gefühl, etwas falsch gemacht zu haben. Er hätte im Präsidium anrufen, sich entschuldigen und dann in die Eifel fahren sollen. Niemand war unabkömmlich. Aber eigentlich kannte er seine Eltern längst nicht mehr. Er sah sich hilflos am Krankenbett stehen, ohne Worte und ohne ein Gefühl dafür, was sie wohl von ihm erwarteten. Er war vierunddreißig; die Besuche in seinem Elternhaus in den letzten Jahren konnte er an einer Hand abzählen.

Rosa nickte ihm lächelnd zu und brachte ihm, ohne dass er etwas gesagt hatte, einen zweiten Kaffee. Im Vorbeigehen berührte sie ihn an der Schulter, eine sanfte, fast mütterliche Geste, die ihn überraschte. Ihre Hand war weiß und roch so exotisch, als wäre sie vor ein paar Momenten noch auf einer Plantage gewesen, um höchstpersönlich ihre Kaffeebohnen zu pflücken. Brasch trank einen Schluck, dann schrillte wieder sein Telefon. Mehler teilte ihm mit knappen

Worten mit, dass die Staatsanwaltschaft für den Nachmittag eine Pressekonferenz anberaumt hatte.

»Außerdem haben wir die genaue Tatzeit.« Mehler klang ein wenig gereizt, wie jemand, der den ganzen Morgen damit verbracht hatte, Anweisungen zu geben. »Neunzehn Uhr sechs. Da ist im Übrigen auch Kröbers Uhr stehen geblieben, als er beim Sturz mit der Hand auf das Waschbecken geschlagen ist.«

Für einen Augenblick dachte Brasch daran, den Herzanfall seines Vaters zu erwähnen, doch dann war das Gespräch schon beendet. Er legte einen Geldschein auf den Tisch, nickte Rosa zu und ging zu seinem Wagen. Ein helles blaues Licht stand über dem Chlodwigplatz. So ist der Sommer, kam es ihm in den Sinn: Junge, hübsche Frauen schlenderten zum Markt, Kinder standen mit einer Eistüte an der Ecke, Taxifahrer hockten in kurzen Hosen auf der Motorhaube ihres Mercedes und lasen Zeitung. Ein träger Wind wehte vom Rhein herüber. Dann fiel ihm ein, dass sein Vater vielleicht in diesem Moment starb und er einen Mörder suchte.

5

Brasch kannte das Haus, in dem R. A. Kröber gewohnt hatte. Es lag im vornehmen Rodenkirchen direkt an der Uferstraße, eine Villa aus der Gründerzeit mit einem riesigen Wintergarten und einem Turmzimmer, aus dem man einen märchenhaften Blick auf den Rhein hatte. Allerdings konnte man hier bei Hochwasser leicht nasse Füße bekommen. Leonie hatte sich vor ein paar Jahren auf ihren Spaziergängen in genau dieses Haus verliebt und war drauf und dran gewesen, an der Tür zu klingeln und um eine Hausführung zu bitten. Solche spontanen Einfälle überfielen sie gelegentlich. Nur mit allergrößter Mühe hatte Brasch sie von ihrem Vorhaben abbringen können.

Zwei Parteien standen am Klingelschild: unten lediglich die Initialen »R. A. K.« und darüber »Bogner«. Sie hatten noch nicht in Erfahrung gebracht, ob Kröber das Haus gehörte oder ob er es nur gemietet hatte.

Madeleine öffnete ihm mit einem müden Lächeln. Sie war barfuß und trug ein kurzes schwarzes Kleid. Ihr Haar hatte sie zusammengebunden, so dass ihr Gesicht noch ernster und strenger wirkte. Brasch roch ihr herbes Parfüm, als sie vor ihm herging; es war kein Duft, den er kannte. Sie führte ihn in das Wohnzimmer, einen Raum, der Leonie mit seinen Stuckverzierungen entzückt hätte. Engel schwebten da an der Decke, bliesen in eine Posaune oder hielten eine Laute in ihren Engelhänden. Auch der Wintergarten, den man von außen sehen konnte, gehörte zu diesem Raum, war gewissermaßen seine Verlängerung in den grünen Vorgarten hinaus.

Madeleine war nicht allein. Eine ältere grauhaarige Frau und ein junger, schmächtiger Asiate saßen an einem Glastisch, der so filigran aussah, als würde man besser keine Gläser oder Tassen auf ihm abstellen. »Das sind Frau Hengesbach, unsere Haushälterin, und Claude, mein Bruder«, erklärte Madeleine mit ruhiger Stimme.

Die Haushälterin schaute ihn an und bedachte ihn mit einem traurigen Lächeln, während Claude nur stumm den Kopf senkte. Brasch fragte sich, was die drei getan hatten, bevor er gekommen war. Der Raum gab darüber keinen Aufschluss; keine Musik lief, kein Radio spielte, auf dem Tisch lagen keine Papiere, keine persönlichen Dokumente, nicht einmal ein Aschenbecher stand da. Ihre Mienen wirkten ernst und verschlossen, als hätten sie sich schon eine ganze Weile trauernd angeschwiegen.

»Eine junge Frau von der Polizei ist oben im Arbeitszimmer meines Mannes«, sagte Madeleine leise und machte eine elegante, vage Geste, dann holte sie eine Schachtel Zigaretten aus einer Handtasche hervor, die neben dem Glastisch stand.

Brasch nickte, obwohl er gar nicht gewusst hatte, dass Pia schon jemanden vorbeigeschickt hatte. Sie hatte gestern Abend noch die erste Sichtung der Papiere Kröbers vorgenommen. »Wir möchten mehr über Ihren Mann erfahren, was er in letzter Zeit gemacht hat, welche Pläne er verfolgte. Sein neues Buch war sehr erfolgreich gestartet, nicht wahr?«

»O ja.« Madeleine wischte sich über das Gesicht, als müsste sie eine Haarsträhne beiseite streichen. Brasch bemerkte, dass noch immer ein Pflaster auf ihrem Handrücken klebte. »Seine beiden letzten Bücher liefen nicht so gut, aber sein neuer Roman ist ein Bestseller. Schade, dass er es nicht mehr erleben kann.«

Im Haus klingelte ein Telefon, doch weder Madeleine noch die Haushälterin nahmen Notiz davon; lediglich Claude wandte ungelenk den Kopf, wie ein Blinder, den etwas in seiner totalen Dunkelheit aufgeschreckt hatte. Nach ein paar langen Sekunden erstarb das Klingeln.

»Es rufen schon seit dem frühen Morgen viele Leute an«, sagte Madeleine wie zur Erklärung, »um ihr Beileid auszusprechen.« Dann wandte sie sich an ihre Haushälterin. »Wir sind unhöflich. Würden Sie unserem Gast und uns einen Kaffee bringen?«

Die Haushälterin erhob sich. Als sie den Raum schon beinahe verlassen hatte, hörte Brasch, wie sie zu schluchzen begann und ein paar unverständliche Worte vor sich hin flüsterte.

»Frau Hengesbach steht ganz unter Schock. Sie kennt R.

A. schon seit dreißig Jahren und ist genauso erschüttert wie wir.« Madeleine nahm eine Zigarette aus ihrer Schachtel, und im nächsten Moment, als hätte er nur darauf gewartet, als wäre das seine einzige, wichtige Aufgabe, beugte sich ihr Bruder vor und gab ihr Feuer. »Haben Sie schon etwas herausgefunden?«, fragte Madeleine dann, und ihre Stimme zitterte leicht, als hätte sie Angst vor der Antwort, die Brasch ihr geben würde. »Gibt es eine Spur?«

Brasch musterte Claude, der den Kopf wieder gesenkt hielt, fast wie ein Verdächtiger im Verhör. Eine Ähnlichkeit zwischen ihm und seiner angeblichen Schwester konnte er auf Anhieb nicht feststellen, aber das hatte vielleicht keine Bedeutung.

»Wir sind dabei, sämtliche Spuren auszuwerten«, sagte Brasch unverbindlich. »Einen Tatverdächtigen haben wir leider noch nicht. Heute Nachmittag wird sich ein klareres Bild ergeben, wenn wir den genauen Obduktionsbericht haben und die ersten Ergebnisse der Spurensicherung.«

Madeleine rauchte hektisch. Auch sie schien sich nicht wohl in ihrer Haut zu fühlen. »Ich habe die ganze Nacht wach gelegen, habe nachgedacht. R. A. war so glücklich in letzter Zeit. Nichts machte ihm Kummer, selbst mit Anna wollte er sich wieder versöhnen.«

»Was genau hatten die beiden nach der Scheidung für Schwierigkeiten?« Brasch hatte das Gefühl, dass Madeleine ihn in eine Richtung drängen wollte, dass sie nur redete, um ein paar unangenehme Themen zu vermeiden.

»Anna hasst mich. Am liebsten würde sie mich umbringen lassen, oder vielleicht wäre sie selbst sogar zu einer solchen Tat fähig. Sie glaubt, dass ich ihren Mann verführt und ihre Ehe ruiniert habe, dabei sieht die Wahrheit ganz anders aus. Sie hat ihren Mann kaputtgemacht. Ohne mich wäre R. A. längst tot.« Für einen Moment verstummte Madeleine, als hätten ihre eigenen Worte sie erschreckt. Claude schaute sie dunkel an. Nun sah er wirklich wie ein schüchterner jüngerer Bruder aus, der um seine Schwester Angst hatte. Noch immer hatte er kein Wort gesagt.

»Wann und wie haben Sie Ihren Mann kennen gelernt?« Wieder klingelte das Telefon. Brasch hörte, dass die Haushälterin an den Apparat ging, kurz ein paar abweisende Worte sprach und wieder auflegte.

Claude wollte sich erheben, doch Madeleine deutete ihm mit den Augen zu bleiben. »Wenn ich ehrlich sein soll, gibt es zwei Versionen, Herr Kommissar«, sagte Madeleine. »Welche wollen Sie hören?«

Die Haushälterin kam mit einem Silbertablett herein. Sie hatte sich einen weißen Kittel übergezogen, was sie förmlich, wie eine echte Hausangestellte wirken ließ. Seltsamerweise hatte sie nur zwei Tassen mitgebracht, die sie vor Brasch und Madeleine platzierte, aber keine für Claude.

»Ich möchte beide Versionen hören«, sagte Brasch und nickte der Haushälterin zu, als sie ihm einschenkte, »und dann werden Sie mir erklären, welche die richtige ist und warum es noch eine zweite gibt.«

Madeleine zog wieder hastig an ihrer Zigarette und flüchtete sich in ein Lächeln. »Nun, die eine Version lautet, dass wir uns in Bangkok kennen gelernt haben, auf einem Empfang der deutschen Botschaft, für die ich damals gearbeitet habe. Der Botschafter hat ein Dinner für R. A. gegeben, der auf einer Lesereise durch Asien war.«

»Eine hübsche Version.« Brasch schaute der Haushälterin nach, die rasch den Raum verließ, weil schon wieder das Telefon klingelte. »Nur leider hat sie den Nachteil, dass sie nicht wahr ist. Habe ich Recht?«

Madeleine nickte. Eine winzige Falte war auf ihrer makellosen Stirn aufgetaucht. Sie drückte ihre Zigarette aus.

»Diese Version war unsere offizielle Erklärung, weil sie schlüssig klang und niemanden verletzte, nicht R. A., nicht mich und auch Tom nicht.«

»Kröbers Sohn? Was hat er damit zu tun?« Brasch begann zu ahnen, warum Vater und Sohn in der Familie Kröber so ein besonders inniges Verhältnis hatten.

»Nun.« Madeleine lächelte. Die Falte auf ihrer Stirn verschwand, und sie sah wieder wie eine junge, wunderschöne Frau aus, die sicher sein konnte, jeden Mann der Welt zu bekommen, wenn er kein Herz aus Stein hatte und sie sich nur ein wenig Mühe gab. »Ich habe Tom auf einer Vernissage kennen gelernt. Wir waren nicht direkt Freunde, eher gute Bekannte, und dann hat er mich bei einem Abendessen seiner Mutter vorstellen wollen. R. A. war gar nicht dabei; ihm hatten sie nichts gesagt. Er hat seine Frau nur abgeholt, und da haben wir uns das erste Mal gesehen. Drei Tage später sind wir uns wieder begegnet, zufällig, wie ich gedacht habe.«

»Wo haben Sie sich wieder gesehen?«

»Ich habe damals in einem Café am Rudolfplatz gejobbt. Da ist R. A. plötzlich hereingekommen. Er hat gesagt, dass er einen Termin bei seinem Anwalt in der Nähe gehabt habe. Erst später hat er mir erzählt, dass sein Besuch kein Zufall war. Er wollte mich kennen lernen.«

»Tom Kröber war sicherlich begeistert, als Sie ihm von der Liaison mit seinem Vater erzählt haben?« Brasch nippte an seinem Kaffee, der würzig schmeckte, aber nicht zu stark. Die Haushälterin verstand ihr Geschäft.

»Ich brauchte es Tom gar nicht zu sagen. Vier Wochen später hat er uns gesehen, als wir am Rhein spazieren gingen. Ich wusste nicht, dass er manchmal stundenlang da herumläuft, um Treibgut aufzusammeln. Tom hat so getan, als würde es ihm nichts ausmachen, und er hat auch seiner

Mutter nichts verraten. Tom ist ein Wirrkopf. Er ist noch nie lange bei einer Frau geblieben. Eigentlich interessiert er sich nur für seine Skulpturen. Er will allen beweisen, dass er nicht so ist wie sein Vater, dabei will er mindestens genauso berühmt werden wie R. A., zwar nicht als Schriftsteller, sondern als Bildhauer. Nur wird er das niemals schaffen.«

Plötzlich, in einem winzigen Moment der Stille, sprang Claude auf, der die ganze Zeit stumm vor sich hin geblickt hatte, und eilte in den Wintergarten. Er riss eine Tür auf und lief in den Vorgarten hinaus. »Verschwinden!«, schrie er und fuchtelte mit den Armen. »Verschwinden Sie!« Es war an dieser kurzen Äußerung deutlich zu hören, dass er nicht halb so gut Deutsch sprach wie seine angebliche Schwester.

»Ihr Bruder ist ja doch nicht taubstumm«, sagte Brasch in einem leicht spöttischen Tonfall. Er sah, dass Claude einen Fotografen vertrieb, der sich an den Wintergarten herangeschlichen hatte und nun mit seiner schweren Kamera auf die Straße zurückhastete.

»Claude ist schüchtern«, erwiderte Madeleine. »Er redet nicht viel und kennt sich nicht sehr gut aus in Deutschland.« Sie schüttete ein wenig Milch in ihre Tasse und trank dann auch von ihrem Kaffee, während ihr Bruder in der offenen Tür stehen blieb, als wäre er ein Wachposten, oder vielleicht war es auch nur ein Trick, um nicht mehr an dem Gespräch teilnehmen zu müssen.

»Ist Ihr Bruder jünger oder älter als Sie?«, fragte Brasch.

Madeleine schien seinen Argwohn zu spüren. Sie seufzte. Wieder tauchte die winzige Falte auf ihrer Stirn auf. »Er ist zwei Jahre älter, und nun wollen Sie gleich wissen, warum er nicht so gut Deutsch spricht wie ich und sich in Deutschland nicht auskennt, nicht wahr?«

»Richtig.« Brasch stellte sein Diktiergerät auf den Tisch und schaltete es an. »Machen wir unser Gespräch ein wenig offizieller.« Aus den Augenwinkeln bemerkte er, dass Claude sich umgedreht hatte und sie beobachtete.

»Es ist etwas kompliziert«, sagte Madeleine, und zum ersten Mal klang sie nicht so sanft und höflich, sondern eher unduldsam und gereizt. Das Aufnahmegerät auf dem Tisch schien ihr nicht zu gefallen. »Aber vielleicht werden Sie es auf Anhieb verstehen. Claude ist mein Halbbruder. Als mein Vater nach Deutschland kam, um zu studieren, hatte er bereits einen Sohn in Thailand. Er hat meine Mutter kennen gelernt, und sie sind zusammengezogen, ich kam auf die Welt, doch drei Jahre nach meiner Geburt ist mein Vater nach Thailand zu Claude und seiner Familie zurückgekehrt. Ihm war es zu kalt und unfreundlich in Deutschland, und vielleicht ist ihm auch meine Mutter mit ihrem Ordnungswahn auf die Nerven gegangen. Ich blieb mit ihr in Deutschland, doch in den großen Ferien bin ich immer nach Thailand zu meinem Vater gefahren. Später hat Claude mich manchmal besucht, und nun ist er hier, weil er an der Universität Deutsch studiert.«

»Gibt es zu dieser Geschichte auch noch eine zweite Version?«, fragte Brasch. Schon als er die Frage ausgesprochen hatte, wusste er, dass er einen Fehler gemacht hatte. Er hätte sein Misstrauen Madeleine gegenüber nicht so offen äußern dürfen.

Sie erhob sich. »Verzeihen Sie, aber ich dachte, Sie suchen einen Mörder. Stattdessen schnüffeln Sie in meinem Privatleben herum. Heute Morgen hat mich Dr. Wollschläger angerufen, unser Anwalt. Er hat mir geraten, nur in seiner Gegenwart mit Ihnen zu sprechen. Er hat leider Recht gehabt.« Madeleine lächelte, ihre makellos weißen Zähne blitzten kurz auf, doch in ihren braunen Augen lag ein dunkler, ernster Schimmer.

Brasch wusste, dass es wenig Sinn hatte, das Gespräch

noch weiterzuführen. Für einen Moment überlegte er, in Kröbers Arbeitszimmer zu gehen und sich von der Kollegin, die Pia hergeschickt hatte, unterrichten zu lassen, ob sie etwas Brauchbares gefunden hatte, aber dann entschied er sich, ins Präsidium zurückzufahren. In knapp zwei Stunden würde die Pressekonferenz stattfinden.

Madeleine folgte ihm mit anmutigen, geräuschlosen Bewegungen in die Diele. In der Tür wandte Brasch sich noch einmal um. Er hätte gern Fotos oder einen Film von Kröber und seiner jungen Frau gesehen: Wie waren die beiden miteinander umgegangen, hatten sie sich in der Öffentlichkeit an den Händen gehalten oder sogar geküsst? Er sah Madeleines zarte, braune Hände und konnte sich nicht vorstellen, wie sie einen alten Mann wie Kröber liebkosten, seine Brust, seinen Rücken streichelten.

Brasch zögerte. »Eine Frage habe ich für den Moment noch«, sagte er, als er die Wohnungstür bereits geöffnet hatte und in den Flur hinausgetreten war. »Sie heißen nicht wirklich Madeleine und Claude, nicht wahr? Das sind keine thailändischen Namen.«

»Sie haben Recht, Herr Brasch.« Madeleine betonte seinen Namen auf eine freundliche Art spöttisch. »Diese Namen haben wir uns nur für die Deutschen zugelegt. Ich heiße eigentlich Chaveevan, und Claude heißt Supachai.«

Als sie die seltsam klingenden Namen aussprach, sah Madeleine für eine Sekunde ganz verändert aus, wie eine junge, wunderschöne Frau, die irgendwo in Bangkok an einer Ecke stand, um Touristen zu verzaubern.

Der tote Kröber hatte es bereits auf die Titelseite des »Express« gebracht. Auf der Fahrt zurück ins Präsidium hielt Brasch, um sich an einem Kiosk eine Zeitung zu besorgen. Viel hatten die Journalisten vom »Express« noch nicht herausgefunden. Unter der Schlagzeile »Kölns berühmtester Schriftsteller – ermordet« stand eine kurze Zusammenfassung, wo und wann Kröber gefunden worden war. Auf der letzten Seite hatte man zwei Fotos abgedruckt. Das erste, das offenbar vor ein paar Jahren in der Oper aufgenommen worden war, zeigte ihn mit Anna Kröber. Sie lächelte ein wenig geziert, während er ein ernstes, beinahe staatsmännisches Gesicht machte. Ein besonderes Vergnügen schien ihm der Abend nicht bereitet zu haben. Das zweite Foto verriet die Veränderung, die mit Kröber vonstatten gegangen sein musste. Er hatte den rechten Arm um die schöne Madeleine gelegt und blickte heiter, beinahe unbeschwert in die Kamera. Im Hintergrund war Claude zu sehen, Madeleines unvermeidlicher Schatten. Er hatte das Gesicht halb zur Seite gedreht; trotzdem war noch deutlich zu erkennen, wie düster und gelangweilt er wirkte. Er war also nicht erst seit gestern in Deutschland, sondern lebte schon eine ganze Weile bei seiner angeblichen Schwester.

Es war kurz vor vierzehn Uhr, als Brasch im Präsidium ankam. Von einer gelösten Stimmung, wie sie hier gelegentlich an ruhigen Wochenenden herrschte, war nichts zu spüren. Frank Mehler saß an seinem Schreibtisch und rauchte. Er machte ein angestrengtes Gesicht. Pia lehnte am Fenster und blickte beinahe ebenso angestrengt in den Innenhof hinunter. Für einen Moment hatte Brasch das Gefühl zu stören; als wären die beiden in ein schwieriges, persönliches Gespräch vertieft gewesen. Wahrscheinlich hatte ihn sein Gefühl doch nicht getrogen, dass die beiden sich manchmal auch nach Dienstschluss sahen.

Mehler fuhr sich mit der Hand über das Gesicht, als er Brasch in der Tür entdeckte. »Wir sind auf einmal ganz schön gefragt«, sagte er. Vor ihm stand ein Becher mit Instant-Suppe, von der er sich ernährte, wenn er nicht einmal die Zeit fand, in die Kantine zu gehen. »Sogar aus dem Innenministerium erkundigt man sich nach unseren Ermittlungen. Der Innenminister scheint ein Fan von Kröber zu sein. Anscheinend haben dort alle seine Bücher gelesen.«

Pia lachte kurz, ohne sich umzudrehen. Sie stand da, als würde sie träumen oder sich einen wundervollen Sonnenuntergang ansehen. »Eigentlich hatte ich vor, schon längst in der Schweiz zu sein. Wir wollten die ganze Nacht durchfahren und uns die steilste Wand am Matterhorn vornehmen.« Sie war Extremkletterin; vielleicht war sie deshalb so schlecht gelaunt, weil sie nun nicht in einer Felswand herumsteigen konnte. Dann begriff Brasch, dass diese Mitteilung vor allem Mehler galt. Er hatte wieder versucht, sie einzuladen, und sie hatte ihm erneut eine Abfuhr erteilt. Seit einiger Zeit schienen sie eine Art Katz-und Maus-Spiel aufzuführen.

»Balk kommt auch zur Pressekonferenz«, sagte Mehler und drückte seine Zigarette aus. Mit keiner Regung ging er auf Pias Bemerkung ein. »Über dreißig Journalisten und drei Fernsehteams haben sich angekündigt.«

»Was haben wir ihnen zu bieten?« Brasch setzte sich hinter seinen Schreibtisch. Ein paar Akten lagen da, die alle den Vermerk »Mordfall Rudolf August Kröber« trugen.

»Der Schuss ist aus unmittelbarer Nähe ausgeführt worden. Ein kleines Kaliber, könnte sogar eine Polizeiwaffe gewesen sein«, erwiderte Mehler, während er zu Pia hinüberschaute. »Der Täter ist sehr kaltblütig vorgegangen. Die Kugel hat dem Toten zwei Zentimeter neben seinem rechten Ohr die Schädeldecke durchschlagen. Wenn man den Winkel betrachtet, in dem die Kugel durch den Schädelknochen gedrungen ist, so scheint der Täter ein gutes Stück größer als Kröber zu sein.«

»Vielleicht«, sagte Brasch. Er öffnete die erste Akte, die

vor ihm lag, und schaute dem toten Kröber ins Gesicht. Die Fotos waren beinahe kunstvoll, wie Standfotos zu einem amerikanischen Kinofilm. Kröber hatte die Augen geöffnet und starrte ins Leere. »Oder der Täter hat die Waffe in einer schnellen Bewegung ganz bewusst von oben angesetzt, um diesen Eindruck zu erwecken.«

»Jedenfalls muss Kröber gesehen haben, wie er hinterrücks getötet wurde.« Pia drehte sich langsam um und ging auf den Stuhl vor Mehlers Schreibtisch zu. Sie sah verändert aus, aber Brasch konnte nicht sofort erkennen, was sie so anders wirken ließ. Sie war übernächtigt, mit Schatten unter den hellen, blauen Augen – dann begriff er, dass es ihr Mund war. Sie hatte einen tiefroten Lippenstift benutzt. Brasch hatte sie noch nie geschminkt gesehen. »Als ihn die Kugel traf, muss Kröber vor dem Spiegel gestanden haben«, fuhr Pia fort. »Er hatte einen Kamm in der Tasche; vielleicht hat er sich gerade gekämmt, oder er hat sich die Krawatte gebunden, weil er gleich zu seiner Frau in die Lobby hinuntergehen wollte.«

»Das heißt, er hat sich mit seinem Besucher vollkommen sicher gefühlt.« Brasch klappte die Akte mit den Fotos vom Tatort wieder zu und versuchte sich vorzustellen, wie es war, in einer winzigen Sekunde im Spiegel den eigenen Tod zu beobachten; eine Pistole flog wie aus dem Nichts heran und legte sich blitzschnell an den eigenen Kopf, dann, einen Moment später, rauschte man in eine ewige Dunkelheit davon. Unwillkürlich musste Brasch an seinen Vater denken; ein ungebetener, düsterer Gedanke.

»Warum lief das Wasser in der Badewanne?«, fragte Mehler. »Hat der Täter es angestellt, damit der Schuss nicht zu hören war?«

Pia schüttelte den Kopf. »Dadurch hätte er sich bei Kröber verdächtig gemacht. Warum sollte sein Besucher plötzlich das Wasser andrehen? Doch wohl kaum, um ein Bad zu nehmen. Er dürfte auch nicht die Absicht gehabt haben, den Raum unter Wasser zu setzen. Der Abfluss war nicht richtig geschlossen, der Metallstopfen hatte sich nur verkantet.«

»Nein«, erwiderte Brasch und nahm die nächste Akte zur Hand, in der aufgeführt war, wen man bisher vom Personal und den Hotelgästen befragt hatte. Dreiundzwanzig Namen wurden genannt. »Der Täter musste sich säubern. Vielleicht hat er sich die Hände oder das Gesicht waschen müssen. Wir sollten so schnell wie möglich feststellen lassen, wie heftig die Wunde geblutet hat.«

Für ein paar Momente schwiegen sie und dachten nach. Brasch sah den Tatort vor sich. Wenn der Täter sich tatsächlich seelenruhig gewaschen hatte, nachdem er Kröber getötet hatte, sprach sein Verhalten für eine Abgeklärtheit und Nervenstärke, die man gemeinhin nur bei professionellen Killern vermutete oder bei Menschen, die mit einem festen Vorsatz handelten. Konnte es sich um einen Auftragsmord handeln? Von jemandem, der im Hintergrund die Fäden zog? Sie würden vor Ort ein paar Variationen durchspielen müssen, was am Tatort passiert sein könnte. Meistens war die erste Fassung, die sie entwarfen, falsch, weil sie ein paar einfache Dinge nicht bedacht hatten.

Mehler nahm einen Schluck von seiner Instant-Suppe und schob sie dann angewidert zur Seite. »Die Obduktion hat noch etwas ergeben. Der Täter hätte nur ein wenig Geduld aufbringen müssen, dann hätte sich sein Problem von selbst gelöst. Kröber litt an einem sehr ausgeprägten Emphysem in beiden Lungenflügeln. Er muss schon seit einiger Zeit sehr kurzatmig gewesen sein. Auch seine Nieren waren angegriffen, vermutlich weil er wegen seiner Lungenkrankheit starke Tabletten nehmen musste. Mehr als drei, vier Monate hätte er wahrscheinlich ohnehin nicht mehr gelebt.«

»Seine junge Witwe wird genau gewusst haben, wie es um ihn stand«, sagte Pia und blickte Brasch an. Mehler war für sie Luft, seit Brasch ins Zimmer gekommen war. »Das heißt, für sie gab es keinen Grund, Kröber aus dem Weg zu räumen, selbst wenn sie ihn nicht mehr ertrug und möglichst schnell an ihr Erbe kommen wollte.«

»Da bin ich anderer Ansicht. So ein Eheleben mit einem alten Mann kann die Hölle sein.« Mehler steckte sich eine Zigarette an. »Da kann eine Frau schon einmal durchdrehen, um die Zeit ihres werten Gatten ein wenig zu verkürzen.«

»Wissen wir schon etwas über Kröbers Vermögensverhältnisse?«, fragte Brasch. Es stimmte also, was Schmitz, der Barkeeper, ihnen erzählt hatte. Kröber hatte gewusst, dass er bald sterben würde, und vielleicht hatte er Vorkehrungen getroffen oder treffen wollen, die ein Motiv für die Tat boten.

Mehler schüttelte den Kopf. »Die Anfrage bei seiner Bank läuft noch. Außerdem haben wir über Böhler, den Verleger, die Adresse eines Steuerberaters herausbekommen, der Kröbers Steuerklärung gemacht hat. Aber es scheint, als hätte ihn die Scheidung eine Menge Geld gekostet. Er war beinahe pleite, als er seine erste Frau verließ, und seine letzten Bücher liefen nicht mehr besonders gut.«

»Jemand muss die drei oder vier Romane lesen, die Kröber zuletzt veröffentlicht hat«, sagte Brasch. »Möglicherweise lassen sich da Hinweise auf den Mord finden. Oder Hinweise, dass die Bücher gar nicht von Kröber stammen. Der Barkeeper hat gestern Abend so eine Bemerkung gemacht.«

Mehler lächelte. »Pia kennt doch schon ein paar von Kröbers Romanen. Da könnte sie eigentlich gleich noch den Rest lesen.«

Pia verzog ihren roten Mund zu einem ironischen Lächeln. »Klar«, sagte sie und warf einen funkelnden Blick in Mehlers Richtung. »Wenn ihr mir eine Woche Zeit gebt, setze ich mich gerne auf meinen Balkon in die Sonne und lese das ganze Zeug, das Kröber geschrieben hat.«

»Nein.« Brasch war nicht daran gelegen, dass sie mit den Ermittlungen nicht vorankamen, weil Pia und Mehler aus welchen Gründen auch immer einen Kleinkrieg begonnen hatten. »Pia, lass die letzten drei Romane von Kröber besorgen, und jeder von uns wird bis Montag versuchen, wenigstens ein paar Seiten zu lesen.« Dann schilderte er kurz seine Besuche bei Kröbers junger Frau und seinem Sohn. »Haben wir schon die Personalien von Madeleine und ihrem angeblichen Bruder Claude?«, wandte er sich schließlich an Mehler.

»Den Bruder haben wir uns bisher noch nicht vorgenommen«, erwiderte Mehler. »Übrigens ist Madeleine nicht ihr richtiger Name. Klingt, als hätte sie sich eine Art Künstlernamen zugelegt.«

Fragte sich nur, was für eine Art von Kunst die zweite Frau Kröber praktiziert hat, bevor sie Kröber kennen lernte, dachte Brasch. Dann erfasste ihn ein sanfter Schrecken, als er die dritte Akte auf seinem Schreibtisch aufschlug. Der Schrecken begann sehr langsam; er kroch seinen Rücken hinauf und wusste nicht recht wohin. Sollte er wieder verschwinden? Oder sollte er sich zu einem echten Entsetzen steigern?

Plötzlich stand Frank Mehler neben ihm und blickte ihm über die Schulter. Er roch nach Kaffee und zu vielen Zigaretten. Eigentlich kein Wunder, dass Pia ihm aus dem Weg gehen wollte.

»Ja«, sagte Mehler. Er schien Braschs Verwirrung zu registrieren. »Diese Personenzeichnung ist unsere beste Spur. Eines der Zimmermädchen aus dem Domhotel hat heute Morgen diese Frau beschrieben. Sie soll sich um kurz nach neunzehn Uhr in der dritten Etage aufgehalten haben. Möglich, dass sie bei Kröber war. Zu den Hotelgästen hat die Frau eindeutig nicht gehört. Das haben wir bereits überprüft.«

»Eine schöne Frau«, bemerkte Pia, die sich auch über das Computerbild beugte. »Ihre Frisur sieht aus, als wäre sie gerade bei irgendeinem teuren Coiffeur gewesen. Vielleicht sollten wir uns einmal die Nobelfriseure in der Innenstadt vornehmen.«

Brasch nahm die Zeichnung und tat so, als müsste er sie gegen das Licht halten, um etwas zu erkennen. Die Frau auf dem weißen Blatt Papier blickte stumm, mit ernsten, leblosen Augen vor sich hin; ihr Haar war modisch kurz, zwei Strähnen hingen ihr ins Gesicht. Im Restaurant an der Philharmonie hatte sie gelächelt, als sie ihn über Kröbers Buch hinweg angeschaut hatte. Ja, es gab keinen Zweifel, dass Brasch das Porträt der Frau in den Händen hielt, die gestern Abend, während er auf Leonie wartete, mit ihm geflirtet hatte.

»Wir haben bereits eine Fahndung nach der Frau herausgegeben.« Mehler ging zurück zu seinem Schreibtisch, wobei er Pia wie zufällig an der Schulter berührte. »Dieses Computerbild wird auch in den Lokalnachrichten des Fernsehens gezeigt. Außerdem werden wir es auf der Pressekonferenz an die anwesenden Journalisten verteilen. Man kann sich das Bild auch im Internet ansehen. Ich bin sicher: Morgen haben wir die schöne Blonde, und vielleicht ist damit unser Fall schon gelöst.«

6

Es gab ein paar Dinge, die Brasch sich nicht gestattete. Auch wenn er Polizist war, wenn er schon einige Leichen gesehen hatte und mit einer Waffe umgehen konnte, dachte er beinahe nie an den Tod, weder an den eigenen noch an den Tod der Eltern. Als Kind hatte der Tod eine Zeit lang seine Träume beherrscht, als ein riesiges schwarzes Monster, das die Fähigkeit besaß, sich in die Erde zu zaubern; dort verharrte es heimlich und riss plötzlich das Maul auf, um Menschen zu verschlucken, wenn sie gedankenlos über ihn hinweggehen wollten. Brasch hatte so viel Angst vor dem Tod gehabt, dass er sich weigerte, im Dunkeln zu schlafen. Seine Mutter hatte jeden Abend erst dann das Licht gelöscht, wenn er eingeschlafen war, und ihn vor dem großen Bruder verteidigt, der jede Gelegenheit nutzte, ihn mit seiner Angst zu verspotten.

Als Brasch vor dem Krankenhaus in Daun hielt, war es kurz nach halb acht. Die Hitze hatte nachgelassen; das Licht war weicher geworden; eine erste Abendkühle lag in der Luft. Brasch stieg nicht sofort aus. Wenn er ehrlich war, fürchtete er sich davor, seinem Vater gegenüberzutreten und die richtigen Worte finden zu müssen. Am besten wäre es gewesen, er käme ein paar Minuten zu spät und der Vater wäre schon in einen tiefen, heilsamen Schlaf gefallen.

Sein Bruder stand in der Halle und rauchte. Brasch versuchte an dessen ernstem, verschlossenem Gesicht abzulesen, ob sich der Zustand des Vaters verschlechtert hatte. Doch dann schlich ein Lächeln über das Gesicht des Bruders. Er winkte ihn heran.

»Entwarnung«, sagte Robert. »Der Alte liegt nicht mehr auf der Intensivstation.« Er bemühte sich anscheinend, möglichst burschikos zu klingen. Der Vater war für ihn immer »der Alte« gewesen.

Sie schüttelten sich die Hände, ganz wie entfernte Verwandte, die sich nach langer Zeit wieder einmal begegneten und nicht so recht wussten, was sie mit ihren Familienbanden anfangen sollten. Zehn Jahre Altersunterschied hatten sich nie verleugnen lassen.

»Wie geht es ihm?«, fragte Brasch. »Ist er wach?«

»Er ist wieder auf dem Damm. War alles nicht so gefährlich, wie es im ersten Moment aussah. Er hat schon wieder nach einem Bier verlangt.« Robert hielt ihm eine Schachtel Marlboro hin, als wüsste er nicht mehr, dass Brasch keine Zigaretten anrührte. Dann kniff er die Augen zusammen und lächelte wieder. Er sah beinahe selbst wie ein alter Mann aus mit langen, grauen Haaren und Falten, die verrieten, dass er zu viel rauchte und zu viel trank. »Bist ja eine echte Berühmtheit geworden«, sagte er dann, als hätte er den Zustand des Vaters bereits ausführlich beschrieben. »Habe dich eben im Fernsehen gesehen, war richtig beeindruckend, wie ihr da auf dem Podium gesessen habt. Matthias Brasch, Hauptkommissar, fängt einen Mörder.«

»Das war die Pressekonferenz zu unserem aktuellen Fall«, erklärte Brasch beinahe entschuldigend. Er nahm solche öffentlichen Auftritte nicht gerne wahr, besonders nicht, wenn auch der Polizeipräsident und Doktor Schroedel, der leitende Staatsanwalt, mit von der Partie waren. Die beiden hatten sich aufgeführt wie Theaterschauspieler, die endlich einmal vor vollem Haus auftreten durften und sich gegenseitig ihre Rollen nicht gönnten. Trotzdem war die Pressekonferenz ein Erfolg gewesen. Sie hatten das Fahndungsbild der blonden Unbekannten und ihre ersten Ermittlungsergebnisse präsentiert. Die Zeitungen würden morgen ausführlich über den Mordfall Kröber berichten.

Robert stand auf und zog sich aus einem Automaten eine Dose Bier. »Ich glaube, der Alte wartet auf dich«, sagte er und trank einen Schluck. »Er hat vorhin sogar nach dir gefragt, hat richtig Sehnsucht gekriegt, seinen verlorenen Sohn zu sehen.«

Sie gingen einen langen Krankenhausgang entlang. In einer Ecke saß zum Fenster gewandt ein alter Mann. Er sah dem Rauch seiner Zigarette nach, als müsste er eine geheime Botschaft darin erkennen. Ansonsten war niemand zu sehen. Eine Schwester kam aus einem Zimmer und nickte ihnen zu.

Brasch hatte erwartet, dass seine Mutter am Bett des Vaters sitzen würde, aber der Stuhl vor dem Bett war leer. Nur das leuchtende Obst auf dem Nachtschrank verriet, dass sie da gewesen war. Robert hätte seinem Vater niemals etwas mitgebracht.

»Sie war zu erschöpft und ist nach Hause gegangen«, sagte Robert leise, der offensichtlich seinen erstaunten Blick bemerkt hatte.

Der Vater sah viel kleiner aus, als Brasch ihn in Erinnerung hatte. Er lag im Bett, rührte sich nicht, sondern folgte seinen Bewegungen mit schwarzen, stummen Augen. Die dünnen Haare standen ihm wirr vom Kopf ab, wie bei einem verrückten Forscher in alten Kinderfilmen.

»Bin einfach umgekippt«, sagte der Vater heiser, ohne seinen Gruß zu erwidern. »Mit einem Mal war es, als würden alle Lichter ausgehen. Plötzlich war nur noch Nacht um mich herum.« Unruhig wischte er sich über das Gesicht. »Habe deiner Mutter einen schönen Schrecken eingejagt, aber es ist nichts, bestimmt ist es nichts Aufregendes.«

Brasch setzte sich. »Du solltest mehr auf deine Gesundheit achten«, sagte er. »Dir einmal einen richtigen Urlaub gönnen oder vielleicht eine Kur beantragen. Vielleicht könnt ihr ja zusammen wegfahren. An die See oder ...« Ihm fiel ein, dass er gar nicht genau wusste, womit der Vater seine Zeit verbrachte. Früher hatte er ein Lokal gehabt, eine Art Schnellimbiss, das der Bruder dann übernommen und schnell in den Ruin getrieben hatte. Manchmal noch verfolgte Brasch der Geruch von Bier und altem Fett, unangenehme Düfte der Kindheit, denen er so schnell wie er konnte entflohen war.

»Mit meinem Herzen ist alles in Ordnung«, fuhr der Vater fort. Er hatte nicht zugehört. Für das Zuhören war immer die Mutter zuständig gewesen. »Sie haben mich von einer Untersuchung zur nächsten geschleppt. Dabei war das Ganze ein harmloser Schwächeanfall, nichts weiter. Das habe ich auch den Ärzten gesagt. Sie hätten sich gar nicht so viel Mühe machen brauchen. Morgen früh gehe ich wieder nach Hause. Du holst mich doch ab, Robert?«

»Klar, ich hole dich ab«, sagte der Bruder, aber es klang wenig begeistert. Er starrte gelangweilt auf einen Fernseher, der in der Ecke stand und ohne Ton lief.

Auf dem zweiten Bett hockte wie in einer Meditation versunken ein junger Mann in einem blauen Trainingsanzug und blickte apathisch auf den Bildschirm. Riesige Trucks rasten durch Sanddünen. Auf irgendeinem Sportkanal schien immer so ein Unsinn zu laufen.

»Hodenkrebs«, sagte der Vater und deutete auf den Jungen, ohne seine Stimme zu senken. »Er ist noch keine zwanzig und hat keine Chance mehr.«

Brasch hatte sich schon früher über die Rücksichtslosigkeit gewundert, mit der die Eltern über andere gesprochen hatten, selbst wenn die direkt neben ihnen standen. Nachbarn und Verwandte wurden so beurteilt, sogar Gäste in ihrem Lokal. Über beinahe jeden im Dorf waren einige unfreundliche Gerüchte im Umlauf gewesen.

»Morgen früh gehe ich wieder nach Hause«, wiederholte der Vater. Während er die Worte noch mühsam hervorbrachte, schloss er bereits die Augen und wirkte plötzlich, als würde ihm eine geheime Krankheit zu schaffen machen, die sich tief in ihm eingenistet hatte.

Für einen Moment sah sein Vater wie ein Toter aus, dann sank sein Kopf zur Seite. Er öffnete den Mund und atmete rhythmisch ein und aus. Brasch schaute seinen Bruder an, der noch immer ganz fasziniert auf den Bildschirm starrte. Ein Truck war in einer Sanddüne stecken geblieben und drohte umzukippen. Der Fahrer sprang heraus und wedelte mit den Armen, um andere zu warnen.

Es war vollkommen sinnlos gewesen, hier herauszufahren, dachte Brasch. Genauso hatte er sich seinen Besuch vorgestellt; ein paar Worte und hilflose Gesten. Aber eigentlich war es in den letzten Jahren nie anders gewesen. Dann bemerkte er irritiert, dass sein Telefon klingelte. Die Augenlider des Vaters begannen zu flackern, und er seufzte einmal tief auf. Brasch überlegte, das Telefon abzuschalten, doch dann dachte er an Leonie und meldete sich mit leiser Stimme.

Mehler war am Apparat. »Tut mir Leid«, sagte er, als wüsste er genau, dass Brasch einen ganz anderen Anruf erhofft hatte. »Es gibt Neuigkeiten.«

»Haben wir die blonde Frau gefunden?« Brasch warf einen letzten Blick auf seinen schlafenden Vater und wandte sich zur Tür ab.

»Nein, nur ein paar vage Hinweise sind bisher hereingekommen, denen Pia nachgeht, aber deshalb rufe ich dich nicht an.« Mehler zögerte einen Moment, als hätte ihn etwas abgelenkt. »Wir haben einen neuen Fall, eine Vermisstenanzeige. Es geht um Theresa Haas, das Zimmermädchen aus dem Domhotel. Sie war heute Morgen im Präsidium und hat uns die unbekannte Blondine beschrieben. Danach ist sie anscheinend verschwunden. Jedenfalls hat sie ihre kleine Tochter heute Nachmittag nicht aus dem Kindergarten abgeholt.«

»Wer hat die Anzeige aufgegeben?«

»Die Mutter der Vermissten war vor einer Stunde auf der Wache in Chorweiler. Eine Kindergärtnerin hat ihr die Enkeltochter gegen sechs Uhr vorbeigebracht. Anscheinend hatte man vorher versucht, die Kleine zu Hause abzugeben, aber da öffnete niemand.«

Eine Krankenschwester kam ins Zimmer und schaute Brasch unfreundlich an. »Sie dürfen hier nicht telefonieren«, sagte sie und schob sich an ihm vorbei.

Brasch nickte und ging auf den Flur hinaus. »Wissen wir schon etwas über die Vermisste? Hat sie sich schon früher als unzuverlässig erwiesen?«

»Die Mutter hat die Kollegen verrückt gemacht, dass ihrer Tochter etwas zugestoßen sein müsse. Sie hätte ihre Tochter noch nie im Kindergarten vergessen. Die Frau schien allerdings angetrunken zu sein; vielleicht war sie daher ein wenig hysterisch.«

»Glaubst du, dass das Verschwinden des Zimmermädchens etwas mit Kröbers Tod zu tun hat?«, fragte Brasch. Neben ihm tauchte sein Bruder auf und schaute ihn neugierig an.

»Warum verschwindet unsere wichtigste Zeugin, nachdem sie ihre Aussage gemacht hat? Ihr verdanken wir unsere beste Spur. Vielleicht hat die schöne Blonde ihr aufgelauert und sie aus dem Verkehr gezogen.«

»In zwei Stunden bin ich wieder in Köln«, sagte Brasch, dann ließ er sich die Adresse der Vermissten und ihrer Mutter geben und legte auf.

»Musst du schon zurück?«, fragte Robert. Ehrliches Bedauern klang in seiner Stimme.

»Nicht sofort. Ein wenig Zeit habe ich noch.« Brasch schaute seinen Bruder an, aber eigentlich sah er die blonde Frau vor sich, die im Restaurant mit ihm geflirtet hatte. War es möglich, dass jemand einen Mord beging und einige Minuten später in aller Seelenruhe einen Kaffee trank und einem Fremden auffällige Blicke zuwarf? Ja, dachte er, es war schwer zu verstehen, aber es war möglich. Für manche

Menschen war ein Mord wie eine Häutung; so, durch eine schreckliche Bluttat, konnten sie ihr altes Leben hinter sich lassen und sich zumindest der Illusion hingeben, ein neues zu beginnen, das mit dem alten nichts mehr zu tun hatte. Trotzdem hätte er lieber geglaubt, dass die rätselhafte Unbekannte den Mord nicht begangen hatte.

Die Sonne war beinahe vollständig untergegangen, als sie das Krankenhaus verließen. Unschlüssig stand Robert vor ihm und hielt wieder eine Zigarette in der Hand, an der er hektisch zog. Zum ersten Mal sah er besorgt aus. »Ich dachte, wir könnten zusammen noch etwas trinken«, sagte er. »Aber vorher sollten wir Agnes beruhigen.« Irgendwann hatte er beschlossen, ihre Mutter nur noch beim Vornamen zu nennen, vielleicht, weil es erwachsener klang oder er eine Frau, die für ihn lediglich Agnes hieß, leichter um Geld bitten konnte.

Brasch nickte ihm zu. Über viele Dinge hatte sich Leonie gewundert, als sie noch zusammen gewesen waren, aber vor allem darüber, dass er in ein abgrundtiefes Schweigen versunken war, sobald sie sich seinem Elternhaus auf ein paar hundert Meter genähert hatten. »Warum bist du nicht freundlicher?«, hatte sie ihn empört gefragt. »Haben sie dir etwas getan?« – »Nein«, hatte er einsilbig geantwortet, »sie haben mir nichts getan.« Er hatte ihr nie sagen können, dass er den Geruch im Haus nicht ertrug, nicht das öde Gerede über die Stammgäste in ihrem Imbiss, über unaufhörlich steigende Preise und fallende Einnahmen. Brasch war zwölf gewesen, als sein Vater zusammen mit seinem Bruder erwischt worden war, wie sie nachts auf dem Hof eines Getränkemarkts Kisten mit leeren Flaschen stahlen, um sie am nächsten Tag zurückzubringen und Pfand dafür zu kassieren. Ein ziemlich erbärmliches Vergehen, das ihnen zuvor, bei anderen Einbrüchen, schon ein paar Mark eingebracht hatte. Brasch hatte sich zum ersten Mal für seine Familie geschämt, als die Polizei vor ihrer Tür stand und seinen Vater und seinen Bruder mit auf die Wache nahm. Wenig später hatte er beschlossen, Polizist zu werden.

Er fuhr seinem Bruder nach, der in einen alten Mercedes gestiegen war. Im Radio lief ein monotoner Technosong, der ihn aggressiv machte und ihm nur zeigte, dass er längst nicht mehr jung war, sondern mittlerweile zu einer Generation gehörte, die solch eine Musik nicht verstand. Er suchte eine Cassette aus einem Seitenfach und schob sie in den Recorder. Tom Waits sang »Waltzing Mathilda«. Unabsichtlich hatte er eine von Leonies Cassetten erwischt. Sie hatte Tom Waits geliebt und manchmal selbst einige seiner Lieder am Klavier gespielt. Nach ein paar Takten schaltete er den Recorder wieder aus. Er sah seine Mutter schon von weitem, noch bevor er in ihre Straße eingebogen war und den Motor abgeschaltet hatte. Sie stand am Fenster und blickte hinaus. Ganz zaghaft hob sie ihre Hand zum Gruß. Brasch winkte zurück. Er wusste, dass der Tisch gedeckt war und sie schon sein altes Zimmer hergerichtet hatte, in der Hoffnung, er bliebe vielleicht über Nacht, auch wenn das in den letzten Jahren niemals vorgekommen war.

Seine Mutter erwartete ihn in der offenen Tür und lächelte. Manchmal, wenn sie lachte, konnte er sich vorstellen, wie sie als junges Mädchen ausgesehen hatte. »Die Nachbarn haben angerufen, dass sie dich in den Nachrichten gesehen haben.« Sie war tatsächlich ganz aufgeregt, weil ihr Sohn im Fernsehen aufgetreten war. »Gleich beginnen die nächsten Nachrichten.«

Sie eilte voraus, ohne seinen Bruder zu begrüßen oder nach dem Vater zu fragen. Brasch sah, dass auf dem Esstisch für drei gedeckt war, genau wie er es erwartet hatte. Aus der Küche drang der Duft von frischen Pfannkuchen;

für einen Moment war es, als wäre er noch ein kleiner Junge, der hungrig vom Spielen nach Hause kam und dem die Mutter mit seinem Lieblingsessen eine besondere Freude machen wollte.

Das Wohnzimmer war klein und dunkel; trotz der Hitze draußen roch es unangenehm nach nassem Holz. Die Lokalnachrichten hatten vor ein paar Momenten begonnen. Der Mord an R. A. Kröber war noch immer die wichtigste Meldung des Tages. Brasch sah sich selbst in dem Film, der von der Pressekonferenz eingespielt wurde, ein wenig mürrisch auf dem Podium neben dem Polizeipräsident sitzen.

»Du hättest ein freundlicheres Gesicht machen müssen«, erklärte seine Mutter, während sie wie gebannt auf den Bildschirm starrte. »Außerdem bist du der Einzige, der keine Krawatte trägt.«

»Matthias sieht wenigstens nicht so affig aus wie dieser ewig grinsende Kerl neben ihm«, sagte sein Bruder und meinte offensichtlich Schroedel, den leitenden Staatsanwalt, der tatsächlich immer den Eindruck vermittelte, als würde er leise in sich hineinlächeln.

Brasch hörte, wie er einige Sätze zum vermuteten Tathergang sagte; fremd und seltsam dunkel klang seine Stimme, als gehöre sie gar nicht zu ihm. Dann wurde das Computerbild der Unbekannten aus dem Hotel eingeblendet; ihre Gesichtszüge wirkten zu leblos und daher unecht, aber noch immer zweifelte er nicht daran, dass sie die Frau aus dem »Lorenzo« war.

»Ihr glaubt wirklich, dass diese Frau den Schriftsteller ermordet hat?«, fragte seine Mutter und schüttelte den Kopf. »Sie sieht doch eigentlich sehr nett aus.«

»Wir behaupten nicht, dass sie die Mörderin ist«, erklärte er ein wenig gereizt. »Wir suchen sie, weil sie eine wichtige Zeugin sein könnte.«

Plötzlich kam ihm ein ganz anderer Gedanke. Hatte die Frau ihn deshalb so auffordernd angeschaut, weil sie ihn gemeint hatte und sich ihm auf diese Weise zu erkennen geben wollte? War sie vielleicht in dem Restaurant gewesen, um ihn zu sehen? Wenn er in letzter Zeit abends aus dem Präsidium gekommen war, hatte er gelegentlich noch im Internet gesurft und sich auch in einen Chatroom eingeloggt. Zu Beginn hatte er die Konversation, die sich da vor seinen Augen abspielte, nur stumm verfolgt, dann aber, als es galt, einige Rätsel zu lösen, die sich um berühmte Kriminalfälle drehten, hatte er sich zu Wort gemeldet. Eine Frau hatte sich als eine sehr aufmerksame und humorvolle Gesprächspartnerin erwiesen. Sie nannte sich Bellaluna und stammte angeblich aus Dortmund. Schon am nächsten Abend hatte sie wieder Kontakt mit ihm aufgenommen. Bellaluna rief Bootlegger; aus einer Laune heraus hatte er sich nach den amerikanischen Alkoholschmugglern aus den dreißiger Jahren benannt.

Chatrooms boten eine wunderbare Gelegenheit, um sich zu verstellen; jeder lief gewissermaßen in einer Verkleidung durch die virtuelle Szenerie. Brasch hatte die Aura des Geheimnisvollen gefallen; er hatte Bellaluna, sosehr sie ihn auch bedrängt hatte, nichts von sich mitgeteilt. Lediglich eine vage Beschreibung hatte er von sich gegeben, und dass er in Köln wohnte, den Rhein und die romanischen Kirchen der Stadt liebte, hatte er ihr verraten. Als sie ihn hartnäckig nach seinem Lieblingslokal gefragt hatte, hatte er außerdem das »Lorenzo« genannt, ohne nachzudenken, wahrscheinlich weil er sich einige Tage später dort mit Leonie treffen wollte.

War Bellaluna aus Dortmund angereist, um ihm im »Lorenzo« aufzulauern? Einmal hatte sie in einem Gespräch eine Bemerkung über eine unverhoffte Begegnung gemacht und sich selbst beschrieben; sie war siebenundzwanzig, groß und blond und hatte eine Vorliebe für schwarze Kleidung und altmodische Trenchcoats. Aber was für eine Bedeutung hatte solch eine Beschreibung, wenn niemand sie überprüfen konnte?

Brasch bemerkte, dass seine Mutter ihn ansah, als hätte sie eine Frage gestellt und wartete nun auf eine Antwort. Auf dem Bildschirm war Marchow, der Literaturagent, aufgetaucht. Routiniert nutzte er die Gelegenheit, um seine Vermutung unter die Leute zu bringen, Kröber sei ermordet worden, weil er bei seinen Recherchen mafiöse Strukturen bestimmter chinesischer Importfirmen aufgedeckt habe. Marchow brachte es sogar fertig, Kröbers letzten Roman in die Kamera zu halten und der Polizei zu empfehlen, ihn aufmerksam zu lesen. Angewidert schaltete Brasch den Fernseher ab. Robert saß bereits am Esstisch und hatte sich ein Bier eingeschenkt.

»Du bleibst doch noch?«, fragte seine Mutter. »Wenigstens zum Abendessen?«

Brasch schüttelte den Kopf. »Tut mir Leid. Ich konnte mir nur zwei Stunden frei nehmen, um ins Krankenhaus zu fahren. Man erwartet mich im Präsidium zurück. Morgen, spätestens übermorgen komme ich wieder vorbei.«

Seine Mutter hob hilflos die Hände. Sie hatte immer gewusst, wann er log. Als Einzige durchschaute sie ihn; sie wusste, warum er so früh nach Köln gegangen war und warum er sie so selten besuchte, und wahrscheinlich wusste sie auch längst, obwohl er sie nicht eingeweiht hatte, dass Leonie nicht mehr bei ihm wohnte. Mit keinem Wort hatte sie sich in ihren letzten Telefonaten nach ihr erkundigt oder Grüße ausgerichtet.

»Aber vielleicht darf ich einen Pfannkuchen mitnehmen und unterwegs essen?«, sagte Brasch. Es sollte versöhnlich klingen, doch er bemerkte, wie seine Mutter das Gesicht verzog, während sie in die Küche eilte, um ihm ein paar Pfannkuchen einzupacken. Ärger, den sie empfand, hatte sie niemals ausgesprochen, sondern immer nur in kurzen, abgehackten Bewegungen zum Ausdruck gebracht.

Robert schaute ihn über seinen Teller an. »Weißt du, was ich neuerdings für Musik höre?«, fragte er, während er an seinem Pfannkuchen kaute. »Arien von Maria Callas. Meine neue Freundin singt genauso wie die Callas. Na ja, zumindest so ähnlich, auch wenn sie die hohen Töne nicht immer genau trifft.«

Brasch fiel ein, dass sein Bruder sich auch schon als Gitarrist versucht hatte. Allerdings war er auch als Musiker nicht besonders erfolgreich gewesen.

»Du solltest freundlicher zu Agnes sein«, fuhr Robert übergangslos fort. »Um dich macht sie sich mehr Sorgen als um den Alten. Sie hat Angst, dass du ohne Leonie nicht zurechtkommen wirst.«

»Ihr wisst also, dass Leonie ausgezogen ist?« Brasch widerstand der Versuchung, sich doch zu setzen und seinen Bruder nach Leonie auszufragen. Wusste seine Familie möglicherweise besser als er, wie es ihr ging?

Sein Bruder nickte. »Leonie war vor ein paar Wochen hier. Tut uns Leid, die Sache mit dem toten Kind.«

Brasch spürte ein Entsetzen, das beinahe noch größer war als in jenem Moment vor zwei Monaten, als Leonie ihm den Grund ihres plötzlichen Verschwindens offenbart hatte. Damals hatte sie es »Fehlgeburt« genannt, nun hieß der Grund »das tote Kind«.

»Agnes hat lange mit Leonie geredet; sie hätte auch gern ein Enkelkind gehabt«, fügte sein Bruder ungerührt hinzu. »Dann wird sich einer von uns beiden wohl doch noch opfern müssen.« Er lachte, aber es klang nur wie ein schlechter, abgenutzter Scherz.

Seine Mutter kam aus der Küche und reichte ihm die Pfannkuchen, die sie ordentlich in Silberfolie eingepackt hatte. Warm und wohlriechend lag das kleine Paket in seiner Hand.

»Wenn dein Vater stirbt, wirst du dir Vorwürfe machen«, sagte sie mit einer Strenge, die er nicht an ihr kannte.

Überrascht sah Brasch sie an und entdeckte einen unverhohlenen Zorn, der in ihren Augen funkelte und sie größer und dunkler wirken ließ. Ihr Satz sollte ihn verletzen, aber er hatte viel weniger mit dem kranken Vater zu tun als mit dem toten Kind, an das Brasch nie einen Gedanken verschwendet hatte. Aber auch das hatte seine Mutter längst durchschaut.

7

Wer war Bellaluna? Diese Frage beschäftigte Brasch mehr als alles andere, während er auf dem Weg zurück nach Köln einen Pfannkuchen nach dem anderen aß. Sie hatte nicht viel von sich preisgegeben, sich jedoch für etliche Kleinigkeiten interessiert, die er erwähnt hatte. Hatte er ihr verraten, dass er Polizist war? Er erinnerte sich nicht genau; im Allgemeinen war er allerdings sehr verschwiegen, was seinen Beruf betraf. Als er noch mit Leonie zusammen gewesen war, hatten einige ihrer Künstlerfreunde, die sich ohne durchschlagenden Erfolg als Maler oder Musiker versuchten, ihn gerne in Diskussionen verstrickt, deren Tenor immer derselbe gewesen war: Wie konnte man nur auf die Idee kommen, Polizist zu werden. Hieß das nicht, mit allem in diesem kalten, kapitalistischen Staat einverstanden zu sein?

Manchmal hatte er den Eindruck gehabt, dass Bellaluna im Chatroom auf ihn gewartet hatte. Sie war sofort zur Stelle gewesen, kaum dass er sich angemeldet hatte, und er war sicher, dass sie einmal von einem Treffen in Köln gesprochen hatte. Aber all das beantwortete in keiner Weise die Frage, warum sie sich im Domhotel aufgehalten haben sollte, bevor sie ihm im »Lorenzo« auflauerte. Nein, er musste sich irren, wenn er glaubte, Bellaluna könnte die Frau aus dem Restaurant gewesen sein. Trotzdem wäre er am liebsten zuerst nach Hause gefahren und hätte sie im Chatroom gesucht. Stattdessen fuhr er nach Chorweiler hinein, einer mit viel Beton errichteten Trabantenstadt, die in Köln einen ziemlich eindeutigen Ruf genoss. Wer in Chorweiler lebte, war auf der Verliererstraße angekommen, einer Straße, auf der es sich kaum noch wenden ließ.

Die verschwundene Theresa Haas wohnte im siebzehnten Stockwerk eines Hochhauses, das auch schon bessere Tage gesehen hatte. Ein paar Klingelknöpfe waren herausgerissen, und auf den Wänden neben der Eingangstür hatten einige weniger begabte Graffiti-Künstler ihre kryptischen Zeichen und Parolen hinterlassen. Ohne dass ihn jemand nach seinem Namen fragte, wurde Brasch geöffnet. Aber vielleicht war die Gegensprechanlage auch defekt.

Mehler empfing ihn am Fahrstuhl. Er sah aus, als könnte er nichts dringender gebrauchen als ein paar Stunden Schlaf. »Wir haben noch nichts«, sagte er. »Keinen einzigen Anhaltspunkt, wo sie abgeblieben sein könnte, dabei sind wir bereits einigen Spuren nachgegangen.«

»Seit wann ist die Fahndung draußen?«, fragte Brasch, während sie auf eine offene Tür zugingen.

»Seit über zwei Stunden. Außerdem haben wir alle ihre Freundinnen, die wir kennen, Kolleginnen und andere Mütter aus dem Kindergarten angerufen. Niemand hat Theresa Haas heute gesprochen. Sie hat ihr Kind abgegeben, ist ins Präsidium gefahren, um ihre Aussage zu machen, und danach ist sie nirgendwo mehr gesehen worden.«

»Du hast doch mit ihr geredet. Was für einen Eindruck hat sie auf dich gemacht?«

»Sie sah verhärmt aus, fast, als wäre sie magersüchtig, und wirkte nervös und abgehetzt. Ich habe noch gedacht, was für Zustände wohl im Domhotel herrschen, wenn die Zimmermädchen da Angst haben, zu spät zur Arbeit zu kommen, obwohl sie bei der Polizei eine wichtige Aussage machen müssen.«

»Vielleicht hatte sie noch einen anderen Termin, von dem niemand etwas wissen sollte?«

»Das erklärt überhaupt nicht, warum sie ihr Kind vergessen hat.« Mehler schüttelte den Kopf. »Nein, ich glaube, unsere schöne Blonde hat ihr aufgelauert.«

Brasch spürte, dass ihm dieser Gedanke nicht gefiel und dass er für sich begonnen hatte, die blonde Frau zu verteidigen, gleichgültig, ob sie tatsächlich Bellaluna war oder nicht.

Sie gingen in die Wohnung hinein. Der Flur war so schmal und zugestellt, dass sich die Tür kaum öffnen ließ. Heiße, abgestandene Luft drang ihnen entgegen. Brasch folgte Mehler an einer winzigen blank geputzten Küche vorbei in das Wohnzimmer. Ein Blick genügte, um zu sagen, dass ein Zimmermädchen im Domhotel keine Reichtümer erwerben konnte und dass Theresa Haas auch sonst keinen Gönner hatte. Die Einrichtung war karg und ärmlich: ein Holzregal mit billigem Nippes, ein altmodisches Stoffsofa, zwei Sessel, die nicht dazu passten, und ein abgeschrammter Couchtisch. Nur beim Fernseher hatte Theresa Haas nicht gespart. Ein moderner, überdimensionaler Bildschirm nahm beinahe eine ganze Wand des Zimmers ein.

Auf dem Sofa saß eine Frau, die so langsam den Kopf hob, als müsse sie sich dazu überwinden, Brasch anzuschauen.

Mehler stellte ihn kurz vor, was die Frau mit einem müden Nicken registrierte. Sie war so bleich und mager, wie es Alkoholiker häufig sind, denen jede Art von fester Nahrung zu einem Gräuel geworden ist. Ihr schütteres graues Haar war in der Mitte gescheitelt. Unentwegt drückten ihre dürren Finger an einem Taschentuch herum.

»Frau Haas war so freundlich, uns eine Liste mit den Bekannten ihrer Tochter zu geben«, sagte Mehler, als wollte er der Frau eine Brücke bauen, um in die Sprache, zu ein paar Worten zurückzufinden.

Die Mutter der Vermissten sah Brasch an. Eine große, ängstliche Leere stand in ihren Augen. »Was sollen wir machen?«, fragte sie und wandte sich in einer Art an Brasch, als würde sie ihn im nächsten Moment duzen.

Für einen Moment war er überrascht. Die Frau sprach mit einem starken östlichen Akzent. Polen, schätzte er, oder Russland.

»Frau Haas und ihre Tochter sind vor elf Jahren aus Kasachstan gekommen«, erklärte Mehler.

Die Frau nickte und fingerte noch heftiger an ihrem Taschentuch herum. »Wir sind Deutsche«, sagte sie, und es klang wie eine oftmals vorgebrachte Rechtfertigung, »katholische Deutsche, keine Kasachen und schon gar keine Russen.«

Brasch setzte sich zu ihr auf das Sofa. Er roch, dass sie getrunken hatte; wahrscheinlich hatte die Angst um ihre Tochter ihren Durst noch heftiger werden lassen. Insgeheim bedauerte er Mehler, der sich an dieser Frau schon über zwei Stunden abgearbeitet hatte. »Fühlen Sie sich wohl in Deutschland? Haben Sie hier viele Freunde?«

Die Frau schaute ihn an, als hätte sie seine Frage nicht verstanden, dann nickte sie heftig. »Keine Arbeit für mich, aber Theresa geht es gut. Sie liebt Anja, hätte nie ihr Kind vergessen.« Fahrig blickte sie sich im Raum um, wie eine Alkoholkranke, der die Zunge im Mund verdörrte, doch da war nichts, nicht einmal ein Glas Wasser stand auf dem Tisch.

»Wenn Sie erlauben«, sagte Brasch, »werde ich uns einen Kaffee kochen, und dann werden wir noch einmal überlegen, wo Ihre Tochter sein kann.«

»Nirgendwo«, sagte die Frau gereizt, »sie kann nirgendwo sein. Sie hat nur Anja und mich.«

»Und wo ist der Vater Ihrer Enkelin? Könnte es sein, dass er sich mit Ihrer Tochter getroffen hat?«

Die Entrüstung ließ die Frau ihr weißes Taschentuch vor sich auf den Tisch werfen, wo es wie ein kleines, ängstliches Tier lag, das sich langsam auseinander faltete. »Niemals!«, rief sie und straffte sich. »Dieser Scheißkerl ist nach Italien zurück. Mit dem schönen Geld, mit dem neuen Auto.«

Brasch verstand. Anscheinend hatte da vor einiger Zeit eine kleine Familientragödie stattgefunden. »Wen könnte Ihre Tochter denn auf dem Weg ins Hotel getroffen haben?«, fragte er betont freundlich.

Die Mutter der Vermissten, diese traurige Alkoholikerin, atmete einmal tief ein und aus, zupfte ihre rote Bluse zurecht, dann schaute sie Brasch an und antwortete nun eher resignierend als empört. »Ich habe es Ihrem Kollegen schon gesagt. Sie kann nirgendwo sein. Ihr ist etwas passiert, und Sie sitzen hier herum und stellen falsche Fragen.«

»Wir versuchen nur noch einmal alle Möglichkeiten durchzuspielen«, sagte Mehler, als wollte er Brasch vor der Frau verteidigen. »Außerdem läuft die Suche nach Ihrer Tochter schon.«

Brasch hörte ein leises Knarren, so als würde eine Tür geöffnet. Alle drei waren sie für einen Moment wie elektrisiert, dass es die Haustür sein könnte und Theresa Haas glücklich und mit einer einleuchtenden Erklärung zurückgekehrt war. Ein etwa vierjähriges Mädchen drückte sich schüchtern in die Tür. Es sah in seinem winzigen weißen Kleidchen wie ein Engel aus, der vom Himmel herabgestiegen war – mit großen braunen Augen und einem schwarzen Lockenkopf. Einen Stofftiger, der beinahe so groß war wie sie selbst, hielt die Kleine im Arm und schmiegte sich an ihn.

»Mama«, sagte sie verschlafen, »habe Träume ohne Mama.«

Ihre Großmutter sprang vom Sofa auf; sie brauchte ein, zwei Schritte, bis sie sicher auf den Beinen stand und auf die Kleine zueilen konnte. »Mama kommt gleich«, flüsterte sie. »Du musst weiterschlafen, sonst wird Mama böse, wenn sie wieder da ist.«

Bevor sie ihre Enkeltochter an die Hand nahm und wieder in ihr Zimmer führte, drehte sie sich noch einmal um und bedachte Brasch mit einem langen, vorwurfsvollen Blick. Seht ihr, sagte dieser erstaunlich klare Blick, meine Tochter kann nirgendwo anders sein als hier bei diesem wunderschönen Kind.

Mehler seufzte, als die beiden, ein selten ungleiches Paar, den Raum verlassen hatten. »Hier kommen wir nicht weiter«, sagte er. »Theresa Haas scheint eine einsame, tüchtige Frau zu sein, die nur für ihre Tochter da war.«

»Ja, wir können nur warten, ob bei der Fahndung etwas herauskommt.« Brasch hatte sich erhoben und betrachtete die drei gerahmten Fotos, die in dem Regal standen. Theresa Haas war eine jüngere Version ihrer Mutter; blass, mager, mit dünnen, halblangen Haaren, ein Gesicht, das in einer Menschenmenge niemandem aufgefallen wäre; darum war der Kontrast zu ihrem Kind, das sie im Arm hielt, um so auffälliger, als hätten zwei glutäugige, gut gebaute Italiener eine fremde Frau gebeten, kurz auf ihr Kind aufzupassen. Auf dem zweiten Bild war Theresa Haas allein zu sehen. Wenn ihr etwas Glanz verlieh, dann der Stolz auf ihre engelhafte Tochter. Auf dem dritten Foto, das eindeutig mindestens zwanzig Jahre älter als die beiden anderen war, lächelte ein junger Mann, der Uniform trug, ein wenig unbeholfen in die Kamera.

»Ich nehme nicht an, dass etwas gegen Theresa Haas vorliegt«, sagte Brasch. »Ansonsten hätte man sie im Domhotel sofort entlassen.«

»Wir haben das noch nicht überprüft«, erklärte Mehler. Er hatte sich eine Zigarette angesteckt und rauchte genüsslich. Aus dem Nebenraum war zu hören, dass die Frau ihrer Enkelin ein russisches oder kasachisches Kinderlied vorsang. Sie hatte eine weiche, melodiöse Stimme, die nichts mehr von ihrer Trunkenheit verriet.

»Könnte es sein, dass die junge Haas uns durch die Personenbeschreibung auf eine falsche Spur bringen wollte, dass sie gar nicht die blonde Frau im Hotel gesehen hat, sondern jemanden, den sie genau kennt?« Brasch dachte laut vor sich hin.

»Du sprichst von dem Versuch, den Mörder zu erpressen?«, fragte Mehler.

Brasch breitete die Arme aus. »Sieh dich um! In diesem Haushalt wird jeder Cent zehnmal umgedreht, da kämen ein paar Nebeneinkünfte gerade recht. Oder vielleicht hat Theresa Haas selbst versucht, R. A. Kröber um ein paar Euro zu erleichtern, und ist dabei überrascht worden, und nun hat sie die Nerven verloren und ist untergetaucht.« Brasch begriff selbst, während er noch sprach, wie wenig sich seine Vermutungen mit den Tatsachen deckten. Mit ziemlicher Sicherheit hatte Theresa Haas keine Waffe bei sich gehabt, selbst wenn sie jemanden bestehlen wollte.

»Nein.« Mehler schüttelte den Kopf. »Dann wäre sie bei unserem Termin im Präsidium noch nervöser gewesen. Außerdem haben wir ihr die Geschichte doch abgekauft; wir suchen eine junge, blonde Frau, die zuletzt bei R. A. Kröber im Zimmer war.«

Ein schrilles Klingeln zerriss die dumpfe Stille in der Wohnung. Im Nebenraum schreckte das Kind wieder auf und stieß einen Schrei aus. Brasch sah auf die Uhr. Es war zehn Minuten nach dreiundzwanzig Uhr. Eine seltsame Zeit für einen Gast, aber vielleicht stand ja eine erschöpfte Theresa Haas vor der Tür, die ihnen eine gute Erklärung bot, wo sie den ganzen Tag gesteckt hatte.

Mehler drückte dem späten Besucher auf. Angespannt warteten sie hinter der Tür und spähten durch den Spion in das dunkle Treppenhaus. Hinter ihnen stand die alte Haas mit ihrer halb schlafenden Enkeltochter im Arm.

»Ist Theresa zurück?«, fragte sie mit einer Mischung von Freude und Angst in der Stimme.

Brasch deutete ihr, still zu sein. Sie nickte abgehackt, wie ein gehorsames Kind.

Es dauerte eine halbe Ewigkeit, bis der Fahrstuhl die siebzehnte Etage erreicht hatte und die Tür aufglitt. Gleichzeitig sprang die matte Treppenhausbeleuchtung an.

Theresa Haas war nicht zurückgekehrt. Ein breitschultriger, bärtiger Mann, Marke Fernfahrer oder Taxichauffeur, tappte durch den Flur. Er hielt einen Zettel in der Hand und suchte die Türen ab. Direkt vor ihrer Tür zögerte er und drückte dann zaghaft auf den Klingelknopf.

Mehler öffnete die Tür, so weit es in dem engen Flur möglich war.

»O Pardon!« Der Mann wich einen Schritt zurück; er hatte ganz offensichtlich geglaubt, dass eine magere, blasse Frau ihm öffnen würde. Ratlos blickte er auf seinen Zettel.

»Sie wollen zu Frau Haas?«, fragte Mehler mit seiner förmlichen Polizistenstimme.

Der Mann nickte, während er von seinem Zettel aufblickte. Er trug eine teure Lederjacke und schwarze Jeans. »Sie hat mich bestellt.« Er zögerte einen Moment.

»Am späten Abend sollte ich kommen«, fügte er entschuldigend hinzu. Seinem Akzent nach stammte er auch aus Osteuropa.

Mehler holte seinen Dienstausweis hervor und hielt ihn hoch. »Polizei Köln. Verraten Sie uns, was Sie von Frau Haas wollten?«

Der Mann starrte irritiert auf den Ausweis. Dann richteten sich seine Augen unsicher auf Mehler und Brasch, der sich einen Schritt hinter seinem Kollegen postiert hatte. »Es ist wegen des Geldes«, sagte er langsam. »Theresa wollte mir heute ihre Schulden zurückzahlen.«

Um zwei Minuten nach Mitternacht verließen sie die Wohnung. Brasch bat Mehler, nach Hause zu fahren und ein paar Stunden zu schlafen. Er selbst wollte noch kurz im Präsidium vorbeischauen. Vielleicht hatte ihre Fahndung ja schon etwas ergeben.

Die Dinge begannen sich weiter zu verkomplizieren. Die verschwundene Theresa Haas hatte eindeutig geglaubt, einen Hauptgewinn gezogen zu haben, deshalb hatte sie Peter Lubanski am Vormittag, nachdem sie das Präsidium verlassen hatte, angerufen und ihm gesagt, dass sie ihm endlich die 5.000 Euro zurückgeben könne, die er ihr vor zwei Jahren geliehen hatte. Gegen Lubanski, der eigentlich Pjotr hieß und dem ein Lokal in Köln-Mülheim gehörte, lag nichts vor. Seine Geschichte wirkte plausibel und wies keine Ungereimtheiten auf. Wieso hatte Theresa Haas angenommen, plötzlich ihre Schulden zurückzahlen zu können?

Es lag auf der Hand, dass ihr Anruf bei Lubanski und ihr Verschwinden mit dem Fall R. A. Kröber zu tun hatten.

Brasch begann zu spüren, wie Müdigkeit in seine Gedanken kroch. Als er über die Zoobrücke in Richtung Präsidium fuhr, öffnete er für ein paar Momente das Fenster, damit der Fahrtwind ihn erfrischte. Die Beleuchtung am Dom war bereits abgeschaltet. Wie ein stummer steinerner Berg lag die Kathedrale am Fluss, auf dem sich einzelne Lichter brachen. Ein paar Musikdampfer waren noch hell erleuchtet. Er hatte es wieder nicht geschafft, Leonie anzurufen, aber wahrscheinlich war ihr Zorn auf ihn gar nicht mehr zu steigern. Nein, bis auf ihr letztes Telefonat hatte sie eher gleichgültig geklungen. Sie hatte sich damit abgefunden, dass sie nicht mehr zusammenkommen würden und ihre Geschichte zu Ende war.

Während Brasch nach Köln-Kalk abbog, hatte er plötzlich Leonie vor Augen, wie sie manchmal am Wochenende in ihrem schwarzen Nachthemd vor ihm aus dem Bett geschlüpft war. Nur zwei dünne Träger spannten sich über ihre Schultern, die sich anmutig bewegten, wie bei einer Tänzerin, die ihre ersten zaghaften Schritte auf einer Bühne machte. Er schaffte es im letzten Moment, seinen Wagen herumzureißen, um nicht die Leitplanke zu touchieren. Solche Erinnerungsblitze trafen ihn in letzter Zeit häufiger; Momente, in denen er Leonie in scheinbar alltäglichen Situationen sah; die Art, wie sie sich nachdenklich über die Lippen leckte, wie sie sich eine Haarsträhne aus dem Gesicht strich oder wie ihre Augenbrauen zitterten, wenn sie aufgeregt oder verärgert war.

Brasch hatte plötzlich Sehnsucht nach ihrer Stimme; wenn er sie schon nicht sehen konnte, hätte er zumindest gern ihre Stimme gehört, doch nun war es zu spät, um sie anzurufen.

Im Präsidium schien alles ausgeflogen zu sein. Selbst die Kollegen, die Bereitschaft hatten, waren nirgends zu sehen. Brasch ging in sein Büro. Zu der schönen Blonden gab es anscheinend noch keine Neuigkeiten. Auf seinem Schreibtisch lag das abschließende Obduktionsergebnis »Ungeklärter Todesfall Rudolf August Kröber«. Dazu eine ganze Mappe mit Fotos vom Tatort sowie der erste, zwanzig Seiten starke Bericht der Spurensicherung. Haare von vier verschiedenen Personen waren trotz der Schwierigkeit, dass der Raum überschwemmt gewesen war, in Kröbers Bad gefunden worden, was allerdings in einem Hotel mit raschem Gästewechsel nicht viel besagte. Ob eines der Haare zu Tom Kröber gehörte, war anscheinend noch nicht abgeglichen worden. Ganz inoffiziell hatte Brasch die Spurensicherung kurz vor der Pressekonferenz gebeten, die Haarprobe zu überprüfen.

Pia war nicht untätig gewesen, sie hatte sich eine Pressemappe über R. A. Kröber schicken und Dossiers über Böhler, den Verleger, und Marchow, den Literaturagenten, erstellen lassen. Da sie aber lediglich auf offizielles Material zurückgegriffen hatten, war nicht viel dabei herausgekommen. Brasch blätterte einige Fotos von R. A. Kröber durch, die seinen Aufstieg zum Bestsellerautor dokumentierten. Auf allen Aufnahmen lächelte er gequält und machte eher den Eindruck, er wäre ein Mechaniker, ein ehrlicher Handwerker, den man in einen schlecht sitzenden Anzug gesteckt hatte. Ein Bild zeigte ihn sogar, wie er dem frisch gewählten Bundeskanzler Willy Brandt sein neuestes Buch überreichte. Stets war seine Frau wie eine graue Eminenz, die Einflüsterin in brenzligen Situationen, an seiner Seite. Erst nach der Trennung, als Madeleine neben ihm auf den Fotos auftauchte, veränderten sich sein Lachen und seine Körperhaltung. Allerdings ließ sich nun auch nicht mehr die erste

Garnitur der Prominenten mit ihm ablichten. Meistens waren lediglich Kröber und Madeleine auf den Bildern zu sehen, einmal auch, als wäre er ihr Leibwächter, der schweigsame Claude.

Brasch notierte sich, dass sie über Interpol Erkundigungen über Claude einziehen mussten. War er wirklich Madeleines Bruder? Eine Recherche in Thailand war mühsam und zeitaufwendig. Sie sollten zuerst versuchen, über die thailändischen und deutschen Botschaften an Informationen zu gelangen.

Ein letztes Dossier beschäftigte sich mit Tom Kröber. Als einzige der beleuchteten Personen war er bereits mehrfach aktenkundig geworden. Siebenmal war er wegen zu schnellen Fahrens aufgefallen. Schließlich hatte er seinen Führerschein verloren und war wegen Scheckbetrugs rechtskräftig verurteilt worden. Die Anklage, an einem Schwarzhandel mit Zigaretten beteiligt gewesen zu sein, hatte das Amtsgericht Köln jedoch aus Mangel an Beweisen abgewiesen. Andernfalls hätte Kröber junior seinen ruhigen Wohnsitz in Sülz für ein paar Monate mit einer Gefängniszelle in Köln-Ossendorf tauschen müssen. Ein echter Mustersohn; er hatte es zwar als Künstler zu nichts gebracht, aber während er vor Gericht stand, war er zumindest mehrmals auf den Lokalseiten des Stadtanzeigers in den Schlagzeilen gewesen. Ein unscharfes, schlecht gemachtes Foto zeigte ihn mit schulterlangen Haaren in der Pose des unerschütterlichen Rebellen, der aller Welt sein Victory-Zeichen entgegenstreckte. Brasch brauchte einen Augenblick, um sich zu erinnern, wo er so eine hagere Gestalt mit langen Haaren schon einmal gesehen hatte. Es war kaum vierundzwanzig Stunden her: Während er mit Anna Kröber im Arbeitszimmer ihres Ex-Mannes gewesen war und in den Garten geblickt hatte, war dort jemand herumgeschlichen, der einem

Tom Kröber mit schulterlangen Haaren verblüffend ähnelte. Welchen Grund konnte der junge Kröber haben, sich über Nacht die Haare abschneiden zu lassen? Die nächstliegende Antwort war: keinen, der nicht etwas mit dem Mord an seinem Vater zu tun hatte.

Als Brasch seinen Computer anschaltete, um zu sehen, ob Bellaluna sich trotz der späten Stunde eventuell noch im Chatroom aufhielt, wurde die Tür seines Büros leise geöffnet.

»Ich habe noch Licht gesehen«, sagte eine leise Stimme, die Amelie Kramer gehörte. Seit ein paar Wochen verstärkte die junge Assistentin ihre Abteilung im Innendienst. Meistens kümmerte sich Pia um sie.

Brasch loggte sich ins Internet ein. »Was machen Sie um diese Zeit noch hier?« Er hatte den Verdacht, dass Amelie sich insgeheim vor ihm fürchtete. Während sie gelegentlich mit Pia und Mehler scherzte, richtete sie nur sehr selten das Wort an ihn.

»Ich habe noch ein wenig über Kröber recherchiert. Er hat im Internet einen richtigen Fanclub. Auf seiner eigenen Homepage wird sein halbes Leben erzählt. Nur seine erste Ehefrau kommt überhaupt nicht vor, als hätte sie gar nicht existiert; dafür gibt es jede Menge Fotos mit ihm und seiner Thailänderin.« Amelie legte ihm ein paar Papiere auf den Tisch. Sie hatte ihre langen, blonden Haare zusammengebunden, was ihr Gesicht noch puppenhafter wirken ließ. »Außerdem gingen bis vor einer Stunde noch Meldungen wegen unserer zwei Fahndungen ein. Manches haben wir schon überprüft«, fügte sie hinzu. Brasch sah, dass sie ihre Fingernägel mit einem dunklen violetten Farbton lackiert hatte. Überhaupt war sie eine elegante Erscheinung, die eher an eine Schauspielschule als in ein Polizeipräsidium gepasst hätte. Älter als vierundzwanzig war sie gewiss nicht.

»Setzen Sie sich«, sagte Brasch. Er bemerkte, dass er wieder einmal zu schroff klang. »Wenn Sie wollen, kann ich uns auch einen Kaffee kochen.«

»Nein, lassen Sie nur …« Mit einer schnellen Bewegung glitt sie in den Flur hinaus. Brasch sah, wie sie den Gang hinuntereilte; das grelle Neonlicht spiegelte sich auf ihrem Haar. Nach ein paar Momenten, in denen er wie zum Schein in den Papieren geblättert hatte, kehrte sie zurück und hielt zwei Becher mit dampfendem Kaffee in den Händen.

Sie lächelte. »Ich habe eine Schwäche für Automatenkaffee.« Wie eine Sportlerin bei ihrem ersten Fernsehinterview setzte sie sich und legte ihr rechtes Bein auf das linke Knie. Sie trug teure rote Turnschuhe mit gelben Schnürsenkeln.

Brasch nippte an seinem Kaffee, der heiß und bitter war, und spürte, dass Amelies Augen ihn neugierig anfunkelten, als würde sie nun, um ein Uhr in der Nacht, einen bedeutsamen Vortrag, Braschs Glaubensbekenntnis zur Kriminalpolizei, erwarten.

»Bringen Sie mich auf den neuesten Stand«, sagte er statt einer langen Rede. »Was haben wir bereits überprüft, und welche Hinweise scheinen Ihnen besonders aussichtsreich?«

»Es ist noch nicht viel gekommen, aber wir haben es immerhin geschafft, dass im ›Express‹ mit Datum von morgen, nein …«, Amelie schaute auf die Uhr, »… von heute ein Foto von Theresa Haas erscheint. Zu der unbekannten blonden Frau haben wir insgesamt dreißig Hinweise. Jemand will gesehen haben, dass sie in einen Bus nach Polen gestiegen ist. Vier Anrufer haben uns mitgeteilt, dass es sich bei der gesuchten Person um eine bekannte Sängerin handelt.« Sie lachte leise und machte eine gezierte Handbewegung, als wäre ihr Lachen eine hübsche Seifenblase, die sie wieder einfangen wollte. »Insgesamt ist die Frau achtmal im Stadtgebiet gesehen worden, aber niemand hat sich gemeldet, der sie zu kennen glaubt.«

»Das heißt, wir haben keinen Namen bekommen, keine Adresse. Niemand hat in unserer Zeichnung seine Freundin oder Nachbarin wiedererkannt.«

Die junge Polizistin nickte. »Eine interessante Doppelung hat sich aber ergeben. Eine Frau, die in einem Schuhgeschäft an der Hohen Straße arbeitet, und ein Lehrer aus Gummersbach, der im Museum Ludwig war, wollen die Frau vor dem Dom gesehen haben. Sie hat dort angeblich eine Staffelei aufgebaut und Touristen gezeichnet. Allerdings gehen die näheren Beschreibungen der beiden Zeugen weit auseinander.«

»Zumindest müssen wir uns morgen die nähere Umgebung des Doms ansehen.« Brasch bemühte sich um einen anerkennenden, freundlichen Tonfall. »Auch wenn unsere Zeichnerin wahrscheinlich schon längst in einem Zug gen Paris oder München sitzt und keine Ahnung hat, dass wir hier jeden Winkel nach ihr absuchen.«

Draußen raste ein Wagen mit Martinshorn vom Hof. Brasch spürte, dass der Kaffee seine Müdigkeit vertrieben hatte – oder vielleicht waren es auch Amelies funkelnde blaue Augen gewesen.

»Zu der Vermissten Theresa Haas haben wir noch keine heiße Spur. Bisher sind wegen der Abendausgabe des ›Express‹ erst drei Meldungen eingegangen, die uns aber nicht weitergebracht haben.«

Amelie Kramer lächelte ihn wieder an. Für einen Augenblick glaubte Brasch an einen Irrtum; es war gar nicht ein Uhr in der Nacht, sondern helllichter Tag, und er trank mit einer hübschen Kollegin in beinahe heiterer Atmosphäre einen Kaffee. Aber der Moment währte nur ein paar friedvolle Sekunden. Seine Kollegin runzelte die Stirn, als läge dahinter ein Gedanke quer, den sie unbedingt aussprechen wollte.

»Mein Onkel hat Sie sehr gelobt«, begann sie zaghaft nach einem kräftigen Schluck Kaffee. »Ich könnte sehr froh sein, in Ihrem Team zu arbeiten.«

Brasch beschlich ein ungutes Gefühl. »Ihr Onkel?«, fragte er. »Wer ist Ihr Onkel? Der Oberbürgermeister? Der leitende Staatsanwalt?«

Sie knipste wieder ihr Lächeln an. »Fast richtig.« Ihre Stimme klang nun viel selbstsicherer und voller Nachsicht. »Mein Onkel ist der Polizeipräsident – Ferdinand Balk.«

8

Brasch hatte sich fast fünf Stunden Schlaf genehmigt. Gegen zwei Uhr in der Nacht war er schlecht gelaunt in sein Haus zurückgekehrt, und um sieben Uhr schrillte der Wecker wieder, doch sein Ärger war nicht verflogen. Im Gegenteil, er klebte ihm wie ein pelziger Belag auf der Zunge und hatte sich bleiern schwer in seinem Magen ausgebreitet. Brasch ärgerte sich, weil er Bellaluna nicht mehr im Chatroom erreicht hatte; nein, er ärgerte sich, dass er überhaupt in Erwägung gezogen hatte, sie könnte die blonde Unbekannte aus dem Domhotel sein. Außerdem ärgerte er sich, dass ihm weder Pia noch Mehler gesagt hatten, dass Amelie Kramer die Nichte des Polizeipräsidenten war. Sie ist eine Spionin, ein hübscher Maulwurf, dachte er, während er mühsam aufstand und ins Bad schlurfte, Balk hat sie mir untergeschoben, um mich zu kontrollieren. Es hatte in der Vergangenheit ein paar Beschwerden über seine wortkarge, schroffe Art gegeben. Gleichzeitig aber ärgerte er sich auch über diesen Gedanken und darüber, dass er die junge Polizistin so wichtig nahm, anstatt in ihr nur eine x-beliebige, uninteressante Assistentin zu sehen. Seit Leonie ihn verlassen hatte, war er zu reizbar und unausgeglichen. Entweder sollte er ein paar Wochen Urlaub machen oder sich auf seine Arbeit konzentrieren. Der erste Tag nach dem Mord war verstrichen, ohne dass sie zu wirklichen Ergebnissen gekommen waren. Sie hatten immer noch keinen blassen Schimmer, warum Kröber getötet worden war. Mehler hatte sich darauf versteift, dass sie die blonde Frau finden mussten, und Pia hatte sich mit der Koordination der einzelnen Ermittlungen beschäftigt. Und er selbst – was hatte er getan? Er hatte an Leonie und Bellaluna gedacht und seinen Kollegen verschwiegen, dass er die Unbekannte, das Gespenst aus dem Domhotel, wenige Minuten nach dem Mord im »Lorenzo« gesehen hatte.

Vögel sangen vor dem Fenster, als Brasch geduscht hatte. Ein wunderbarer, sonniger Sonntagmorgen war angebrochen. Brasch nahm sich die Zeit, ausführlich zu frühstücken, um seinen Ärger zu vertreiben. Er kochte Kaffee und aß nicht wie sonst hastig im Stehen, sondern deckte ordentlich den Tisch, als würde er noch einen Gast erwarten. Dann nahm er ein weißes Blatt Papier, schrieb den Namen »R. A. Kröber« und teilte das Blatt durch einen senkrechten Strich. Links wollte er notieren, was er von Kröber schon wusste, rechts die offenkundig offenen Fragen. Er war sicher, dass die rechte Spalte kaum ausreichen, während links eine Menge Platz bleiben würde. In der Nacht, nachdem Amelie Kramer endlich gegangen war, hatte er noch einen der letzten Romane Kröbers mitgenommen. Er handelte von einem Jungen, der sich in Bangkok als blinder Passagier eingeschifft hatte und so einem Schmuggel mit Plutonium auf die Spur gekommen war. *Blinde Gefahr* hieß das Buch; es sei Kröbers größter Misserfolg gewesen, hatte Pia auf einen

Zettel geschrieben, den sie ins Buch gelegt hatte. Der Roman sei zu lang und schwülstig geraten; zumeist sei es um die Angst des Jungen gegangen und nicht um den gefährlichen Handel mit dem Plutonium. Wahrscheinlich würde es das Buch nun nach dem Mord doch noch auf die Bestsellerlisten schaffen. War es Zufall, oder hatte es mit Madeleine zu tun, dass Kröber sich auch in diesem Roman mit einem asiatischen Thema beschäftigt hatte? Aber vielleicht war es ja sein Markenzeichen, dass seine Geschichten überall auf der Welt spielten.

In die rechte Spalte schrieb Brasch »Madeleine«, dann »Claude« und versah beide Namen mit drei Fragezeichen. Als er kurz aufblickte, bemerkte er zwei Schmetterlinge vor seinem Fenster. Während der eine federleicht im Sonnenlicht umherflatterte, schienen die Flügel des anderen noch schwer vom Tau zu sein. Er bewegte sich so ungelenk, als könnte er jeden Moment abstürzen. Brasch kam der Gedanke, es könnte sich um ein Schmetterlingspaar handeln, wobei das Weibchen dem Männchen wie selbstverständlich davonflog. Dann, während sein Blick dem taumelnden, flügellahmen Falter folgte, entdeckte er ein blaues Zelt in seinem Garten. Überrascht hielt er mitten in der Bewegung inne. Kein Zweifel, vor dem winzigen Stück Rasen neben seinem Teich, den er vor ein paar Wochen angelegt hatte, stand ein blaues Zelt, das so winzig war, dass es mehr einer Tonne aus Segeltuch glich, in die gerade einmal eine Person hineinkriechen konnte. Bergsteiger, die im Himalaja herumkletterten, oder Menschen, die zum Nordpol wandern wollten, mochten so ein Zelt für Notfälle mit sich führen.

Brasch überlegte, ob er seine Dienstwaffe holen sollte. Er hatte schon häufig erlebt, dass Jugendliche ein paar hundert Meter entfernt am Rhein campierten, aber dass sich jemand in seinen Garten verirrt hatte, war noch nie vorgekommen.

Vorsichtig öffnete er die Terrassentür und schritt auf das Zelt zu. Außer den übermütigen Gesängen der Vögel waren keine Geräusche zu hören. Auch aus dem Zelt drang kein Laut. Es war vorschriftsmäßig aufgebaut worden und wirkte aus der Nähe betrachtet gar nicht mehr so winzig. Brasch räusperte sich laut, um vielleicht jemanden aus dem Zelt hervorzulocken, doch nichts geschah. Niemand schien sich im Zelt aufzuhalten. Wer konnte sich einen Scherz mit ihm erlaubt haben? Leonie kam nicht in Frage. Warum sollte sie vor dem Haus, für das sie noch einen Schlüssel besaß, in einem Miniaturzelt schlafen?

Langsam zog Brasch den Reißverschluss auf. Im Zelt war es heiß und stickig. Brasch glaubte, noch die Wärme eines Menschen wahrzunehmen, der hier bis vor ein paar Minuten geschlafen hatte. Ein blauer Schlafsack lag halb geöffnet auf einer Isomatte. Ein zusammengerolltes Handtuch schien als Kopfkissen gedient zu haben, und im hintersten Winkel des Zeltes hatte sein geheimnisvoller Besitzer einen Rucksack abgestellt. Alles sah sehr routiniert und trotz der Enge aufgeräumt aus. In einer der Seitentaschen des Rucksacks steckte eine Haarbürste, in der anderen ein Buch. Es war nicht schwierig, den Namen des Autors zu erahnen, auch wenn er lediglich halb zu lesen war: R. A. Kröber.

Plötzlich spürte Brasch hinter sich eine Bewegung, dann legte sich eine schmale Hand auf seine Schulter.

»Ich hätte nicht gedacht, dass Sie schon so früh auf den Beinen sind.« Charmant und harmlos klang die Stimme, vor allem, weil sie einen eindeutig skandinavischen Zungenschlag aufwies.

Bellaluna, dachte Brasch in dem flüchtigen Moment, während er sich umwandte, Bellaluna hat sich in Bootleggers Garten einquartiert, aber es war kein Geist aus dem Internet, der sich da vor seinen Augen materialisierte, sondern die blonde Frau aus dem »Lorenzo«. Sie lächelte mit ihrem Mund und ihren himmelblauen Augen, und selbst ihre schmale, spitze Nase, die ihm auch irgendwie blond vorkam, schien sich dem Lächeln anzuschließen. Ihr Haar hatte sie unter einer Ledermütze verborgen, nur die beiden widerspenstigen Strähnen hingen ihr ins Gesicht. Es war kein Zweifel möglich, die Frau, die von der Kölner Polizei höchstoffiziell gesucht wurde, hatte in seinem Garten übernachtet.

»Ich bin Britt.« Sie streckte ihm ihre Hand entgegen. »Britt Holgerson aus Kopenhagen.«

Brasch schüttelte ihre Hand, die sich kalt anfühlte, als hätte sie gerade ein Bad im Rhein genommen oder zumindest ihre Hände ins Wasser getaucht. »Was tun Sie hier?«, fragte Brasch.

»Haben Sie Kaffee?«, entgegnete die Frau. »Oder Tee? Dann könnte ich Ihnen ein bisschen was erzählen.«

Brasch nickte, und sie wandten sich zum Haus hinüber. Britt ging vor ihm her. Sie setzte ihre Füße so, als würde sie auf einer imaginären geraden Linie zur Terrasse hinübergehen. Sie trug halbhohe schwarze Lederschuhe und keine Socken. Warum war sie gekommen? Welche Art von Wild lief seinem Jäger freiwillig in die Falle?

»Sie wissen, dass wir Sie suchen?« Brasch schaute sie an, während er ihr eine Tasse hinstellte und ganz wie ein guter Gastgeber Kaffee einschenkte.

Britt antwortete nicht. Sie setzte sich an das Fenster, blickte mit ernster Miene zu ihrem kleinen blauen Zelt hinüber, als würde ihr nun gar nicht mehr gefallen, dass es da stand, dann nahm sie das Blatt, auf das Brasch die Namen »R. A. Kröber, Madeleine« und »Claude« notiert hatte. »Sie arbeiten?«, fragte sie. »Sie machen sich Gedanken?« In ihrem dänischen Akzent klangen die Fragen humorvoll, als würde sie sich an ein Kind wenden.

»Erzählen Sie mir, warum Sie gekommen sind?«, sagte Brasch. Auffordernd schob er ihr die Zuckerdose hin, die auf dem Tisch stand.

Sie griff in die Innentasche ihrer schwarzen Weste, die sie über einem weißen T-Shirt trug, zog wortlos ein Stück Zeitung hervor und warf es vor ihn auf den Tisch.

Es war eine Seite aus dem Sonntagsexpress, den es bereits am Samstagabend überall in der Stadt zu kaufen gab. Brasch entdeckte sich selbst auf einem Foto aus der gestrigen Pressekonferenz. Darüber prangte unter der Schlagzeile »Ist sie die Mörderin?« das offizielle Fahndungsbild, das an alle Redaktionen überspielt worden war.

»Ich dachte, es ist besser, ich renne zu Ihnen«, sagte Britt, »bevor ich mich von allen suchen lasse. Ich habe Sie auf dem Foto wiedererkannt.«

»Woher hatten Sie meine Adresse?«

»Oh!« Britt lächelte. »Ihr Name steht in der Zeitung, und für den Rest gibt es Telefonbücher.«

Brasch wusste, dass er die Befragung eigentlich zusammen mit Pia oder Mehler im Präsidium durchführen sollte; trotzdem ließ er Britt reden.

»Ich habe mich erschrocken, als ich das Bild gesehen habe. ›Bin ich das oder nicht?‹, habe ich mich gefragt. Und dann habe ich mir eine Antwort gegeben: ›Jemand hat der Polizei erzählt, dass ich den Schriftsteller umgebracht habe.‹«

»Sie haben Kröber nicht umgebracht und sind nicht im Domhotel gewesen?« Brasch schaute sie an und bemerkte, dass ihre weißen Augenlider flatterten.

»Nein!« Sie schüttelte heftig den Kopf und löffelte Zucker in ihren Kaffee. »Wissen Sie, was ich bin? Ich bin Studentin in Kopenhagen. Vielleicht werde ich bald Lehrerin, vielleicht auch nicht. Im Sommer ziehe ich manchmal umher und zeichne. Schon letztes Jahr war ich in Köln und habe vor dem Dom gestanden und Porträts gemacht. Köln ist eine gute Stadt, viel besser als Kopenhagen oder Hamburg. Von überall kommen die Leute und haben Geld in der Tasche, und die Polizei ist auch meistens freundlich, anders als in Berlin. Da ist die Polizei so deutsch, wie wir Dänen es nicht mögen.«

Brasch spürte, dass er ungeduldig wurde. Es war schon fast acht Uhr. Wahrscheinlich wartete Mehler bereits im Präsidium auf ihn. »Waren Sie im Domhotel?«, wiederholte er seine Frage.

»Du musst einen Moment Geduld haben für die ganze Geschichte«, erwiderte Britt, anscheinend ohne zu bemerken, in was für einen vertraulichen Tonfall sie verfallen war. »Zwei Tage habe ich vor dem Dom gestanden und meine Porträts gemacht, und einmal ist auch der Schriftsteller gekommen.«

»Wann genau?«

»Vorgestern am Nachmittag. Er hat sich auf meinen Hocker gesetzt, und ich habe angefangen mit meinem Porträt. Er hat mit mir geredet, wollte wissen, wie ich heiße, woher ich komme, und als ich fast fertig war, ist er aufgesprungen und hat gesagt: ›Sind Sie noch ein paar Tage in der Stadt? Rufen Sie mich an, und malen Sie ein richtiges Bild von mir!‹ Dann hat er mir ein Buch gegeben und seine Telefonnummer hineingeschrieben. Da habe ich erst gewusst, dass er ein berühmter Schriftsteller ist.«

»Und haben Sie ihn angerufen?«

Britt zuckte mit den Schultern. »Hätte ich vielleicht noch, vielleicht aber auch nicht. Ich war mir nicht sicher, ob ich nicht eigentlich nach Spanien wollte.«

»Sind Sie Kröber auch im Domhotel begegnet?«

Ihre blauen Augen blitzten voller Empörung auf, und sie

hob ihre schmalen Hände, deren Fingerspitzen tatsächlich schwarz gefärbt waren, wahrscheinlich, weil sie mit Kohlestiften arbeitete. »Nein, ich bin nur zweimal in diesem Hotel gewesen, habe mich eingeschlichen, weil ich öffentliche Klos nicht ausstehen kann. Außerdem habe ich gehofft, dass ich irgendwo ein Zimmer finde, das nicht abgeschlossen ist, um da schnell zu duschen, ohne dass es jemand merkt.«

»Sie laufen also durch Hotels und suchen sich ein Zimmer, in dem Sie duschen können?« War das eine genial einfache Erklärung oder eine dreiste Lüge?

Britt nickte. »Manchmal klappt es, manchmal nicht. Eine richtige Toilette finde ich aber immer.«

»Wann sind Sie im Domhotel gewesen?«

Sie überlegte kurz. »Am Donnerstag bin ich angekommen und habe am Nachmittag drei oder vier Stunden am Dom gestanden. Da bin ich einmal in das Hotel gegangen. Und am Freitag so am Nachmittag.«

»Wann genau?«

»Ich weiß nicht. So gegen halb fünf vielleicht.«

»Nicht später?«

Sie lächelte versonnen, blickte erst an ihm vorbei und warf ihm dann einen durchdringenden, diamantblauen Blick zu, der in einer anderen Situation als ultimativer Flirtversuch durchgegangen wäre. »Später habe ich mein Geld in einem teuren italienischen Lokal ausgegeben und mir die Leute da angeschaut.«

Brasch bemühte sich, ihren Blick zu ignorieren. »Wem sind Sie in dem Hotel begegnet?«

»Niemandem, oder nein, vielleicht zwei, drei Gästen. Ich schaue mir die Menschen nicht so ganz genau an, wenn ich durch ein Hotel schleiche.«

»Niemandem vom Personal?«

»Ich weiß nicht.« Britt griff nach ihrer Kaffeetasse und führte sie zum Mund, ohne zu trinken. »Hat mich jemand vom Personal gesehen?« Als er nicht antwortete, fuhr sie wieder in dem vertraulichen Ton fort. »Hör zu! Ich verstehe gar nicht, dass man mich sucht. Ich habe nichts getan, und ich bin nur zu dir gerannt, um dir das zu sagen. Ich will nicht, dass ich irgendwo hinkomme und die Polizei mich fängt. Glaubst du mir das?« Sie schaute ihm wieder in die Augen. Ein winziges blaues Feuer loderte da, als könnte eigentlich gar nichts, nicht einmal der Vorwurf, eine Mörderin zu sein, ihr die Laune verderben.

»Wir müssen ins Präsidium fahren. Mit allen Beweisen, die Sie entlasten könnten.« Fast hätte Brasch sie auch geduzt. »Das Zelt müssen Sie leider auch abbauen. Es wäre nicht gut, wenn jemand erfahren würde, wo Sie die Nacht verbracht haben.«

Britt zuckte die Achseln. »Die Deutschen sind doch ordentliche Menschen«, sagte sie, mit leichtem Spott und ohne die Magie ihrer Augen zu bemühen. Dann blickte sie auf ihre Armbanduhr. »Aber darf ich vorher noch dein Telefon benützen? Ich möchte meinen Vater anrufen. Vielleicht kann er mir einen Rat geben. Er ist der zweitbeste Strafverteidiger Dänemarks.«

Brasch musste lächeln. Er hatte offensichtlich nur noch mit jungen Damen zu tun, die einflussreiche Verwandte besaßen und sich darauf eine Menge einbildeten, doch anders als bei Amelie Kramer klang Britts Bekenntnis in ihrem dänischen Zungenschlag unernst und heiter, wie eine fröhliche Mitteilung aus einem Kleinmädchenland. »Und wer«, fragte Brasch scheinbar ernst, »ist Dänemarks bester Strafverteidiger?«

Ihre Antwort kam, ohne dass sie überlegen musste. »Das ist mein Großvater.«

Schweigend fuhren sie zum Präsidium. Britt schaute sich aufmerksam um, als würde sie sich für jeden Baum, für jede Straße interessieren, als wäre sie gar nicht in Köln, sondern irgendwo im hintersten Indien, wo alles viel exotischer aussah als im langweiligen Europa. Als sie zweimal an einer roten Ampel standen, glaubte Brasch eine Anspannung an ihr zu spüren, die vorher nicht da gewesen war. Sie legte ihre schmalen Hände auf den Türgriff. Brasch war sicher, dass sie darüber nachdachte, hinauszuspringen und davonzulaufen, doch sie ließ es bleiben. Vielleicht weil er ihren Rucksack gut in seinem Kofferraum verstaut hatte oder weil sie auf ihren Vater vertraute. Er hatte kein Wort von dem verstanden, was sie mit ihm besprochen hatte, aber die Unterredung, die kaum zehn Minuten gewährt hatte, schien sie in ein echtes Stimmungstief gerissen zu haben.

Brasch fragte sie nach ihrem Alter, nach ihren guten Sprachkenntnissen, doch sie antwortete einsilbig und so, als bereute sie längst, zu ihm gekommen zu sein.

»Weißt du«, sagte sie endlich, als sie schon in der Nähe des Polizeipräsidiums waren, »fast hätte ich dich in dem Restaurant angesprochen. Du sahst so nachdenklich und traurig aus, gar nicht wie ein Polizist. Ich mag traurige Männer.«

Brasch lächelte. War es schon einmal vorgekommen, dass ihm eine Verdächtige ein Kompliment gemacht hatte? Britt schien ihre gute Laune allmählich wiederzufinden, aber bisher hatte sie auch noch nicht erfahren, dass die Frau, die sie im Domhotel gesehen haben wollte, von der Bildfläche verschwunden war.

Mit dem Fahrstuhl begaben sie sich in die fünfte Etage hinauf. Die Tür zu seinem Büro stand offen; Stimmen drangen aus dem Nachbarraum, dem Konferenzzimmer der Abteilung. Pia und Mehler wandten ihm den Rücken zu. Auch

Amelie Kramer war schon da; sie saß ein wenig versetzt, so dass sie auch die Tür im Blick hatte, während die beiden anderen voller Aufmerksamkeit auf einen eingeschalteten Fernseher starrten. Auf dem Bildschirm war R. A. Kröber zu sehen. Mit einem leicht kölschen Zungenschlag, der Brasch überraschte, erzählte er von seinem ersten Buch, einer Spionagegeschichte im Deutschland der Nachkriegszeit, die gleich ein Welterfolg geworden war. Offensichtlich war es Pia gelungen, das Videoband eines älteren Interviews zu besorgen.

Mehler und Pia wandten sich erst um, als Brasch einen Gruß in den Raum hineinrief. In Mehlers Gesichtszüge grub sich ein Erstaunen, das Brasch so noch nie an ihm wahrgenommen hatte. Mit einer langsamen, fast tranceartigen Bewegung schaltete er per Fernbedienung, die er in der Hand hielt, das Videoband aus. Pia hingegen verriet keinerlei Reaktion; sie griff sich lediglich in ihr kurzes blondes Haar.

»Diese junge Dame heißt Britt Holgerson«, sagte Brasch. Er spürte, wie sie neben ihm unruhig von einem Bein auf das andere trat. »Sie hat sich bei mir gemeldet und möchte uns erklären, was sie im Domhotel gemacht hat.«

Mehler atmete stöhnend aus. »Na«, sagte er düster, »da sind wir aber sehr gespannt.«

Sie gingen in Braschs Büro hinüber. Amelie Kramer zeigte wieder ihre Vorliebe für Automatenkaffee, und Britt Holgerson begann ihre Geschichte zu erzählen und ihre Beweise auszubreiten: das Buch mit der Telefonnummer, das Kröber ihr gegeben hatte, und die halbe Zeichnung, die sie vor dem Dom von ihm angefertigt hatte.

Die Skepsis, die Mehler allzu deutlich an den Tag legte, wich allmählich. »Besitzen Sie eine Waffe?«, fragte er, als Britt geendet hatte.

Sie schüttelte energisch den Kopf. »Ich reise durch Europa, um Menschen kennen zu lernen. Meinen Sie, da habe ich eine Waffe in meinem Gepäck?« Für Mehler hatte Britt Holgerson ein hartes, unfreundliches »Sie« reserviert.

Mehler ließ sich nicht beeindrucken. »Warum nicht? Viele junge Mädchen haben eine Waffe auf ihren Reisen dabei, um sich eventuell unliebsame Verehrer vom Hals zu halten.« Dann legte er Britt ein Foto vor. Theresa Haas hielt ihre braunhäutige, lockenköpfige Tochter im Arm und blickte versonnen in die Kamera. »Haben Sie diese Frau schon einmal gesehen?«

Britt beugte sich über das Foto, ohne es in die Hand zu nehmen. Brasch beobachtete, dass sich ihre Wangenmuskeln anspannten, als fühlte sie plötzlich einen heftigen Schmerz. »Nein«, antwortete sie nach ein paar Sekunden. »Wer ist diese Frau?«

»Diese Frau hat eine vierjährige Tochter, und sie ...«, rief Mehler mit schneidender Stimme.

Brasch berührte ihn besänftigend am Arm. So ganz mochte Mehler sich doch nicht von dem Gedanken verabschieden, dass sie lediglich die blonde Unbekannte zu finden brauchten, um ihren Fall zu lösen. »Diese Frau ist unsere Zeugin. Sie arbeitet im Domhotel und hat uns die Person beschrieben, die angeblich bei Kröber im Zimmer war.«

»Dann holen Sie die Frau!« Britt kniff ihre Augen zusammen und schaute Brasch angriffslustig an. »Sie soll kommen und Ihnen sagen, dass sie sich geirrt hat. Ich habe genug von diesem Theater.«

»Leider liegen die Dinge nicht ganz so einfach.« Brasch sah auf die Uhr. Es war mittlerweile fast halb zehn. Vor seinem Fenster breitete sich ein blauer, wolkenloser Himmel aus. In der Ferne waren die Spitzen des Doms zu erkennen. »Die Frau ist seit beinahe vierundzwanzig Stunden verschwunden.«

Nachdem Pia den Rucksack der jungen Frau durchgesehen hatte, ohne etwas Belastendes zu finden, baten sie Britt Holgerson, draußen auf dem Gang Platz zu nehmen und zu warten.

»Die Kleine hat sogar ein Tagebuch dabei, das sie bis zum gestrigen Tag geführt hat«, sagte Pia, und es klang, als wäre sie selbst für so etwas mindestens zehn Jahre zu alt.

»Was schreibt jemand da schon hinein?«, fragte Mehler, der sich nicht bemühte, seine schlechte Laune zu verbergen. »Bestimmt nicht: ›Hab gestern einen berühmten Schriftsteller erschossen und heute eine Zeugin entführt.‹«

»Sie hat in ihrem Tagebuch eine Art Männergalerie entworfen. Immer wenn sie einem interessanten Mann begegnet ist, hat sie sich ein paar Notizen gemacht. Keine schlechte Idee. An die fünfzig Einträge sind da zusammengekommen.« Pia schaute Brasch an, der am Fenster stand und zum Dom hinüberschaute. »Leider kein Eintrag über Kröber, aber du kommst auch drin vor.«

Es hatte lange gedauert, bis Brasch seiner Kollegin das Du angeboten hatte; nun störte es ihn zum ersten Mal.

Mehler lachte kurz auf und steckte sich eine Zigarette an. »Wie kommt sie dazu, etwas über Matthias zu schreiben?«

Pia wartete, bis Brasch ihr zunickte, als bräuchte sie erst seine Erlaubnis, um weiterzureden. »Sie hat dich irgendwo in einem Lokal gesehen und später dein Foto in der Zeitung. Der Eintrag lautete ›Der traurige Polizist‹. Sie glaubt, dass dich deine Arbeit zu sehr mitnimmt, dass du wahrscheinlich Tag und Nacht an irgendwelche Verbrechen denkst und so ein Mensch geworden bist, der zu sehr im Dunklen, in der Nacht lebt.«

»Oh, was für ein romantischer Unfug!« Mehler hob theatralisch die Arme. »Der ehrbare Polizist und sein Polizisten-Blues.«

»Du hast Recht«, sagte Brasch an Mehler gewandt, »aber trotzdem hat auch das Tagebuch eine gewisse Beweiskraft, genauso wie das Buch Kröbers und die Zeichnung. Wir haben keinen Grund, sie festzunehmen. Kein Richter würde uns einen Haftbefehl unterschreiben.«

Pia nickte. »Wenn die Dänin unschuldig ist, bedeutet das auch, dass Theresa Haas uns belogen hat. Sie hat nicht Britt Holgerson zur Tatzeit im Hotel gesehen, sondern eine andere Person, jemanden ...«

»... jemanden, den sie gekannt hat und der sie von ihren Geldsorgen befreien sollte«, setzte Brasch den Gedanken fort.

Mehler trat wütend gegen einen Stuhl. »Wir stehen also wieder mit leeren Händen da«, sagte er, »aber wir sollten dafür sorgen, dass unsere romantische Dichterin noch ein paar Tage in der Stadt bleibt, indem wir ihren Pass einkassieren. Ganz inoffiziell.«

»Wir können ihr erklären, dass wir ihren Pass brauchen, um ihre Angaben zu überprüfen«, erwiderte Brasch. »Zu lange dürfen wir die Sache allerdings nicht ausdehnen. Ihr Vater ist Rechtsanwalt.«

Als er sie wieder in sein Büro bat, saß Britt Holgerson mit ihrem Zeichenblock und einem Kohlestift da und schien aus der Erinnerung ein Gesicht zu skizzieren. Er hoffte, dass es nicht sein Porträt war, das sie da anfertigte, aber dann sah er, dass ein strenges, mittelaltes Frauengesicht unter ihren geschickten Händen entstand.

»Ich versuche mich zu erinnern, wem ich im Hotel begegnet bin«, sagte sie und reichte ihm das Blatt. »Vielleicht hilft Ihnen das. Mehr fällt mir leider nicht ein.« Eine andere Zeichnung hatte sie bereits fertiggestellt. Sie zeigte einen hageren Mann mit langen Haaren, müden halb geschlossenen Augen und einem verkniffenen, schmalen Mund. Mit etwas Fantasie hätte man die Gestalt für Tom Kröber halten können, bevor er sich einen neuen Haarschnitt zugelegt hatte.

»Diesen Mann haben Sie auch im Hotel gesehen?«, fragte Brasch.

Britt nickte. »Ich weiß nur nicht mehr genau wo.«

»Erinnern Sie sich, was er anhatte?«

»Er war nicht elegant gekleidet. Das ist mir aufgefallen, weil das Domhotel ja eigentlich sehr vornehm ist.«

Brasch führte Britt in sein Büro. Die beiden Zeichnungen reichte er Mehler, der sie ungerührt zur Kenntnis nahm, vermutlich, weil er Kröber junior noch nicht gegenübergestanden hatte. »Es besteht kein Tatverdacht mehr, dass Sie irgendetwas mit dem Mord an R. A. Kröber zu tun haben«, sagte er betont förmlich. »Wir möchten Sie dennoch bitten, uns zur Überprüfung Ihrer Angaben Ihren Pass auszuhändigen und noch ein paar Tage in der Stadt zu bleiben.« Er sah, dass in ihren Augen ein kaltes blaues Licht aufblitzte und sie ihm widersprechen wollte, aber dann wischte sie sich nur ihre beiden Haarsträhnen aus dem Gesicht. Eine Geste der Resignation und Müdigkeit. Wahrscheinlich hatte sie längst geahnt, dass sie hier in Köln gestrandet war.

»Wir können Ihnen ein preiswertes Hotel empfehlen. In der Altstadt, zwei Minuten vom Dom entfernt.« Mehler versuchte einen freundlichen Tonfall anzuschlagen, doch diese Freundlichkeit war nun bei Britt Holgerson vergeudet.

»Ich brauche kein Hotel«, sagte Britt mit eisiger Stimme.

Brasch lächelte sie an. »Im Norden von Köln gibt es ein paar schöne Rheinwiesen. Da wird niemand behelligt, der dort sein Zelt aufschlägt.«

9

Stille atmete ihnen aus dem Haus entgegen. Brasch hörte, wie sich sein Klingeln in der Stille verlor, Schallwellen, die in der Leere endeten. Nichts rührte sich hinter der Tür, keine Schritte, keine Stimmen. Selbst wer einen heiligen Sonntagsschlaf pflegte, hätte sich mittlerweile bequemen müssen, einem unliebsamen Besucher zu öffnen.

»Ausgeflogen«, sagte Pia und blickte zu den beiden Fenstern in der ersten Etage hinauf. »Da ist niemand zu Hause.«

Tom Kröber schien seinen Sonntagmorgen anderweitig zu verbringen. Brasch ärgerte sich, dass er bei seinem ersten Besuch Kyras Personalien nicht aufgenommen hatte. Möglicherweise hatte Kröber junior sich bei ihr verkrochen, oder er gewährte seiner Mutter Beistand.

Sie gingen um das Haus herum in die Seitenstraße. Brasch hievte sich mit einem kräftigen Sprung auf die Mauer und blickte in Kröbers Garten. Alles wirkte unverändert. Stoisch, wie stumme Wächter standen die hölzernen Skulpturen da: die Tänzerin, der Clown, der Soldat, die Nymphe. Nur die schöne Asiatin konnte er nirgends entdecken.

»Sieht beinahe aus wie ein Friedhof«, erklärte Pia, die auch die Mauer hinaufgestiegen war. Als Extremkletterin war so etwas ein Kinderspiel für sie.

Brasch hatte eigentlich vermutet, dass Pia von dem Anblick fasziniert sein würde, aber auch auf ihn wirkten die Figuren, obwohl sie im hellen Sonnenlicht lagen, plötzlich düster und abweisend. Ein bedrückendes Schweigen, ein Argwohn gegen die Welt, mochte sie sich auch noch so sonnig geben, ging von ihnen aus.

Auf der anderen Seite der Mauer ließen Pia und Brasch sich zu Boden fallen und schritten zum Haus hinüber. Die rückwärtige Tür war verschlossen, und seltsamerweise war das große Küchenfenster verhängt, so dass man nicht hineinschauen konnte. Große Reichtümer hatte Kröber da nicht zu verbergen. Warum also hatte er seine Wohnküche verdunkelt? Neben der Tür stand eine größere Plastikschale mit Wasser, das offensichtlich für die Katze mit den großen gelben Augen bestimmt war.

»Irgendwie sieht es aus, als wäre Kröber für längere Zeit verreist«, bemerkte Pia.

Brasch lief zwischen den Skulpturen umher, die nun, aus der Nähe, nicht mehr so starr und leblos wirkten. Die nackte Asiatin war tatsächlich nirgendwo auszumachen. Anscheinend hatte Kröber sie aus dem Verkehr gezogen, weil sie auf seine Bekanntschaft mit Madeleine hinwies.

Es war nach zehn Uhr. Plötzlich fiel Brasch ein, dass der junge Kröber sich bereits als Stillsteher vor dem Dom postiert haben könnte. Gab es eine Verbindung zwischen Britt, die vor dem Dom Passanten porträtiert hatte, und Kröber, der an derselben Stelle eine reglose Nofrete mimte? Über sein Mobiltelefon erteilte Brasch die Anweisung, die Personalien aller Straßenkünstler vor dem Dom aufzunehmen und Tom Kröber zum Präsidium zu bringen, falls er dabei sein sollte. Dann ließ er sich mit Anna Kröber verbinden, doch bei ihr sprang nur der Anrufbeantworter an.

»Mutter und Sohn sind nicht zu Hause«, sagte Brasch.

»Könnte es sein, dass sie sich irgendwo gegenseitig trösten?« Mit einem Sprung war Pia zurück auf der Mauer, bei Brasch sah es nicht halb so elegant aus. »Oder dass sie sich für eine pompöse Beerdigung einkleiden.«

»An einem Sonntagmorgen?«

Zwei kleine Mädchen standen auf der anderen Seite der Straße und starrten zu ihnen herüber, als sie von der Mauer sprangen. »Darf man das?«, rief die eine zu ihnen herüber.

»Nein, so etwas ist streng verboten!« Pia lachte und zeigte den staunenden Mädchen ihren Ausweis, während Brasch zu ihrem Wagen zurückging. Er versuchte Humpe zu erreichen, den Kriminaltechniker, dem er Tom Kröbers Haare zur Untersuchung gegeben hatte. Bei Humpe ließen sich auch Dinge erledigen, die in der offiziellen Analyse eines Falles nicht unbedingt vorkommen sollten. Doch Brasch hatte kein Glück. Er landete in einer Mobilbox und sprach eine kurze Nachricht hinein. Er meinte sich zu erinnern, dass Humpe allein lebte und gelegentlich morgens in aller Frühe an den Rhein zum Angeln fuhr. Aber eigentlich glaubte Brasch das Ergebnis einer Haarprobe schon zu kennen. Kröber junior hatte seinem Vater in dessen Hotelzimmer einen überraschenden Besuch abgestattet. Es wäre ihm auch ein Leichtes gewesen, die Waffe seiner Mutter mitzunehmen und als sehr überzeugende Argumentationshilfe hervorzuziehen, falls das Gespräch nicht so verlief, wie er sich das wünschte. Tom Kröber hasste seinen Vater, der nicht nur Bestseller schrieb, sondern zu allem Überfluss auch die Frau geheiratet hatte, die ihm Modell gestanden hatte und die möglicherweise auch seine Geliebte gewesen war. Worum war es in ihrem Gespräch gegangen? Wahrscheinlich um Geld oder um das Haus, das Kröber seinem Sohn nicht schenken wollte, doch dann war die Sache leider völlig aus dem Ruder gelaufen. Tom Kröber hatte die Nerven verloren. Hinterher war er bei seiner Mutter aufgetaucht, um ihr seine Tat zu gestehen und sich Rat zu holen, und er hatte sich in der Nacht die langen Haare abgeschnitten, für den Fall, dass ihn doch jemand gesehen hatte. Alles klang sehr plausibel. Vielleicht ein wenig zu plausibel, dachte Brasch.

Pia stieg wieder zu ihm in den Wagen. Die beiden Mädchen winkten ihr glücklich zu. Dann, als sie, immer noch winkend, um die Ecke gebogen waren, lag die Straße still und öde vor ihnen. Nur die Tür zu dem türkischen Kiosk war geöffnet, doch drang diesmal keine Musik heraus. Brasch musste unwillkürlich daran denken, dass Leonie in der Südstadt in einer ähnlichen Straße gewohnt hatte. In dem Kiosk bei ihr gegenüber hatte man bis spät in die Nacht alles bekommen, was man brauchte: Brot, Eier, Fertiggerichte, Wein, Pralinen, Kindernahrung; sogar ein Kopierer hatte in einer Ecke gestanden.

»Könnte Theresa Haas den jungen Kröber gekannt haben?«, fragte Brasch.

Pia starrte vor sich hin. Ihre Lippen glänzten. Diesmal hatte sie ihren Lippenstift vorsichtiger benutzt. »Es wäre möglich. Nach der Trennung von seiner Frau stand viel über Kröber in den Zeitungen, besonders in den Blättern, die Leute wie du und ich nur beim Friseur lesen.«

»Außerdem hat der Stadtanzeiger groß über die Gerichtsverhandlung gegen Kröber junior berichtet.« Brasch nahm sein Telefon hervor. »Wir müssen ihn zur Fahndung ausschreiben: dringend verdächtig, seinen Vater ermordet zu haben.« Er wählte Amelie Kramer an und bat sie, alles Notwendige zu veranlassen. Eifrig, als wolle sie seine neue Gunst nicht verlieren, wiederholte sie jede seiner Anweisungen.

Brasch hätte gern gewusst, wohin Britt Holgerson gegangen war, nachdem sie das Präsidium verlassen hatte. Vielleicht waren sie zu leichtsinnig gewesen. Wenn sie Tom Kröber nicht sehr bald aufspürten, könnte sie in ernste Gefahr geraten.

Zwei Minuten später meldete sich Amelie Kramer wieder am Telefon. Ihre Stimme schwankte ein wenig, so aufgeregt war sie. »Hier steht ein gewisser Herr Böhler«, sagte sie. »Er möchte dringend eine Aussage zum Mord an R. A. Kröber machen.«

Böhler hatte sich ausstaffiert wie für einen festlichen Empfang: schwarzer Anzug, weißes Hemd mit roter Krawatte. Dass es draußen heiß war, beinahe dreißig Grad, verrieten nur ein paar zarte Schweißperlen auf seiner Stirn. Er reichte Brasch nervös die Hand, als wären sie Geschäftspartner, die gleich ein unangenehmes Gespräch beginnen müssten, etwa über plötzliche Zahlungsschwierigkeiten oder darüber, dass der Hauptkassierer mit zehn Millionen Euro auf der Flucht war. Für Pia, die ihm offenbar nicht so wichtig erschien, hatte er nur ein kurzes Nicken übrig.

»Ich bedauere, wenn ich Ihnen Unannehmlichkeiten bereite.« Böhler strich sich über sein graues Haar. Seine Hände wirkten zu groß und unförmig, als wäre er in Wahrheit ein Bauer, der jeden Tag ordentlich zupacken musste. »Aber ich dachte, es könnte wichtig sein ... Kröbers Tod war ein großer Schock für mich, und im ersten Augenblick ... Sie verstehen, man hat manchmal seine fünf Sinne nicht so recht beieinander.«

Brasch deutete dem Verleger vor seinem Schreibtisch Platz zu nehmen. Pia lehnte hinter ihm am Fenster. Mehler war nirgendwo zu sehen. Er hatte vorgehabt, bei einer Telefongesellschaft zu recherchieren, welche Gespräche Theresa Haas in den letzten Tagen von ihrem Handy geführt hatte. Noch immer gab es keinen Hinweis, wo sich das Zimmermädchen aufhielt.

»Was genau könnte wichtig sein?«, fragte Brasch. Wie jemand, der gleich ein Geständnis ablegen wollte, sah der alte Verleger eigentlich nicht aus.

Böhler antwortete nicht sofort. »Ich wollte eigentlich nicht gegen Marchow aussagen«, begann er. »Aber dann habe ich mich doch verpflichtet gefühlt.« Er schien die Schweißperlen auf seiner Stirn zu bemerken und wischte sie hektisch ab. »Ich bin seit fast vierzig Jahren Verleger. Am

Anfang hatte ich mit meiner verstorbenen Frau nur eine kleine Garage am Rand von Köln. Da haben wir bis tief in die Nacht gestanden und unsere Pakete gepackt, die wir am nächsten Tag mit einem rostigen VW zu den Buchhändlern gefahren haben. Wir waren so arm, dass wir sogar die Bindfäden wieder verwendet haben. Meine Frau Marga ...« Böhler unterbrach sich. Seine Pupillen zitterten, und Brasch glaubte zu erkennen, dass er sich seit geraumer Zeit an Hochprozentiges gewöhnt hatte und nun, obwohl es noch keine elf Uhr war, schon einen kräftigen Schluck vertragen konnte.

»Sie sind aber vermutlich nicht gekommen, um uns von Ihrer verstorbenen Frau zu erzählen?« Pia stöhnte ungeduldig auf.

Böhler schaute sie an. Er reckte sich voller Empörung, und man konnte ihm ansehen, dass er in der Lage war, binnen einer Sekunde von freundlichem Geplauder auf Wutausbruch umzuschalten.

»Ich wollte Ihnen ein paar Dinge erklären, damit Sie anderes verstehen«, sagte er mit Oberlehrerstimme. »Wir haben unser Unternehmen mit eigenen Händen aufgebaut, und noch heute gehört mir mein Verlag zu hundert Prozent, obwohl ich schon mehrfach an einen großen Konzern hätte verkaufen können.«

»Da haben wir aber andere Informationen«, erklärte Pia ungerührt. Typen wie Böhler, die sich Frauen bestenfalls als Sekretärin oder treu sorgende Ehefrau vorstellen konnten, reizten sie wie keine andere Sorte Mann. »Wir haben gehört, dass Ihr Verlag ganz schön ins Schlingern geraten ist. Bei Ihnen regieren die Banken, Ihre Hausbank und noch drei weitere Banken. Wenn Sie wollen, kann ich sie Ihnen aufzählen. Der neue Roman von Kröber war Ihre letzte Chance, Ihren Laden zu behalten.«

Pias Treffer hatte genau ins Schwarze getroffen. Ihre Nachforschungen waren wieder einmal erstklassig gewesen. Doch Böhler hatte Nehmerqualitäten, die ebenfalls außergewöhnlich waren. Er zuckte nicht einmal mit der Wimper, sondern atmete nur eine Spur tiefer ein.

»Wenn Sie vom Fach wären, junge Dame, dann wüssten Sie, wie unberechenbar das Verlagsgeschäft ist. Bücher zu verlegen ist reiner Wahnsinn. Man gibt viel Geld aus, um die Rechte an bestimmten Romanen zu kaufen, aber niemand, nicht einmal der beste Lektor weiß, ob das Publikum diese Romane auch wirklich will. Sie glauben gar nicht, wie viel Verluste einzelne Titel machen können.«

»Aber es ist richtig, dass Kröbers Buch Ihre letzte Chance war?« Brasch ahnte, dass Böhler sich schon wieder zu weitschweifigen Bemerkungen über seinen Verlag hinreißen lassen wollte.

»Ich erzähle Ihnen das alles, um zu zeigen, dass ich ein Verleger aus Leidenschaft und ein ehrbarer Geschäftsmann bin. Aber manchmal gibt es gewisse Notlagen, aus denen man nicht so einfach herauskommt. Der Buchverkauf ist in den letzten Jahren dramatisch eingebrochen. Viele Leute lesen einfach nicht mehr, sie gehen ins Kino, sehen sich zu Hause Videos an …«

»Herr Böhler, wie haben Sie versucht, aus Ihrer Notlage herauszukommen? Indem Sie sich wieder mit Kröber zusammengetan und einen kleinen Schwindel verabredet haben, nicht wahr?« Brasch sah in Böhlers unruhigen Augen, dass er auf dem richtigen Weg war. »Der letzte Roman, ›Asiatisches Gold‹, stammt gar nicht von Kröber. Der Deal war: Sie besorgen einen jungen Autor, dem sie sein Manuskript und sein absolutes Stillschweigen abkaufen, und Kröber gibt seinen Namen dafür her. Jeder von ihnen hatte etwas von dem Geschäft: Sie kriegten Ihren Bestseller, und

Kröber kam wieder zu Ehren, indem er aller Welt bewies, dass seine beiden letzten Bücher Ausrutscher waren.«

Stille trat ein, die Zeit blieb für einen Moment stehen, aber Brasch hatte das Gefühl, als würde sich in diesem Moment tief in Böhler etwas ereignen; als würde er begreifen, dass er gar nicht derjenige war, für den er sich all die Jahre gehalten hatte. Zumindest war er nicht mehr so weit Herr der Lage, dass er einem unbedeutenden Polizisten etwas vormachen konnte.

»Ganz so ist es nicht gewesen«, sagte er leise. »Und ich habe auch bis zum Donnerstag nichts von der Sache gewusst. Ich habe mich nur gewundert, warum Marchow mit Kröbers neuem Buch ausgerechnet zu mir gekommen ist, obwohl R. A. nach seiner Scheidung geschworen hatte, nie wieder ein Wort mit mir zu wechseln.« Der alte Verleger räusperte sich. Dann bat er um ein Glas Wasser, bevor er weitersprach. »Vor vier Tagen, am Donnerstagmorgen, hat Marchow mich angerufen und mir erklärt, dass es für Kröbers Roman einen Ghostwriter gab, weil R. A. schon lange nichts Vernünftiges mehr zu Papier bringt. Es war seine Idee, hat er gesagt, aber ich vermute, dass eigentlich Madeleine dahinter steckt. Madeleine braucht ständig Geld, Kröbers Scheidung war teuer, und Marchow hat nicht viele erfolgreiche Autoren, die er vertritt.« Böhler starrte an Brasch vorbei aus dem Fenster. Neue winzige Schweißperlen hatten sich auf seiner Stirn versammelt. »Ich hatte schon geahnt, dass R. A. das Buch nicht selbst geschrieben hatte. Es war nicht wirklich sein Stil, zu viel Gefühl, zu viele Beschreibungen, aber es wäre mir gleichgültig gewesen. Wenn ich ehrlich bin ... ich hätte den Betrug mitgemacht. Der Roman war nicht schlecht, er wäre auch ohne den Mord an R. A. ein Bestseller geworden. Ich hätte meinen Verlag saniert, Marchow wäre in die erste Garde der Agenten aufgestiegen, und Madeleine …« Er lachte auf, als hätte er einen schlechten, hilflosen Witz gemacht, und steckte sich eine Zigarette an. Stumm hielt er auch Brasch die Schachtel hin, der jedoch mit einem Kopfschütteln ablehnte. »Ich rauche nur noch selten. Meine Haushälterin passt auf mich auf …«

Brasch wartete. Er spürte, dass Pia hinter ihm wieder ungeduldig wurde.

Böhler inhalierte tief, als würde mit dem Tabak auch eine andere, Kraft spendende Substanz in seinen Körper strömen. »R. A. Kröber war das Problem. Deshalb hat Marchow mich überhaupt angerufen und mir die Wahrheit gesagt. Kröber wollte die Buchpräsentation am Freitagabend nutzen, um aller Welt zu sagen, dass er den Roman großartig fände, leider sei allerdings kein einziges Wort von ihm.«

»Aber warum?«, fragte Pia, als der Verleger sich wieder einen tiefen Zug aus seiner Zigarette gönnte. »Welches Motiv konnte Kröber dafür gehabt haben, sich selbst in Misskredit zu bringen?«

»Ich sollte mit R. A. sprechen und ihn von seinem Vorhaben abbringen. Deshalb hatte Marchow mich angerufen.« Böhler schaute Brasch an. Pias Frage schien er gar nicht registriert zu haben. »Zwei Stunden habe ich mit R. A. am Donnerstagabend am Rhein gesessen. Es war wunderschönes Wetter. Am liebsten hätte ich ein Motorboot gemietet und wäre den Fluss raufgefahren, aber R. A. wollte nicht. Er war ein sentimentaler alter Mann geworden, der glaubte, er wäre todkrank und ihm bliebe nicht mehr viel Zeit. ›Ich muss in meinem Leben aufräumen‹, hat er zu mir gesagt. ›Ich kann nicht mit so einem Betrug sterben.‹ Außerdem würde es doch irgendwann herauskommen. Ein Journalist sei schon misstrauisch geworden und habe ihn gefragt, ob das Buch tatsächlich von ihm stamme.«

»Sie konnten ihn also auch nicht umstimmen?«, fragte Brasch.

Böhler nickte und schaute dem Rauch seiner Zigarette nach, der im Licht silbern schimmerte. »R. A. war der eigensinnigste Mensch, der mir je begegnet ist. Er war auch von mir nicht von seiner absurden Idee abzubringen, obwohl ich buchstäblich auf Knien vor ihm gelegen und ihm erklärt habe, dass er allen mit seinem Geständnis nur schadet, sich selbst, mir, Marchow und natürlich Madeleine. Aber es war ihm gleichgültig. Ich glaube, Madeleine hatte ihm vorher bereits eine üble Szene gemacht.«

»Was haben Sie nach dem Gespräch getan?«

»Was sollte ich tun?« Böhler hob seine großen, unförmigen Hände. »Ich bin ins Hyatt gefahren und habe mich an die Bar gesetzt. Bis nachts um zwei habe ich da gesessen, bis ich überzeugt war, dass Kröber doch nicht auspacken würde. Er wollte uns zum Narren halten, uns Angst einjagen. Vor zwanzig Jahren hatte er mich schon einmal in Angst und Schrecken versetzt. Nach einer Buchvorstellung mit fast einhundert Gästen, als wir schon einiges getrunken hatten, hat er mir gesagt, seinen ersten Roman, auf dem doch sein ganzer Ruf gründete, hätte in Wahrheit sein älterer Bruder geschrieben, der durch einen Motorradunfall ums Leben gekommen war. Er hätte das Manuskript in dessen Nachlass gefunden, einem alten Pappkarton. Nur so aus Spaß hätte er das Manuskript dann an mich geschickt, weil er mein Foto am selben Tag in der Zeitung gesehen hätte.«

»Und?«, fragte Brasch, als Böhler abrupt verstummte. »Ist an der Geschichte etwas dran?«

Der alte Verleger drückte seine Zigarette aus, eine schnelle, abgehackte Bewegung, die verriet, dass er nun mit seinem Geständnis an ein Ende gekommen war.

»Ich weiß es nicht. Damals habe ich ihm nicht geglaubt,

heute würde ich es wahrscheinlich tun, doch es spielt längst keine Rolle mehr. R. A. war launisch und unberechenbar, man wusste nie genau, was er als Nächstes tun würde; das war seine hervorstechendste Charaktereigenschaft.«

Brasch war überrascht. Er hatte bisher einen anderen Eindruck von Kröber gewonnen und ihn für einen tüchtigen, pflichtbewussten Arbeiter gehalten, den besonders in den ersten Jahren seiner Karriere seine Frau angetrieben hatte. Erst später, mit Madeleine, schien Kröber zu einer gewissen Freiheit gefunden zu haben.

»Wenn Sie gestatten ...« Böhler erhob sich. Ein Mann wie er war es gewohnt, Gespräche von sich aus zu beenden.

Ein Sonnenstrahl fiel plötzlich ins Zimmer. Ein heller Streifen Licht wanderte plötzlich über Böhlers Gesicht und ließ ihn hilflos und viel älter wirken. Er hielt sich eine Hand vor die Augen und trat einen Schritt zur Seite.

Brasch stand gleichfalls auf. Obwohl er selbst nicht sonderlich groß war, überragte er Böhler um einen halben Kopf. Außer Kröber gab es wahrscheinlich niemanden, der eine ähnlich gedrungene Statur hatte wie der Verleger. Aus der Ferne betrachtet hätten sie sogar Brüder sein können. »So ganz«, sagte Brasch, »haben Sie uns den wahren Grund Ihres Besuches nicht verraten. Sie glauben, dass Marchow seinen besten Autor ermordet haben könnte, um sich Kröbers Geständnis und die Blamage zu ersparen?«

Der Besuch hatte Böhler offensichtlich erschöpft, er hatte allerdings noch genügend Kraft, um sich zu einer gewissen künstlichen Entrüstung aufzuschwingen. »Ich wollte niemanden verdächtigen, sondern nur ein paar Dinge klarstellen. Aber es steht ja wohl fest, dass Marchow auch ein Zimmer im Domhotel bezogen hat. Es wäre ihm also leicht gefallen ...« Er wandte sich zur Tür, ohne seinen Satz zu vollenden.

Pias Stimme, die gefährlich leise klang, ließ ihn noch einmal innehalten. »Wenn Sie ein so großartiger Verleger sind, wie Sie uns eben erklärt haben, können Sie uns sicherlich eine andere Frage beantworten: Wer hat Kröbers letzten Roman geschrieben, wenn er es nicht selbst getan hat?«

Böhler schaute Brasch wortlos an, dann auch Pia, die sich vom Fenster drei Schritte in Richtung Tür bewegt hatte, als hätte sie den Verleger aufhalten wollen. Seine Pupillen zitterten wieder, und ein Zorn stand in seinen Augen, der nicht der Polizei, sondern vielleicht nur sich selbst galt, weil er hierher gekommen war und sich offenbart hatte. »Diese Frage«, sagte er, »habe ich mir auch schon gestellt, aber leider kann ich Ihnen da nicht weiterhelfen.«

Als er die Tür hinter sich geschlossen hatte, war Brasch überzeugt, dass Böhler sich wie ein havariertes Schiff in die nächste Hotelbar treiben lassen würde, um dort für ein paar Stunden seinen Anker auszuwerfen.

»Er lügt«, sagte Pia. »Ich bin sicher, dass er weiß, wer Kröbers letzten Roman geschrieben hat.«

Brasch lächelte sie spöttisch an. In den vergangenen Minuten hatte sich seine Laune entschieden gebessert. Gleich würde er zum Chlodwigplatz fahren und sich einen großen Kaffee mit viel Zucker bestellen, um ein paar Momente des Nachdenkens zu finden. Rosa ließ ihre Stammkunden auch am Sonntag nicht im Stich. »Ich weiß, wer den Roman geschrieben hat«, sagte er wie beiläufig. »Wenn man es genau nimmt, waren es wahrscheinlich sogar zwei Autoren, die sich in Asien vorzüglich auskennen: Madeleine und ihr ominöser Claude.«

Wolken zogen über Köln auf. Ein Wärmegewitter kündigte sich an. Als Brasch nach Rodenkirchen fuhr, zuckten die ersten Blitze auf. Sie zerrissen den Himmel, der sich dann seltsam violett färbte, und plötzlich begann es heftig zu regnen. Er saß vor Kröbers Haus in seinem Wagen und hörte dem Regen zu. Über den nahen Fluss hatte sich eine unwirkliche Dunkelheit gesenkt, die nur gelegentlich von Blitzen erhellt wurde. Er dachte wieder an Britt Holgerson. Wenn sie tatsächlich schon irgendwo ihr Zelt aufgebaut hatte, würde es wahrscheinlich richtig ungemütlich für sie werden.

Brasch sah zum Haus hinüber; es war im Erdgeschoss hell erleuchtet, und er meinte, zwei Schatten wahrzunehmen, die hektisch hin- und herliefen. Gab es in Thailand keine Sommergewitter, oder was versetzte die verbliebenen Bewohner dieses ehrbaren Hauses so in Aufregung? Pia gegenüber war Brasch zu voreilig gewesen; die Ahnung, dass Madeleine und Claude mit Kröbers letztem Roman zu tun haben konnten, war ihm erst ein paar Momente zuvor gekommen. Als der Regen nachzulassen schien, sprang er aus dem Wagen und lief zum Eingang hinüber. Die wenigen Sekunden genügten, dass er vollkommen durchnässt war. Er drückte auf den Klingelknopf, doch nicht auf den untersten.

Wer auch immer hinter dem schlichten Schild »Bogner« stecken mochte, ließ sich Zeit, bevor er die Tür öffnete. Brasch ging an Madeleines Tür vorbei die Stufen hinauf. Selbst hier im Treppenhaus war das heftige Prasseln und Dröhnen des Wolkenbruchs zu hören. Dann schlich sich eine leise Musik in die Geräusche des Regens. Brasch verharrte vor der Tür in der ersten Etage, die lediglich einen Spalt offen stand. Er hatte sich nicht geirrt. Jemand spielte so lebendig und virtuos Geige, als wolle er den rauschenden Regen als Hintergrund für sein eigenwilliges Konzert nutzen. Brasch klopfte an die Tür, doch Familie Bogner war nicht sonderlich neugierig auf ihren unangemeldeten Besucher. Erst als er schon in einen dunklen Flur eingetreten war, schwebte ihm vom anderen Ende eine seltsame Gestalt entgegen. Ein Zauberer oder der König der Bettler kam da auf ihn zu: ein alter Mann mit langen grauen Haaren, der einen weißen zerfransten Bademantel trug, auf den golden glänzende Sterne gedruckt waren. Der Alte schaute ihn lächelnd an, seine Augen funkelten hinter einer schwarzen Hornbrille auf, und dann nickte er, ohne die Geige abzusetzen und sein heiteres Regenkonzert zu unterbrechen, als hätte er in Brasch einen guten Freund wiedererkannt.

Brasch hatte für einen Augenblick das unwirkliche Gefühl, auf einer Märchenbühne zu stehen. Gab es so etwas, eine Oper, in der die Darsteller nicht sangen, sondern sich mit ihren Instrumenten verständigten?

Abrupt brach der Alte plötzlich sein Spiel ab. Die Bewegung, wie er seine Geige von der Schulter pflückte, wirkte fließend und beinahe zirkushaft, als wäre er es gewöhnt, vor großem Publikum aufzutreten.

»Sieh an! Beehrt mich endlich die Polizei, der treue Freund und Helfer«, sagte er mit jeder Menge Spott in der Stimme. Nachlässig reichte er Brasch die linke Hand.

»Sie sind Herr Bogner?« Brasch zeigte ihm seinen Ausweis.

Der Alte deutete eine spöttische Verbeugung an. »Eigentlich heiße ich ›die Fiedel‹. Unter dem Namen bin ich jedenfalls früher immer aufgetreten.«

Brasch folgte dem Geiger in das Wohnzimmer, das eher eine Art Sammelsurium von verschiedenen Möbelstücken darstellte. Dem Alten schien alles recht zu sein, Hauptsache, die Dinge passten nicht zu einander. Zwei knallbunte Plüschsessel neben einem schwarzen modernen Ledersofa, dazu ein Holztisch, der so antik aussah, als stammte er mindestens aus dem achtzehnten Jahrhundert. In einer Glasvitrine lag wie ein Museumsstück eine Geige auf schwarzem Samt.

Der Alte setzte sich. Unter seinem Bademantel trug er lediglich ein fleckiges Unterhemd. Er war dünn wie ein greiser Marathonläufer. »Sie haben mich bei meinem Sonntagskonzert gestört«, sagte er freundlich. »Aber ich bin ohnehin nicht mehr in Form. Die Hände wollen nicht mehr; manche Noten wische ich nur noch so hin. Merkt keiner, wenn man in einem Saal auf der Bühne steht, aber so ganz allein für sich, hört man jeden falschen Ton.«

Brasch ließ sich in einem der Plüschsessel nieder. Er entdeckte, dass über der Vitrine ordentlich gerahmt goldene Schallplatten hingen, und auf einmal wusste er, wen er da vor sich hatte. Bogner war ein Held des kölschen Karnevals gewesen, der Spaßmacher mit der Fiedel, der mit seinen Witzen jeden Saal zum Kochen brachte, bis vor zwei oder drei Jahren sein Partner, ein dicker Glatzkopf, gestorben war. Allein, ohne seinen drögen, scheinbar humorlosen Stichwortgeber hatte der Alte keinen Erfolg mehr gehabt.

»Ich hatte Sie eigentlich früher erwartet«, sagte Bogner. Er schien zu spüren, dass Brasch ihn mit einiger Verzögerung erkannt hatte. »Der Kröber war ein armer Kerl, so allein in einem Hotelzimmer zu krepieren. Wenn man schon den Löffel abgeben muss, dann am besten auf der Bühne, vor allen Leuten, während eines Auftritts.«

»Haben Sie R. A. Kröber gut gekannt?«, fragte Brasch. »Schließlich haben Sie ein paar Jahre mit ihm unter einem Dach gelebt.«

Der Alte strich sich über sein graues Haar, das noch immer dicht und fast schulterlang war. Brasch erinnerte sich, dass er Bogner als Kind einmal im Fernsehen gesehen und gedacht hatte, er trage sein Haar nur so lang, damit es ihm bei jeder Verbeugung genialisch in die Stirn fiele.

»Der Rudolph war mein Mieter. Dass er sich selbst R. A. nannte, war doch nur Kokolores. Ich habe ihm und seinem Liebchen die Wohnung für einen Preis gegeben, der jedem Makler die Tränen in die Augen getrieben hätte. Aber damals hatte er sich gerade von seiner Frau, dem alten Drachen, über den Tisch ziehen lassen und war ziemlich klamm. Ich wollte ihm einen Gefallen tun.«

Der Regen hatte aufgehört. Eine Stimme aus der Wohnung unter ihnen war zu hören, ein kurzer, dumpfer Ruf, den Brasch allerdings nicht genau verstehen konnte.

Bogner hatte die Stimme auch bemerkt. »Das Haus ist eigentlich nicht besonders hellhörig, aber man bekommt doch so einiges mit. Für meine Geige habe ich mir extra einen schalldichten Raum einrichten lassen; da kann ich spielen, höre nichts und werde nicht gehört.«

»Hatten Sie einen guten Kontakt zu Kröber und zu seiner jungen Frau?« Während er sprach, meinte Brasch, schon wieder eine erregte Stimme zu hören.

Der Alte lächelte und strich versonnen über seine Geige, die wie ein Kind in seinem Schoß lag. »Rudolph war ein armer Teufel, pfiff mit seinen kranken Lungen wirklich aus dem letzten Loch. Wenn ich ihn in letzter Zeit draußen traf, hat er so gejapst, als wäre er gerade den Dom raufgestiegen, aber sein Liebchen hat sich wirklich um ihn gekümmert. Fast jeden Tag sind die beiden am Rhein spazieren gegangen.«

»Sie sprechen von Madeleine, seiner jungen thailändischen Ehefrau?«

»Ja, Madeleine oder wie sie sich nennt. Sie hat sich bei ihm eingehakt und ist mit ihm am Rhein langgewandert. Manchmal habe ich mich gefragt, ob sie ihm mittlerweile morgens die Schuhe zubinden muss.«

Bogner lachte, und während er lachte, ruckte sein Kopf

ein wenig vor, als wäre sein Lachen vor allem dazu da, andere zu animieren. Die Berufskrankheit eines Karnevalisten.

Aus Kröbers Wohnung drang ein Knallen, dem ein paar Sekunden später ein zweites, noch lauteres folgte. »Die Kleine läuft herum und schlägt die Türen zu«, bemerkte Bogner mit einem Seitenblick. »Sie hat ziemlich viel Temperament, auch wenn sie nach außen hin immer sehr vornehm tut und so, als könnte sie kein Wässerchen trüben.«

»Hat Kröber viel gearbeitet?«, fragte Brasch. »Haben Sie mitbekommen, wann er seine Bücher geschrieben hat?«

Der Alte schüttelte den Kopf und strich sich sogleich über seine graue Mähne; auch diese Geste wirkte wie für eine Pointe inszeniert. »Keine Ahnung. Bücher schreibt man ja wohl für sich allein und nicht, wenn jemand zusieht. Spätabends habe ich Rudolph nie zu Gesicht bekommen. Und dann drang auch nicht der leiseste Ton aus der Wohnung.«

Brasch spürte, dass er bereits mehr nach unten lauschte, als dass er sich auf den Alten konzentrierte. Ein ordentliches Trauerhaus stellte man sich gemeinhin ein wenig ruhiger vor; es sei denn, es gab da ein paar Dinge, über die sich die Hinterbliebenen richtig in die Haare geraten konnten. »Es lebt noch jemand in der Wohnung, eine dritte Person, die anscheinend zur Familie gehört.«

»Ja, dieser dünne Thailänder, ein komischer Vogel.« Bogner blickte auf seine Geige hinab und mimte Nachdenklichkeit; auch dieses Nachdenken geriet ihm eine Spur zu unernst. »Ich glaube, er wohnt hinten im Anbau, in einer kleinen Wohnung für Dienstboten. Rudolph hat mir einmal erklärt, der Thailänder wäre der Halbbruder seiner Frau und würde hier Literatur studieren, aber wenn das stimmt, bin ich der Erzbischof von Köln.«

»Hat er sich irgendwie auffällig benommen?«

»Er schleicht nur umher wie ein Dieb, als hätte er Angst, dass ihn jemand sehen könnte. Ja, ich glaube, am liebsten wäre er unsichtbar oder würde sich in Luft auflösen, sobald ihm jemand einen Schritt zu nahe kommt. Mit mir hat er nie ein Wort gewechselt.«

Erneut zerriss ein Knall die Stille. Diesmal klang das Geräusch aus einem anderen Teil der Wohnung.

»Die Haustür«, bemerkte Bogner und lächelte besonders nachsichtig. »Nun läuft sie auf die Straße und rennt die Rheinpromenade hoch, um sich abzuregen. Ich habe Rudolph wirklich bewundert, dass er ihre Wutanfälle ausgehalten hat. Andererseits ist sie natürlich ein hübsches Mädchen, dem man so einiges verzeiht.«

Brasch erhob sich und ging zum Fenster. Das Gewitter hatte sich verzogen; es war merklich heller geworden, doch noch immer wirkte der Rhein düster und unheilvoll, als würde kein Wasser, sondern flüssiges Blei zum Meer hinabtreiben.

Bogner hatte Unrecht gehabt. Nicht Madeleine hatte das Haus verlassen, sondern ihr angeblicher Halbbruder. Claude, oder wie immer er in Wahrheit hieß, hatte es eilig. Er hastete die wenigen Meter zu einem Taxi, das mit grellen Scheinwerfern vor dem Haus stand, und kam dabei nur mühsam voran. Die Lasten, die er sich aufgeladen hatte, waren viel zu schwer für einen schmächtigen Mann wie ihn. Er schleppte alle seine Habseligkeiten, zwei unförmige Koffer, eine große rote Tasche aus Segeltuch und hatte sich einen Rucksack auf den Rücken geschnallt.

Kein Zweifel: Brasch beobachtete seinen Auszug aus Kröbers Wohnung oder seine überstürzte Flucht. Noch bevor das Taxi angefahren war, hatte Brasch sein Telefon in der Hand und wählte Pias Nummer.

10

»Misstraust du mir?«, hatte Leonie ihn manchmal gefragt. Brasch hatte ihr nie nachspioniert, sondern immer versucht, ihre Geheimnisse zu respektieren, die sie auch dann noch behielt, als sie bereits zusammenwohnten. Trotzdem hatte er sie gelegentlich mit Fragen verfolgt. An welchem Bild arbeitete sie? Warum durfte er es nicht sehen? Mit welchem Kollegen traf sie sich? Warum war er nicht ebenfalls eingeladen? Und überhaupt – was dachte sie, welche Gedanken gingen ihr durch den Kopf? In Wahrheit war sein Misstrauen noch viel größer gewesen, als Leonie jemals angenommen hatte. Misstrauen war die schlimmste Berufskrankheit eines Polizisten. Gab es wirklich Menschen, die aus guten Motiven handelten, oder lag hinter jedem guten nicht mindestens auch ein schlechtes Motiv verborgen? Und niemals, so lernte ein Polizist an seinen ersten Arbeitstagen, waren die Dinge, wie sie zu sein schienen.

Nur Leonie, dachte Brasch voller Sehnsucht, war für ihn genauso gewesen, wie sie gewirkt hatte, jedenfalls bis zu dem Tag, als sie ihre Sachen abtransportiert und heimlich ausgezogen war, während er im Präsidium gefeiert hatte, weil sie einen schwierigen Mordfall endlich gelöst hatten.

Auch Madeleine Kröber hatte eine besonders hohe Dosis Misstrauen verdient. Sie öffnete sofort, als Brasch an ihrer Tür klingelte, wohl in der Hoffnung, ihr angeblicher Halbbruder habe es sich überlegt und sei reuevoll ins warme Nest zurückgekehrt. Ihr Mund formte ein rundes, stummes »Oh«, und dann wischte sie sich mit der rechten Hand über das Gesicht, als könnte sie auf diese Weise all die unschönen Spuren auslöschen, die sich da in den letzten Stunden eingegraben hatten. Sie hatte geweint, hatte vor Wut geschrien, hatte sich die Haare gerauft und wahrscheinlich sogar geprügelt. Zumindest hatte sie Prügel eingesteckt. Ein langer geröteter Striemen lief verräterisch über ihre linke Wange.

Wortlos ging Brasch an ihr vorbei in die Wohnung. Madeleine machte auch keine Anstalten, ihn aufzuhalten. Hier deutete nichts auf einen großen Streit hin. Noch immer schwebten liebliche Engel unter der Decke des Wohnzimmers und bliesen zum Jüngsten Gericht. Lediglich eine große gläserne Vase schien den Streitenden im Weg gewesen zu sein und war in tausend Scherben zerbrochen.

Als er sich umwandte, hockte Madeleine zusammengesunken hinter ihrer Haustür und hatte den Kopf auf ihre Knie gesenkt. Ihr schmaler Körper bebte, aber wohl nicht, weil sie wieder weinte, sondern weil sie heftig ein- und ausatmete.

Wenn sie Kröber getötet hätte, wäre sie nun für ein schnelles Geständnis fällig gewesen.

Brasch blickte auf seine Uhr. »In ungefähr zehn Minuten wird Ihr angeblicher Halbbruder am Polizeipräsidium vorfahren«, sagte er mit harter Stimme. »Er wird sich gewiss ein wenig wundern, dass ihn sein Taxi nicht zum Flughafen bringt, aber wir konnten den Fahrer überreden, für uns einen Umweg zu machen.«

Madeleine nahm die Nachricht ungerührt zur Kenntnis. Sie trug keine Schuhe, lediglich ein kurzes, hellbraunes Kleid, das sie noch ein paar Jahre jünger wirken ließ. An ihrem rechten Knöchel entdeckte er eine winzige Tätowierung: eine Rose und die drei Initialen RAK. Vielleicht, dachte er, hat sie den alten Kröber tatsächlich auf eine aberwitzige, romantische Art und Weise geliebt, so wie Mädchen manchmal ihren gütigen, klugen Vater lieben.

»Wir werden«, fuhr Brasch fort, »uns von Ihnen nicht länger zum Narren halten lassen. Wo genau wollte Ihr angeblicher Bruder hin? Zurück nach Thailand? Und warum ist er so überstürzt aufgebrochen?«

Sie rührte sich nicht, atmete lediglich vor sich hin, als wäre sie damit schon überfordert. Einem Kind ähnlich, das die Augen zusammenkniff, um unsichtbar zu werden, schien sie alles ausschließen und sich in ihre eigene Dunkelheit verirren zu wollen. Niemand war neben ihr in diesem Raum. Kröber war tot, Claude vor ihr geflohen. Sie war am Ende, verloren in einem Universum, in dem alles so schwer wurde, dass es sie zu Boden drückte.

Brasch kannte die Erschöpfung, die Verdächtige und Angehörige in einem Mordfall gleichermaßen ergriff, wenn die erste Aufregung, das erste Entsetzen sich gelegt hatte. Er setzte sich auf einen Stuhl, ohne den Blick von Madeleine abzuwenden. Sie würde sich nicht auf ewig tot stellen können. Irgendwann würde sie anfangen zu sprechen, und dann würde die Wahrheit aus ihr hervorsprudeln.

Doch sie ließ sich Zeit, atmete sich beinahe in einen tranceartigen Zustand hinein. Seine Geduld wurde auf eine harte Probe gestellt. Er hörte eine Uhr ticken, hörte, dass draußen Autos über die regennasse Straße fuhren, glaubte sogar zu hören, dass Bogner wieder Geige spielte. Als sein Telefon klingelte, stellte er es sofort ab, auch wenn er das Gefühl hatte, dass es wichtige Neuigkeiten gab. Möglicherweise war Theresa Haas gefunden worden, oder sie wussten endlich, wo der junge Kröber sich aufhielt.

»Erklären Sie mir etwas«, sagte Brasch mit sanfter Stimme, als Madeleine doch nicht wieder zum Leben erwachte. »Erklären Sie mir, wie es war, als Sie sich in Kröber verliebt haben. Was hat Ihnen an dem alten Mann gefallen? Wie verlief Ihr erstes Rendezvous, und wie war es, mit ihm zusammenzuziehen? War Claude schon vorher Ihr Liebhaber gewesen? Mussten beide zustimmen, um Sie nicht zu verlieren?« Er stellte seine Fragen fast freundschaftlich, als würden sie sich schon eine Weile kennen und als hätte er gleich, im nächsten Moment auch von sich sprechen können, davon, dass er verlassen worden war und es eigentlich immer noch nicht begriff, obwohl er den äußeren Grund, die Fehlgeburt, nun seit geraumer Zeit kannte.

»Pomm ma sabai«, sagte Madeleine leise und ohne sich zu bewegen. »Mir geht es nicht besonders gut. Geben Sie mir eine Zigarette!« Erst als er aufgestanden war und ihr eine Schachtel und Streichhölzer hinhielt, blickte sie auf. Eine Maske aus Trauer lag auf ihrem Gesicht, aber ganz langsam, wie aus ungeheurer Tiefe tauchte darin ein schwaches Lächeln auf.

»R. A. hat mich nervös gemacht«, sagte sie, nachdem sie sich die Zigarette angesteckt hatte. »Ich kannte dieses Gefühl nicht. Männer flößten mir keinen Respekt ein, Männer konnte ich um den Finger wickeln, egal, ob sie alt oder jung waren. Bei R. A. war das anders. Zuerst hatte ich regelrecht Angst vor ihm. Immerhin war er ein großer Schriftsteller, den man auf der ganzen Welt kannte. Ich wollte nichts falsch machen, kein Glas umstoßen, mich nicht verschlucken, nicht anfangen zu stottern. Und als er mich das erste Mal zufällig berührt hat, ist es noch schlimmer geworden. Es war wie ein Stromstoß, der erste Stromstoß meines Lebens. Ich habe mich noch nie so lebendig gefühlt wie mit ihm. Dabei habe ich vorher etliche Männer gehabt, aber gegen R. A. sahen sie alle wie Verlierer aus.«

»Auch der junge Kröber?«, fragte Brasch.

»Auch Tom!«, erwiderte Madeleine und wischte sich über das Gesicht.

Brasch hockte sich neben Madeleine vor die Wohnungstür. Sie rauchte schweigend und starrte vor sich hin, als läge ihr Leben mit Kröber schon eine halbe Ewigkeit zurück. Oder vielleicht starrte sie auf die Glasscherben, die in einer Ecke des Zimmers lagen. Wie Diamanten sahen sie aus der Entfernung aus; als hätte ein verrückter Millionär mit Edelsteinen um sich geworfen.

»Später ist natürlich vieles anders geworden.« Madeleine schaute Brasch immer noch nicht an, und auch das zarte Lächeln war wieder aus ihrem Gesicht verschwunden. »Und zuletzt war R. A. wirklich krank. Er konnte nur noch ein paar Stunden schlafen, weil er ständig husten musste, und ganze Nächte hat er in seinem Lehnstuhl vor dem Fernseher verbracht. Aber das Schlimmste war, dass er manchmal roch, nicht weil er sich nicht wusch oder ein schlechtes Rasierwasser benutzte. Er roch wie ein alter Mann.«

»Wann hat Kröber seine Bücher geschrieben?«, fragte Brasch. »Konnte er überhaupt noch arbeiten?«

Madeleine streifte die Asche ihrer Zigarette achtlos auf den Boden. Sie wandte ihm das Gesicht zu. »Sie wissen es doch längst!«, sagte sie mit kalter Stimme. »Wer hat geredet? Böhler wahrscheinlich. Böhler ist ein Angsthase. Es hätte wunderbar funktioniert, wenn nicht alle plötzlich durchgedreht hätten.«

»Wer hat plötzlich durchgedreht?«

Mit einer schnellen, grazilen Bewegung richtete Madeleine sich auf und ging in den Wohnraum hinein. Ganz wie eine ordentliche Gastgeberin setzte sie sich auf das Sofa, strich sogar ihren kurzen Rock glatt, eine hilflose Geste, um ihren ramponierten Aufzug zu korrigieren.

Brasch folgte ihr. »Wie hat dieses Spiel funktioniert? Hat Claude die Bücher geschrieben?«, fragte er.

Madeleine nickte, dann schüttelte sie den Kopf, als gäbe es da mehrere Wahrheiten, für die sie sich entscheiden könnte. Ihre linke Gesichtshälfte war übel angeschwollen.

»Claude liebt mich, seit er fünfzehn ist. Das war seine Auflehnung gegen die Familie. Er ist mein Cousin, aber in Wahrheit ist er noch viel mehr. Er ist ein Rebell, ein Wunderkind, jemand, der nirgendwo hinpasst.« Ihre Finger strichen über ihre geschwollene Wange und zuckten zurück. »Er ist Spezialist für französische Literatur, deshalb haben wir uns auch französische Namen gegeben. Mit dreiundzwanzig hat er die Universität verlassen und in Bangkok einen eigenen Verlag gegründet, weil niemand seine Gedichte drucken wollte. Als er bei so vielen Leuten Schulden hatte, dass er sich kaum noch auf die Straße trauen konnte, ist er nach Deutschland gekommen. Da war R. A. gerade geschieden worden, und wir hatten schon das Aufgebot bestellt, um schnellstmöglich zu heiraten.«

Brasch konnte sich Kröbers Begeisterung vorstellen, als plötzlich der thailändische Geliebte seiner jungen Frau vor der Tür stand. Andererseits wurde mit Claude ein wundervolles Arrangement möglich.

»Ich brauchte ein paar Tage, bis mir klar wurde, dass Claude der Engel war, den uns der Himmel geschickt hatte. Natürlich hat es bei R. A. ein wenig länger gedauert.« Madeleine hob den Kopf. Schritte waren im Treppenhaus zu hören; der alte Bogner verließ das Haus. Vor der Wohnungstür verharrte er einen Moment, um zu lauschen, dann schlurfte er weiter. Das Gewitter hatte sich endgültig verzogen. Mittlerweile war sogar die Sonne wieder zum Vorschein gekommen.

»R. A. hat zuerst getobt, aber dann habe ich ihn überzeugen können. Wir waren ziemlich pleite, weil er fast alles, was er besaß, seiner Frau gegeben hatte, um sie endlich loszuwerden.« Madeleines Stimme hatte einen schrillen Ton der Rechtfertigung angenommen. »Claude hat es gehasst, doch es blieb ihm nichts anderes übrig, als uns einen Roman zu schreiben, sonst hätte ich ihn vor die Tür gesetzt. Er hat achtzehn Tage für das erste Buch gebraucht. Er hat es auf Französisch geschrieben, und ich habe es dann übersetzt. War kein Meisterwerk, aber mit R. A.s Namenszug unter dem Manuskript haben wir alles in allem fast eine viertel Million dafür bekommen.«

»Was hatte Marchow damit zu tun? Hat er das Geschäft eingefädelt?« Brasch blickte auf die Uhr. Es war halb vier am Nachmittag. Claude musste mittlerweile im Präsidium Mehler gegenübersitzen. Für einen flüchtigen Moment dachte Brasch an seinen Vater, daran, dass er versprochen hatte, am Abend wieder ins Krankenhaus zu fahren.

Madeleine steckte sich eine zweite Zigarette an. »Marchow hat mir bei der Übersetzung geholfen. Ich hatte so etwas noch nie gemacht. Ich brauchte ihn auch für das Geschäftliche. Damit alles sehr seriös und geregelt ablief, wenn wir mit Verlagen verhandelten. Außerdem musste er R. A. bei Laune halten und ihm immer wieder erklären, dass wir mit unserem Trick niemandem schadeten. R. A. war manchmal kurz davor, alles hinzuwerfen.«

»So war es auch am letzten Donnerstag, nicht wahr?«, sagte Brasch. »Kröber wollte die Buchpräsentation nutzen, um seinen Betrug zu beenden und zu gestehen, dass er seinen neuen Roman gar nicht geschrieben hatte.«

Eine kleine Stille trat ein. Madeleine schien ihre Worte abzuwägen; wie viel hatte sie schon offenbart, wie viel konnte sie noch zurücknehmen. Das Ergebnis war eindeutig. Sie nickte wieder. »Am Donnerstag war es wirklich ernst. Der Grund war eigentlich lächerlich. R. A. hatte ein paar Nächte vorher einen bösen Traum gehabt; er war der festen Überzeugung, dass er bald sterben würde, und daher müsste er seine Dinge in Ordnung bringen. Er wollte seinen Betrug beenden, wollte seine Briefe und Manuskripte ordnen, bevor er starb. Er hat auch ein neues Testament geschrieben, das seinem Sohn nicht unbedingt gefallen dürfte. Außer der Bruchbude, in der er wohnt, sollte er nichts bekommen, vor allem keine Rechte an älteren Romanen und Geschichten.«

Brasch versuchte sich eine Buchpräsentation vorzustellen, auf der Kröber vor ein paar hundert Leuten seine Bombe platzen ließ. Madeleine, Marchow und auch Böhler mussten ziemlich weiche Knie gehabt haben.

»Was haben Sie unternommen, um Kröber umzustimmen?« Während er seine Frage stellte, fiel ihm ein, dass Madeleine bei ihren letzten Begegnungen ein breites Pflaster an ihrer rechten Hand getragen hatte. Das Pflaster brauchte sie nun nicht mehr. Wenn man genau hinsah, war aber immer noch ein breiter Kratzer zu sehen.

Madeleine kniff die Augen zusammen und fixierte ihn misstrauisch. Aus der Tatsache, dass er sie so eingehend gemustert hatte, schien sie die falschen Schlüsse zu ziehen. »Ich habe R. A. nicht umgebracht«, rief sie voller Empörung. »Ich gebe zu, dass ich wütend auf ihn war, aber irgendwie habe ich immer noch gehofft, dass ich ihn auf dem Weg zum Buchladen von seinem albernen Plan abbringen könnte. Wenn die Leute da mit erwartungsvollen Gesichtern vor ihm sitzen, habe ich gedacht, wird er es sich anders überlegen. ›Asiatisches Gold‹ war schon ein Bestseller, endlich hatte Claude den richtigen Ton getroffen.«

»Was ist mit Claude?«, fragte Brasch. »Warum hat er seine Sachen gepackt, um zu fliehen?«

»Seine Nerven sind nicht die besten; das war schon in Bangkok so, als seine Gläubiger wegen seiner blöden Gedichte hinter ihm her waren. Er hatte Angst, dass alles ans Licht kommen würde; dass er die Bücher geschrieben hat, dass er gar nicht mein Bruder ist. Außerdem hat er Heimweh. Ihm war es in Deutschland immer zu kalt, selbst an heißen Sommertagen.«

Erschreckt wandte Madeleine den Kopf. Das Telefon klingelte in einem melodiösen, heiteren Dreiklang. Dann, als sie keine Anstalten machte, abzuheben, sprang der Anrufbeantworter an. Eine sonore Männerstimme, die Kröber gehört haben musste, nannte die gewählte Nummer und bat um eine Mitteilung. Mehler räusperte sich umständlich; wahrscheinlich hatte es ihn auch irritiert, Kröbers Stimme am Apparat zu haben, und dann bat er Brasch zurückzurufen, falls er noch in Kröbers Villa sei.

»Claude«, sagte Madeleine leise, »hat nichts mit dem Mord zu tun.« Der Anruf hatte ihre Nervosität noch gesteigert, fast, als fürchtete sie, ihr Cousin könnte ein Geständnis abgelegt haben. »Die beiden haben sich zwar nicht gemocht, sich aber gegenseitig respektiert.« Wie eine fade Ausrede klangen ihre Worte.

Brasch erhob sich. »Wir werden Claude eingehend befragen und eine Haarprobe von ihm einziehen; wenn er nicht zustimmt, auch auf richterlichen Beschluss. Sie sollten sich gut überlegen, ob Sie uns nicht etwas Wichtiges verschwiegen haben; zum Beispiel, dass Sie vor dem Mord noch in Kröbers Hotelzimmer waren.«

Stumm und feindselig schaute Madeleine ihm nach, als er zur Tür ging. Ihre linke, geschwollene Wange hatte eine noch stärkere rötliche Färbung angenommen. Claude mochte schwache Nerven haben; kräftig zuschlagen konnte er auf jeden Fall.

Nachdem Brasch die Tür vorsichtig hinter sich zugezogen hatte, glaubte er, im nächsten Moment ein dumpfes Geräusch zu hören; als hätte Madeleine ihren schweren gläsernen Aschenbecher oder eine Vase an die Wand geschleudert. Nicht nur ihr Mann war ermordet worden – auch ein paar andere Dinge waren übel aus der Bahn geraten.

Die Uferpromenade war schon wieder bevölkert. Kinder

spielten am Wasser und warfen Steine in die Wellen. Das Gewitter hatte die Schwüle vertrieben; die Luft roch nach frischem Gras.

In seinem Wagen rief Brasch im Präsidium an und erkundigte sich nach Claude, aber Mehler interessierte sich gar nicht für den Thailänder und dessen überstürzte Flucht. Ihn hatte er zur Befragung Amelie Kramer überlassen.

»Es gibt andere Neuigkeiten«, sagte Mehler. »Eine kleine und eine große.«

»Die kleine zuerst.« Brasch startete den Wagen und wendete auf der Uferstraße.

Mehler lachte heiser auf. »Humpe hat angerufen. Deine Annahme war richtig. Tom Kröber ist bei seinem Vater im Hotelzimmer gewesen. Das hat deine inoffizielle Haarprobe eindeutig ergeben. Nun wird es noch dringender, ihn aufzutreiben.« Für die zweite Neuigkeit ließ er sich ein paar Sekunden Zeit. »Könnte sein, dass wir Theresa Haas gefunden haben. Vor zwei Stunden haben Taucher eine tote Frau bei Leverkusen aus dem Rhein gefischt.«

ZWEITER TEIL

11

Mehler wartete mit düsterer Miene vor der Gerichtsmedizin. Wasserleichen anzuschauen gehörte eindeutig nicht zu den liebsten Beschäftigungen eines Polizisten an einem Sonntagnachmittag. Allerdings konnte die Tote, wenn es wirklich Theresa Haas war, nicht sehr lange im Wasser gelegen haben. Vielleicht blieb ihnen ein besonders unangenehmer Anblick erspart.

»Wir haben Glück gehabt«, sagte Mehler, während sie in das Gebäude hineingingen, einen altertümlichen Backsteinbau. »Kurz vor der Autobahnbrücke hat es eine Havarie gegeben. Ein holländisches hat ein belgisches Schiff gerammt. Deshalb mussten Taucher eingesetzt werden. Einer hat die Leiche entdeckt.«

Normalerweise tauchte eine Wasserleiche erst nach zwei Wochen wieder auf, und im Rhein, bei extremen Strömungsverhältnissen, konnte es gelegentlich noch viel länger dauern. Manche Leichen hatten dann überhaupt kein Gesicht mehr und waren nur noch über komplizierte DNS-Verfahren zu identifizieren. Und die Frage, wo sie ins Wasser geworfen worden waren, ließ sich meistens gar nicht mehr klären.

Schweigend gingen sie einen dunklen Gang hinunter. Sonntags arbeitete hier für gewöhnlich niemand; es sei denn, höchste Eile war geboten. Eine nur angelehnte Tür am Ende des Ganges verriet ihnen, dass der Gerichtsmediziner schon eingetroffen war.

Die Tote lag auf einem blanken Metalltisch. Ihre Kleidung war bereits entfernt worden. Wie eine bleiche, schmalbrüstige Wachspuppe sah sie aus. Dunkle Flecken hatten sich an den Unterseiten ihrer Arme und Beine ausgebreitet. Der Pathologe, ein korpulenter, kahlköpfiger Mann, stand mit einem Diktiergerät vor dem Leichnam und flüsterte unverständliche Worte in seinen Apparat hinein. Er nickte Brasch und Mehler gleichmütig zu. Ihm jedenfalls schien es nichts auszumachen, seinen freien Nachmittag in einem Autopsieraum zu verbringen. Eine junge Assistentin im Hintergrund legte, ohne aufzuschauen, Instrumente zurecht; auch eine größere elektrische Säge gehörte dazu. Brasch kannte das Prozedere, aber der Versuchung zuzuschauen, wie das Brustbein eines Toten durchtrennt wurde, um Lunge, Herz und andere Organe zu entnehmen, hatte er bisher stets widerstanden. Erfahrene Gerichtsmediziner benötigten kaum eine halbe Stunde für diese Arbeit.

Der Pathologe schaltete sein Diktiergerät ab und trat auf sie zu. In seinem weißen Kittel wirkte er eher wie ein freundlicher Fernsehmonteur, der seiner verehrten Kundschaft erklären konnte, dass er den Fehler des Geräts endlich gefunden hatte. »Also«, sagte er, »die Tote dürfte Anfang dreißig sein. Sie ist extrem untergewichtig und, wenn ich mir ihren rechten Zeigefinger so anschaue, starke Raucherin. Was äußere Verletzungen angeht: Den Schädel hat ihr niemand eingeschlagen, aber sie scheint vor ihrem Tod gestürzt zu sein. Ihr Schlüsselbein ist gebrochen. Unwahrscheinlich, dass sie sich diese Verletzung im Wasser zugezogen hat. Außerdem finden sich Schürfwunden an beiden Händen.«

»Wissen Sie, wie lange die Frau schon im Wasser gelegen hat?«, fragte Brasch.

Der Mediziner warf einen Blick über die Schulter. »Sie

sieht noch nicht wie eine typische Wasserleiche aus. Höchstens vierundzwanzig Stunden, würde ich vermuten. Ich habe mir allerdings noch nicht die Beschaffenheit des Blutes und ihrer Lunge angesehen. Daher kann ich Ihnen auch noch nicht sagen, ob sie ertrunken ist oder schon tot war, als sie ins Wasser fiel. In ungefähr zwei Stunden weiß ich mehr.«

Sie gingen wieder zurück in den Gang und hörten, wie der Pathologe die Säge ansetzte. Ein beinahe harmloses Geräusch, als hätte sich ein friedlicher Heimwerker wieder an die Arbeit gemacht.

Mehler steckte sich eine Zigarette an. Er spürte Braschs fragenden Blick. Statt einer direkten Antwort sagte er niedergeschlagen: »Wir sollten knobeln, wer es der Mutter beibringt. Und dem kleinen Kind.«

Brasch schüttelte den Kopf. Zum ersten Mal spürte er, wie müde er war. Ein paar Tage Ruhe hätten ihm gut getan, vielleicht hätte er dann auch sein verunglücktes Rendezvous mit Leonie nachholen können; stattdessen wurde der Fall immer brisanter. Nun hatten sie es mit einem Doppelmörder zu tun, der nicht davor zurückschreckte, eine Zeugin aus dem Weg zu räumen. Theresa Haas hatte anscheinend tatsächlich geglaubt, ihre finanziellen Schwierigkeiten durch eine schnelle Erpressung beenden zu können.

»Wir gehen beide«, entschied Brasch. »Ich bin mir nicht sicher, ob die alte Frau Haas die Nachricht sehr gefasst aufnehmen wird.«

Ungewohnt langsam, als wollte er sich noch ein paar passende Worte zurechtlegen, fuhr Mehler voraus; Brasch folgte ihm mit geringem Abstand. Für einen solchen Anlass gab es keine richtigen oder falschen Worte; man konnte sich nur einreden, dass die Angehörigen bereits tief im Unglück steckten und zumindest ihre quälende Ungewissheit nun ein Ende fand.

Während der Fahrt telefonierte Brasch mit Pia, die Marchow einbestellt hatte. Nur widerwillig hatte der Agent zugegeben, dass Böhlers Version stimmte; Kröber hatte seine letzten drei Romane, die nach seiner Scheidung veröffentlich worden waren, nicht selbst geschrieben; es stimmte auch, dass er Schwierigkeiten gemacht hatte und die Wahrheit ans Licht bringen wollte. Doch für die Tatzeit am Freitagabend hatte Marchow ein Alibi; er war mit einer jungen Autorin verabredet gewesen. Vom verschwundenen Kröber junior gab es nichts Neues. Pia hatte weder seine Mutter noch Kyra, die Schauspielerin, auftreiben können. Es versprach noch ein langer, arbeitsreicher Sonntag zu werden.

In Köln-Chorweiler fuhr Brasch mit Mehler wortlos in die siebzehnte Etage hinauf. Das Hochhaus und der Fahrstuhl kamen ihm nun, bei seinem zweiten Besuch, noch schäbiger und freudloser vor. Es stank nach Urin, und in einer Ecke lagen die Scherben einer Schnapsflasche. Kein Wunder, dass da jemand auf die Idee kam, seine Chance zu nutzen und sich aus dieser Betonstadt in ein anderes Leben einzukaufen.

Als sich die Fahrstuhltür öffnete, stand die alte Frau Haas schon vor ihnen. Sie trug dieselbe billige rote Bluse wie am Abend zuvor. Viel Schlaf konnte sie nicht bekommen haben; tiefe Schatten lagen unter ihren Augen. Zumindest wirkte sie einigermaßen nüchtern.

Brasch hatte noch nicht zu einer Erklärung angesetzt, da verwandelte sich ihr Gesicht. Aus einer stummen, atemlosen Erwartung wurde Entsetzen. Ihr Gesicht legte sich in Falten, schien auch kleiner zu werden und zu schrumpfen, und dann senkte sie den Kopf und hastete in die Wohnung zurück. Eine leise, melodische Kinderstimme war zu hören, die, in Gedanken versunken, vor sich hin sang.

An der Küche vorbei lief Brasch den engen, stickigen Flur

entlang und blickte ins Wohnzimmer. Da saß die wunderschöne vierjährige Tochter, der ganze Stolz von Mutter und Großmutter, vor dem Fenster, vor einem weiten, wieder blauen Himmel und stapelte Holzklötze aufeinander. Ein idyllisches Bild, das Brasch die Tränen in die Augen trieb. Nach ein paar Momenten tauchte die Kleine aus ihrer Selbstvergessenheit auf; sie strich sich eine braune Locke aus dem Gesicht und wandte sich um. Eine unerschrockene Heiterkeit lag auf ihrem Gesicht.

»Ich baue ein Schloss«, erklärte das Mädchen voller Ernst. »Für Mama, wenn sie zurückkommt.«

Brasch nickte ihr freundlich zu, dann ging er zu Mehler in die Küche.

Die Großmutter der Kleinen schien sich an einer Flasche Wodka festzuhalten. Sie saß an einem Plastiktisch und kippte ein Glas hinunter, als Brasch in die Küche trat.

»Ich habe gewusst, dass Theresa tot ist«, sagte sie zu Mehler. »Habe heute Morgen eine Freundin aus Kasachstan angerufen. Sie ist Wahrsagerin und hat mir die Karten gelegt. Sie kennt immer die Wahrheit, irrt sich nie.« Auch ein zweites Glas Wodka, das sie sich hastig einschenkte, brachte ihr keine Linderung. »Wo ist meine Tochter?«, fragte sie. »Wo hat man sie gefunden?« Ihre Stirn war zerfurcht; die rot geäderten Augen zuckten hin und her.

Mehler antwortete ihr langsam, mit möglichst besänftigenden Worten. So ähnlich mochte ein Arzt einem Patienten beibringen, dass er unheilbar krank und sein Leben eigentlich zu Ende war. Brasch hörte, dass die Kleine im Wohnzimmer noch immer vor sich hin sang und an ihrem Palast baute. Ihre Großmutter schien sie ganz vergessen zu haben.

»Morgen müssen Sie mit uns Ihre Tochter identifizieren«, sagte Mehler zuletzt. »Das können wir Ihnen leider nicht ersparen.«

Die Frau nickte. Der Alkohol tat bereits seine Wirkung. Mit beiden Händen wischte sie sich über die Augen, als hätte sich eine bleierne Schwere auf ihre Lider gelegt oder als tauchten da ganz andere, gespenstische Bilder auf. Es war höchst fraglich, ob sie die Kleine bei ihrer Großmutter lassen konnten.

»Er ist also doch ein Lügner«, sagte die Alte. Ihr Akzent trat wieder deutlicher hervor.

»Wer ist ein Lügner?«, fragte Brasch. Er nahm die Flasche vom Tisch und steckte sie Mehler zu, damit er sie verschwinden ließ.

»Der Mann, der mich angerufen hat«, erwiderte die alte Haas in einem gereizten Tonfall, als müsste alle Welt wissen, wovon sie sprach. »Er hat gesagt, dass alles wieder gut wird. Er würde das machen, alles wieder gutmachen. Aber ich habe ihm sowieso nicht geglaubt. Männer reden immer viel und halten wenig.«

»Einen Moment.« Brasch baute sich vor der Frau auf und berührte sie an der Schulter, so dass sie zu ihm aufschauen musste. In ihren Augen standen sowohl ein betrunkener Trotz als auch eine beinahe kindliche Ängstlichkeit. »Kannten Sie den Mann, der Sie angerufen hat? Hat er seinen Namen genannt?«

Sie schüttelte den Kopf, dann richtete sie ihre Augen Hilfe suchend auf Mehler. »Er hatte keinen Namen, hat nur gesagt, dass er alles wieder gutmachen wird. Ein deutscher Mann – mit einer deutschen Stimme.« Plötzlich begann sie zu schluchzen, und im nächsten Moment stand ihre Enkeltochter mit strahlender Miene in der Tür und lachte.

»Das Schloss ist fertig«, sagte sie. Erst dann bemerkte sie, dass ihre Großmutter weinte und eilte zu ihr. Die beiden umarmten sich, und für einen Moment sah es aus, als könnte das Kind seine Großmutter trösten.

Mehler warf Brasch einen düsteren Blick zu. Es war nicht schwer zu erraten, was sein Kollege dachte. Tom Kröber hatte angerufen; ein sinnloser Anruf, der nur dazu dienen konnte, sein Gewissen zu beruhigen, und der gewissermaßen ein Geständnis darstellte. Er hatte erst seinen Vater und dann die einzige Person getötet, die ihn im Domhotel gesehen hatte und die zu ihrem eigenen Unglück so dumm gewesen war, ihn zu erpressen. Nein, dachte Brasch, es gab noch eine Zeugin, die Kröber junior möglicherweise nicht gesehen hatte: Britt Holgerson.

Er ging in den Flur hinaus und rief Amelie Kramer an. Nachdem sie seinen Pass eingezogen hatte, sollte sie Claude zu seiner schönen einsamen Cousine nach Hause entlassen und dann jemanden vorbeischicken, der sich um die Kleine kümmerte, bevor ihre Großmutter sich einen gewaltigen Rausch angetrunken hatte. Auf Mehler und ihn warteten andere, dringendere Aufgaben.

Die Hitze kehrte zurück. Das Gewitter hatte nur vorübergehend Abkühlung gebracht. Der Sommer war tropisch und ohne jede Leichtigkeit. Der dunstige blaue Himmel wirkte beinahe schon bedrohlich, eine solche Schwüle stand wieder über der Stadt. Brasch kurbelte die Fenster herunter, doch selbst der Fahrtwind vertrieb die Hitze nicht. Er fuhr am Rhein entlang in Richtung Norden. Eine kostbare Stunde verbrachte er damit, die Wiesen am Ufer nach Britt Holgerson abzusuchen. Wenn sie wirklich irgendwo hier ihr Zelt aufgeschlagen hatte, würde er sie finden und sie in die Stadt zurückbringen, in ein Hotel, wo sie in Sicherheit war.

Er fand sie jedoch nicht. Eine Gruppe von Kindern mit zwei besorgten Müttern schreckte er auf, die in der Nähe des Niehler Hafens einen Geburtstag feierten, und ein Liebespaar, das sich ganz im Norden Kölns, an der Fähre in

Langel, an einem versteckten, schmalen Strand verkrochen hatte.

Je länger er auf engen Straßen und Feldwegen herumkurvte, desto wütender wurde Brasch auf sich selbst. Ihm war ein unverzeihlicher Fehler unterlaufen. Wie hatte er Britt Holgerson so leichtfertig gehen lassen können? War er zu erleichtert gewesen, dass sie keine Verdächtige mehr war, und hatte er daher übersehen, wie bedeutsam sie als Zeugin sein konnte? Oder gab es eine andere Verbindung zwischen Britt und dem jungen Kröber, die sie nicht bemerkt hatten? Kannten die beiden sich? Beschuldigte sie ihn, um ihn gleichzeitig zu entlasten? Die Zeit, in der sie ihn im Hotel gesehen haben wollte, stimmte nicht annähernd mit der Tatzeit überein. Mittlerweile wussten sie, dass Kröber einen alten roten Mercedes, Baujahr 1984, fuhr, ein auffälliges Auto also, und dass er ein Mobiltelefon besaß, das aber nicht angeschaltet war. Mehler versuchte, einen richterlichen Beschluss zu erwirken, damit sie in sein Haus eindringen durften, um eventuell an Hinweise zu gelangen, wo er abgeblieben sein könnte. Ein Adressbuch, Computerdateien, Briefe, alles konnte dabei hilfreich sein.

Als Brasch bemerkte, dass er plötzlich in die Straße hineinfuhr, in der Leonie seit drei Monaten wohnte, trat er abrupt auf die Bremse und wendete. Auf dem Deich sah er eine Frau, die von den Rheinwiesen kam und eine Treppe hinunterschritt, die zu den Häusern führte. Ein goldener Retriever, der einen breiten Stock im Maul trug, lief ihr voraus. Besaß Leonie nicht neuerdings einen Hund? Er war trotz der Entfernung fast sicher, dass sie es war: ihr langes schwarzes Haar, das gelbe Kleid, das sie trug, die Art, wie sie sich vorsichtig die steile Steintreppe hinunterbewegte. Immerhin, dachte er, sie ist allein. Diese Tatsache beruhigte ihn, als könnte er so etwas wie Hoffnung daraus schöpfen.

Aber er wartete nicht ab, dass sie näher kam, sondern gab Gas. Wenn sie sich hier begegneten, hätte sie wieder nur geglaubt, er würde ihr hinterherspionieren, und er hätte eine Menge Dinge erklären müssen. Wahrscheinlich hatte sie Recht: Es war besser, sie sahen sich erst, wenn er seinen Fall abgeschlossen hatte.

Um kurz vor halb acht hielt Brasch vor dem Theater in der Südstadt. Seine Laune hatte sich nicht gehoben. Immerhin hier hatte er Glück. Das Theater hatte geöffnet, und »Fräulein Else« stand auf dem Spielplan.

Ein paar Stufen führten in ein Kellergeschoss hinunter. Plötzlich ließ man den Sommer und die Hitze hinter sich. In dem Foyer war es kühl und so schummerig, als würden hier leicht bekleidete Damen ihrem Gewerbe nachgehen. Eine alte Dame mit violettgrauen, toupierten Haaren saß hinter einem Tisch, der offenbar die Kasse darstellte, und bereitete ihr Wechselgeld vor. Freudig, dass sich der erste zahlende Besucher zeigte, blickte sie zu Brasch auf. Er hielt ihr seinen Ausweis entgegen.

»Ich möchte zu Kyra«, sagte er, als würde er eine gute Freundin besuchen wollen.

Die alte Dame nickte. »Kyra ist in ihrer Garderobe. Sie hat eine anspruchsvolle Rolle, da darf man sie eigentlich jetzt nicht mehr stören ...« Dann wies sie Brasch doch den Weg. In den schwach erleuchteten Zuschauerraum, an der Bühne vorbei durch eine winzige Tapetentür, die man mit einem kräftigen Stoß öffnen musste.

Hinter der schmalen Tür hatte Brasch das Gefühl, er befände sich gar nicht mehr auf der Erde, sondern in einem U-Boot, ein paar hundert Meter unter der Meeresoberfläche. Rohre, in denen es dröhnte und gluckerte, verliefen knapp über seinem Kopf und an den Wänden entlang. Winzige, verdrahtete Lampen gaben ein schwaches Licht ab, das buchstäblich nach Notfall und Untergang aussah, und irgendwo schien tatsächlich eine Wasserleitung undicht zu sein. Rostiges Wasser hatte sich am Boden gesammelt und schillerte grünlich. Er passierte zwei Türen, auf denen »Bühne« und »Elektrik« stand; auf den nächsten beiden, die eng nebeneinander lagen, war »Garderobe« zu lesen.

Bevor er anklopfen konnte, hörte er eine dumpfe Männerstimme. Kyra hatte Besuch, der ihr aber nicht willkommen war.

»Lass mich in Ruhe«, sagte sie erregt. »Ich kann da nichts für dich tun.«

»Du könntest dich wenigstens erkundigen«, erwiderte die dunkle Männerstimme. »Erkundigen kostet dich nichts. Frage sie einfach, was sie vorhat.«

»Gar nichts tue ich.« Nun klang Kyras Stimme ruhiger und abgeklärter. »Ich habe ganz andere Sorgen.«

Für einen Moment schwiegen die beiden. Brasch hielt den Türgriff in der Hand. Gehörte die Stimme dem jungen Kröber? Wollte er sich bei Kyra verstecken? Während Brasch Kröber in dessen heruntergekommenem Haus befragt hatte, war Kyra bedeutend freundlicher, geradezu anhänglich gewesen, aber die Dinge hatten sich auch gewissermaßen über Nacht verändert.

»Ich muss Bescheid wissen«, begann die Männerstimme wieder, und dann wurde die Tür plötzlich geöffnet.

Während Brasch lediglich überrascht einen halben Schritt zurückwich, ereignete sich in dem Gesicht seines Gegenübers eine mittelschwere Eruption. Panik war da zu erkennen, ein Entsetzen, das in seinen Augen begann und sich dann wie ein elektrischer Impuls in seinem ganzen Körper ausbreitete. Wenn der Gedanke an Flucht nicht so aussichtslos gewesen wäre, hätte er sich wahrscheinlich sofort davongemacht.

Brasch lächelte. Bei ihrer letzten Begegnung hatte Marchow noch den arroganten Erfolgsmenschen gemimt. Nun hatte er ganz offensichtlich weiche Knie, weil bereits einige unangenehme Dinge ans Tageslicht gekommen waren. »Ich bin überrascht, Sie hier zu sehen«, sagte Brasch freundlich. »Worüber müssen Sie Bescheid wissen?«

Marchow drehte sich zu Kyra um, die in einem weißen Unterrock vor einer Spiegelwand saß und sich schminkte. Brasch sah im Spiegel, wie sie ihm ohne jede Regung zunickte und sich dann weiter ihre makellose Stirn abtupfte.

»Das ist alles rein privat«, entgegnete Marchow unsicher. »Bitte missverstehen Sie die Situation nicht!«

»Erklären Sie mir, was ich nicht missverstehen soll.«

Marchow schluckte. Als er auch noch die Stirn in Falten legte, sah er wie ein großes, kahlköpfiges Kind aus, das man in einen teuren Anzug gestopft hatte. »Ich habe Kyra gebeten, mit Tom Kröber und seiner Mutter zu sprechen. Wir müssen mit der Presse reden, uns eine Strategie überlegen …« Er straffte sich. Das Wort Strategie schien ihm zu gefallen. Es war ein gutes Wort, das Sicherheit vermitteln konnte. »Für alle Beteiligten wäre es besser, wenn gewisse Dinge nicht an die Öffentlichkeit kämen. Auch um den Ruf des Verstorbenen nicht zu beschädigen.« Marchow nickte heftig seinen eigenen Worten hinterher.

»Es geht um das Erbe«, sagte Kyra so lakonisch, dass ihre Worte Marchows Selbstsicherheit gleich wieder zunichte machten. Sie schaute Brasch wieder im Spiegel an. »Er will wissen, was Tom erbt und ob er ihm auch so viele Schwierigkeiten machen wird wie die alte Kröber.«

Marchow hob die Arme, und für einen kurzen Augenblick glaubte Brasch, er wolle ihn zur Seite schieben, um sich aus dem engen Raum zu befreien, aber dann ließ er sie wieder sinken, als wären sie ihm viel zu schwer. »Ja, es geht auch um das Testament und um die Frage, wem die alten Romane von R. A. nun gehören, aber die Einzelheiten werden die Polizei kaum interessieren.«

»Uns interessiert alles, was uns hilft, einen Mörder zu finden«, sagte Brasch. »Zum Beispiel die Frage, woher Sie beide sich kennen.«

Kyra schminkte sich seelenruhig weiter und überließ Marchow die Antwort.

Wie ein Schüler bei einer wichtigen Prüfung zog er die Schulter hoch und schaute Brasch an. »Ich habe eine Zeit lang auch Schauspieler vertreten, habe sie beraten und ihnen Engagements vermittelt, und …«

»Er hat zumindest so getan«, unterbrach ihn Kyra mit einer harten, unbarmherzigen Stimme. »Er hat uns aufgelauert, hat vor den Schauspielschulen herumgelungert und den Leuten das Blaue vom Himmel versprochen. Geklappt hat aber nie etwas.« Sie blickte auf die Uhr, die auf dem Tisch vor dem Spiegel lag, und legte ihr Schminkzeug zur Seite.

Marchow versuchte überlegen zu lächeln, als stände er meilenweit über einer solch kleinlichen Kritik, doch sein Lächeln verriet eher erneut seine Verlegenheit. »Ich habe irgendwann eingesehen, dass ich mich auf etwas konzentrieren musste. Das Geschäft mit Autoren ist etwas vollkommen anderes, als Schauspieler an Theater oder Filmfirmen zu vermitteln. Beides lässt sich kaum vereinbaren.«

Kyra erhob sich und zog ihren Unterrock glatt. Brasch hatte viel von dem Lampenfieber der Schauspieler vor der Aufführung gehört; sie allerdings war die Ruhe selbst. »Fragen Sie ihn, wie viele Klienten er hat!«, sagte sie und wandte sich zu Brasch um. »Fragen Sie ihn, wer sein bestes Pferd im Stall war und was er nun tun wird!« Zu behaupten, eine gewisse Antipathie würde aus ihren Worten sprechen, wäre eine glatte Untertreibung gewesen.

»Ich bin mitten im Umbruch«, entgegnete Marchow mit nun kaum verhohlenem Zorn, »strukturiere einige Dinge neu, habe meine Strategie geändert ...«

Kyra lachte auf, ein höhnisches, aufdringliches Schauspielerlachen, das in der winzigen Garderobe noch lauter wirkte.

Aus der anderen Richtung des Ganges, in der sich noch drei Türen befanden, näherte sich ein Mann, der so breit und schwergewichtig war, dass er mit seinen Schultern rechts und links gegen die Wände schrammte. »Kyra!«, rief er mit dröhnender Stimme. »Schick endlich deine Claqueure weg. Weißt du nicht, wie spät es ist?«

Kyra legte sich ein langes, rotes Rüschenkleid zurecht und erwiderte, ohne aufzuschauen. »Die beiden wollten ohnehin gleich verschwinden.«

Marchow nutzte die Gelegenheit zu einem geräuschlosen Abgang. Er tippte sich mit zwei Fingern an die Stirn, eine Geste, die anscheinend lässig wirken sollte, drückte sich an Brasch vorbei und verschwand in Richtung Bühne.

Der Schwergewichtige, der sich seine langen grauen Haare zu einem Zopf zugebunden hatte und vor dessen Brust eine Lesebrille baumelte, schaute Brasch auffordernd an. »Darf ich Sie auch bitten zu gehen?«

»Ich habe noch ein paar wichtige Fragen an Ihre Kollegin«, erklärte Brasch ruhig und holte seinen Ausweis hervor. »Sagen Sie Ihren Zuschauern, die Vorstellung wird heute später beginnen, oder fangen Sie ohne Kyra an. Improvisieren Sie ein wenig.«

»Mein Herr!« Der Grauhaarige beherrschte das Pathos drittklassiger Schauspieler. »›Fräulein Else‹ ist ein Zwei-Personen-Stück, und Kyra spielt die Hauptrolle. Im Grunde genommen hält sie einen langen, inneren Monolog, der ihr höchste Konzentration abverlangt.«

»Dann singen Sie den Zuschauern etwas vor, aber lassen Sie uns ein paar Minuten in Ruhe.«

Keuchend und fluchend stampfte er davon. Von hinten sah er mit seinem grauen Zopf wie ein Ritter aus, den man schnöde aus der Schlacht gejagt hatte.

»Was wollen Sie?« Kyra streifte sich das Kleid über. Eine abrupte Wandlung ging innerhalb weniger Sekunden mit ihr vor. Plötzlich stand ein junges, schönes Mädchen vor ihm, das eindeutig ins 19. Jahrhundert gehörte.

»Wissen Sie, wo wir Tom Kröber finden?«, fragte Brasch. »Wir haben ein paar Fragen an ihn.«

»Was für Fragen?« Mit ihrer Kleidung hatte sich auch ihr Tonfall geändert. Sie klang nun reserviert und äußerst wachsam.

»Wissen Sie, wo er sich aufhält?«, wiederholte Brasch. »In seinem Haus war er den ganzen Tag nicht.«

Kyra zuckte mit den Schultern, wieder eine neue Rolle, und bürstete dann ihr Kleid ab. »Tom ist launisch. Hin und wieder verschwindet er für ein paar Tage und meldet sich nicht. Dann taucht er irgendwann wieder auf, bestens gelaunt, weil er tagelang nur durch den Wald gelaufen ist und sich Bäume angeschaut hat. Vielleicht aber sitzt er auch schon im Zuschauerraum. Zuletzt hat er keine einzige Vorstellung verpasst.«

»Wollte er heute Abend kommen?«

Sie zog einen Schmollmund und betrachtete sich dabei im Spiegel. »Er hat mir nichts gesagt. Eigentlich dachte ich aber, er würde sich die Vorstellung ansehen.«

Irgendwo in den vorderen Räumen erklang ein lautes schrilles Klingeln. Das Publikum wurde in den Zuschauerraum gerufen. Kyra legte ihre schmale Armbanduhr ab. Nun war ihr doch eine gewisse Unruhe anzumerken.

»Wie hat er sich zuletzt verhalten? War er verändert?«

Kyra kniff die Augen zusammen, als müsste sie einen tieferen Sinn erkennen, der hinter seiner Frage verborgen lag. »Er war sehr verändert, einsilbig, beinahe depressiv. Nach Ihrem Besuch gestern hat er mich weggeschickt, obwohl er eigentlich versprochen hatte, mir ein neues Kleid zu kaufen. Aber er hat nichts mit dem Mord an seinem Vater zu tun, das weiß ich ganz sicher.«

»Warum war er dann am Freitag bei seinem Vater im Hotel? Was hat er von ihm gewollt?« Brasch hatte seine Fragen langsam und vorwurfsvoll ausgesprochen, so als wäre er sicher, in Kyra eine Komplizin vom jungen Kröber zu sehen.

Sie verharrte einen winzigen Moment, erwies sich dann jedoch als eine gute Schauspielerin. Ohne etwas zu sagen, nahm sie einen Hut mit einem roten Schleier von einer Ablage rechts neben ihr, dann wandte sie sich wieder ihrem Spiegel zu, betrachtete sich im Spiegel und setzte den Hut vorsichtig auf, als wäre sie plötzlich wieder ganz allein in ihrer Garderobe.

In der Stille, die sie beide umschloss, nahm Brasch zum ersten Mal ein raunendes, entferntes Stimmengemurmel wahr. Es waren tatsächlich Leute ins Theater gekommen, um Kyra spielen zu sehen.

Sie drehte sich zu ihm um, den roten Schleier vor dem Gesicht, trotzdem war an ihrer Haltung abzulesen, dass sie über seine Fragen nachdachte. Sie wusste, dass sie keineswegs entlassen war, um auf die Bühne zu gehen.

»Ich wusste nicht, dass er im Hotel war«, sagte sie leise, »aber ich habe es geahnt, weil er sich so komisch aufgeführt hat. Er wollte mit seinem Vater reden, wegen des Hauses, wegen der Schulden, die ihn auffraßen. Tom ist der ärmste Teufel, den ich kenne; sein Vater hat Millionen verdient, und er hat nichts. Außerdem …« Sie zögerte und senkte ihre Stimme noch weiter. »Außerdem haben wir überlegt, ein

Kind zu kriegen und zu heiraten.« Sie strich sich vorsichtig über ihr Kleid. »Nun, vielleicht ist es auch schon passiert. Nächste Woche habe ich einen Termin beim Arzt …«

Zwei unreife Kinder haben beschlossen, sich gegenseitig zu retten, indem sie ein Kind bekommen, dachte Brasch mitleidslos, doch dann musste er an Leonie denken.

Ein zweites, noch dringenderes Klingeln ertönte, und dann hörte Brasch, dass der fette Kerl mit dem Zopf wieder heranwatschelte. Seine kurzen, hektischen Schritte verrieten bereits, wie aufgeregt er war.

»Eines weiß ich genau«, wiederholte Kyra. »Tom hat seinen Vater gehasst, aber er hat ihn nicht umgebracht. Er könnte niemandem etwas zuleide tun; er hat so viel Achtung vor allem, was lebt, dass er nicht einmal mit eigenen Händen einen Baum fällen kann.«

Der dicke Grauhaarige drückte sich keuchend in die Tür. »Sie sind ja immer noch da!«, rief er und hob die Hände, als wollte er Brasch an den Schultern packen, aber sofort ließ er sie kraftlos wieder sinken. »Bezahlt mir die Polizei meinen Verdienstausfall? Da warten über vierhundert Leute, dass es endlich losgeht!« Unruhig fingerte er an seiner Lesebrille herum. »Ich kann mir nicht leisten, auch nur einen einzigen Besucher nach Hause zu schicken.«

Brasch schaute Kyra an. Wie ein kleines, geducktes Mädchen aus dem 19. Jahrhundert stand sie vor ihm; nun konnte er sich doch vorstellen, dass sie auf die Bühne hinaustrat und vollkommen in eine andere Rolle schlüpfte.

»Ich brauche Ihre Adresse«, sagte er. »Und wenn sich Kröber bei Ihnen meldet, sagen Sie ihm, dass er mich anrufen soll. Es hilft ihm nicht, wenn er sich irgendwo versteckt.«

Sie nickte dankbar und holte eine Visitenkarte hervor. *Kyra Wagner, Schauspielerin, Film – Bühne – Synchronisa-*

tion las er auf der Karte, dazu ihre Adresse, E-Mail-Adresse und diverse Telefonnummern. Sogar eine eigene Homepage hatte sie bereits. Auf der Rückseite war außerdem ihr Foto zu sehen, auf dem sie erwachsener und noch eine Spur schöner aussah.

Als Brasch die Tür schloss, hörte er, wie der Dicke zischend, als würde er sich einer fremden Sprache bedienen, auf Kyra einredete; einen Augenblick später, während Brasch den engen Gang in Richtung Bühne ging, verließ er die Garderobe aber bereits wieder und starrte ihm nach, als wollte er ganz sicher sein, dass niemand Kyra mehr behelligte.

Brasch durchquerte den Zuschauerraum. Obwohl es dunkel war, meinte er jedes Gesicht zu erkennen. Der Dicke hatte reichlich übertrieben. Der Raum war allenfalls zu einem Drittel gefüllt, die ersten sechs Reihen, mehr Publikum hatte sich nicht eingefunden. Den jungen Kröber konnte er nirgends entdecken, aber wenn er kam, würde er sich erst nach Beginn der Vorstellung in den Zuschauerraum schleichen. Brasch beschloss zu warten. Er setzte sich in die letzte Reihe und behielt den Eingang im Auge. Zwei ältere Frauen hasteten noch in den Raum, dann ein junges Ehepaar, das ein quengelndes Kleinkind bei sich hatte. Da würde Kyra sich freuen, wenn das Kind während der Vorstellung richtig aufdrehte.

Es war mittlerweile zehn Minuten nach acht. Die Ersten im Publikum wurden unruhig; ein grau melierter Mann in einem weißen Anzug sprang auf und eilte in den Kassenraum, vermutlich um sich zu beschweren und seiner Begleiterin zu zeigen, dass er stets Herr der Lage war. Warum kam Kyra nicht auf die Bühne? Gab es einen Hintereingang, durch den Tom Kröber in ihre Garderobe gelangt sein konnte? Oder musste Kyra noch ein dringendes Telefonat führen, eine Warnung an ihren Freund, in seinem Versteck zu bleiben?

Der Graumelierte kehrte mit großen Schritten und anscheinend zufrieden mit dem Ausgang seiner Mission zurück. Im nächsten Moment, kaum hatte er seinen Sitz in der ersten Reihe erreicht, wurde das letzte Licht gelöscht, aber nichts weiter geschah; es herrschte eine totale Finsternis. Ein unbehagliches Gemurmel entstand. Jemand hält uns zum Narren, dachte Brasch; auch ihm wurde es in der Dunkelheit ungemütlich. Er hatte das Gefühl, dass sich jemand neben ihn setzte, aber wahrscheinlich täuschte er sich. Wer sollte sich schon durch diese absolute Schwärze bewegen? Wahrscheinlich veränderten sich die Sinne; man nahm Gerüche und Geräusche näher und aufdringlicher wahr. Rechts von ihm hustete jemand plötzlich los, das Kleinkind begann zu weinen, und ein Mann rief erbost: »Licht an!« Vereinzeltes zaghaftes Klatschen drang durch die Dunkelheit.

Dann endlich war zu hören, wie sich der Vorhang öffnete, und vereinzelte, matte Lichter leuchteten die Bühne aus. Ein karges Wohnzimmer war zu sehen, mit einem Plüschsofa, einem Tisch, zwei Stühlen, dann schritt Kyra durch eine Tür rechter Hand auf die Bühne. Langsam, mit trippelnden Schritten näherte sie sich dem Tisch und stützte sich ein wenig zu theatralisch ab, als hätte sie soeben eine gewaltige Anstrengung hinter sich gebracht.

Brasch erhob sich. Die wenigen Momente in der Dunkelheit hatten ihm mehr zu schaffen gemacht, als er sich eingestehen wollte. Bisher hatte er lediglich gewusst, dass er an Höhenangst litt. Treppen ohne Geländer oder längere Kletterpartien waren nichts für ihn.

Er warf einen letzten Blick in den Zuschauerraum. Das Kleinkind weinte noch immer, obwohl seine Mutter es fest an die Brust drückte. Nein, Brasch war sicher, dass Tom Kröber nicht im Publikum saß. Vorsichtig öffnete er die Tür, die trotzdem ein lautes Knarren von sich gab. Als er sich umwandte und noch einmal zur Bühne blickte, sah er, dass Kyra die Hand wie zu einem Abschiedsgruß erhoben hatte, aber wahrscheinlich gehörte diese Geste zu ihrer Rolle und hatte nichts mit seinem Abgang zu tun, den sie bemerkt hatte und ein wenig ironisch kommentierte. Als sie zu sprechen begann, mit fremder, gepresster Stimme, hatte Brasch die Tür schon wieder geschlossen.

Im Vorraum hielt sich niemand mehr auf; auch die Kassiererin war nirgends zu sehen. Viel hatte sie heute Abend nicht zu tun gehabt. Ein zartes Licht fiel von der Straße herein und erinnerte daran, dass draußen Sommer war.

Die ältere Frau, mit der Brasch auf der Metalltreppe zur Straße zusammenprallte, erkannte er nicht auf Anhieb. Sie murmelte eine hastige Entschuldigung und wollte sich mit gesenktem Kopf an ihm vorbeidrücken. Anna Kröber hatte anscheinend auch ihre Liebe für das Theater entdeckt, oder sie hatte einen anderen, triftigeren Grund, an einem wunderbaren Sonntagabend in dieses düstere Kellerloch abzutauchen.

»Sie suchen Ihren Sohn?«, fragte Brasch mit lauter Stimme, als Anna Kröber schon den Absatz der Treppe erreicht hatte.

Überrascht hielt sie inne und schaute ihn an. Hatte sie ihn in ihrer Eile tatsächlich nicht erkannt? Anna Kröber trug einen hellen Sommermantel und ein rot gemustertes Kopftuch; fast, als habe sie sich verkleiden wollen.

»Nein«, sagte sie ein wenig außer Atem, »das heißt: Ja, ich suche ihn. Tom hat sich den ganzen Abend nicht bei mir gemeldet, und ich dachte, hier bei seiner Freundin könnte ich ihn finden.«

»Was wollten Sie denn so dringend mit ihm besprechen?« Brasch machte drei Schritte auf Anna Kröber zu und befand sich dann wieder auf Augenhöhe mit ihr.

Sie zögerte mit ihrer Antwort lediglich einen winzigen Moment. »Wir wollten über die Beerdigung reden und über das Testament. Wir wollen nicht, dass der geldgierigen braunäugigen Schlange alles in die Hände fällt.« Sie seufzte und löste das Kopftuch. »Um ehrlich zu sein, habe ich mir auch Sorgen gemacht. Tom klang gestern am Telefon sehr bedrückt. Der Tod seines Vaters geht ihm sehr nahe, auch wenn das auf den ersten Blick nicht so aussieht.«

»Ihr Sohn ist verschwunden«, sagte Brasch. »Wir fahnden nach ihm, weil er dringend verdächtig ist, seinen Vater getötet zu haben. Es gibt einen Zeugen, der ihn am Freitag im Domhotel gesehen hat.« Er sah, welche Spuren seine Worte in den Augen von Anna Kröber hinterließen; sie wirkte bestürzt, aber nicht vollkommen überrascht. »Was ist mit Ihrer Waffe?«, fragte er. »Haben Sie die Pistole wiedergefunden?«

Langsam schüttelte Anna Kröber den Kopf und blickte an Brasch vorbei. »Ich glaube nicht, was Sie sagen. Warum sollte mein Sohn R. A. ermordet haben? Nur weil sie sich gestritten haben, weil Tom Geld von dem alten Geizkragen wollte?«

»Also wissen Sie von dem Streit?« Brasch sah, dass sie ihre Hände wie zu einem Gebet faltete.

»Natürlich weiß ich davon, aber sie streiten sich schon seit Jahren, seit diese braunäugige Schlange aufgetaucht ist.«

»Könnte es sein, dass Ihr Sohn Ihnen Ihre Waffe entwendet hat? Wusste er, wo Sie die Pistole aufbewahren?«

»Wahrscheinlich, ach nein, ich weiß es nicht.« Suchend blickte sie sich um, als könnte von irgendwoher Hilfe kommen. »Ich weiß eigentlich gar nichts mehr.«

Aus einem Nebenraum trat die grauhaarige Kassiererin. Sie hielt einen Schlüsselbund in der Hand, um die Eingangstür abzusperren. »Wollen Sie noch in die Vorstellung?«, rief sie ihnen mürrisch zu. »Die läuft allerdings schon seit einer Viertelstunde.«

»Ja«, entgegnete Anna Kröber und schaute die Kassiererin dankbar an. Vielleicht hatte sie doch noch Hoffnung, ihren Sohn hier heimlich zu treffen. »Es wird mir gut tun, ein wenig im Dunkeln zu sitzen und auf andere Gedanken zu kommen.« Ihre Hände zitterten, als sie ihr Portemonnaie aus der Manteltasche hervorzog.

An der Tür drehte Brasch sich noch einmal um. Anna Kröber steckte ihre Eintrittskarte ordentlich in ihre Geldbörse. »Wo waren Sie heute den ganzen Tag?«, fragte er. »Wir haben auch versucht, mit Ihnen zu sprechen.«

Sie lächelte matt. »Ich habe gewettet«, sagte sie, »auf der Pferderennbahn. Meistens verliere ich, aber heute habe ich gewonnen.«

12

Brasch setzte sich in seinen Wagen und hielt den Eingang des Theaters im Blick. Viel Betrieb herrschte nicht in dieser Seitenstraße. Zwei Väter kehrten mit ihren Kindern vom nahen Volksgarten zurück; eine Gruppe Jugendlicher zog lärmend mit Körben und einer Kiste Bier in den Park hinüber. Sein Instinkt sagte Brasch, dass der junge Kröber doch noch im Theater auftauchen würde. Wenn ihm die Dinge tatsächlich entglitten waren und er nach dem Mord an seinem Vater noch eine Zeugin getötet hatte, dann steckte er bis zu den Haarspitzen in Schwierigkeiten, mit denen er allein nicht fertig werden würde. Oder gab es einen ganz anderen

Grund, warum er abgetaucht war? Vor allem seine Flucht hatte ihn verdächtig gemacht; dass sie seine Haare im Hotelzimmer seines Vaters gefunden hatten, hätte er ja vielleicht noch erklären können. Wohin verschwand man von einem Tag auf den anderen? Wenn Tom Kröber es richtig angestellt hätte, würde er schon irgendwo auf Mallorca in der Sonne liegen, oder er könnte vor ein paar Stunden in New York oder Montreal gelandet sein. Nein, Brasch war davon überzeugt, dass Kröber die Stadt gar nicht verlassen hatte. Er hatte sich in ein Versteck zurückgezogen und dachte nach, um einen Ausweg zu finden. Oder suchte er doch nach Britt, der zweiten Zeugin aus dem Hotel? Brasch musste zugeben, dass er kein klares Bild von Tom Kröber hatte. Weich und unschlüssig war er ihm vorgekommen, ein schwacher Sohn, der nie seinen Weg gefunden und sich nie gegen den berühmten, erfolgreichen Vater durchgesetzt hatte.

Als ein Taxi in die Straße bog und vor das Theater rollte, ging Brasch langsam hinter dem Lenkrad in Deckung. Hatte Kröber junior tatsächlich alle Vorsicht außer Acht gelassen, um seine Mutter oder seine Freundin zu sehen? Aber das Taxi war leer. Niemand stieg aus. Der Fahrer, von dem Brasch nur die Silhouette erkennen konnte, wartete geduldig und ohne den Motor abzustellen.

Nach zwei Minuten eilte Anna Kröber über die Straße. Sie trug wieder ihr rotes Kopftuch. Hastig, wie ein alter Filmstar, der die Kameras der Paparazzi fürchtet, riss sie die hintere Tür des Taxis auf und schlüpfte hinein. Einen Augenblick später raste der Mercedes davon.

Brasch überlegte, ob er dem Taxi folgen sollte, dann nahm er sein Telefon und rief Pia im Präsidium an. Er gab ihr die Nummer des Taxis durch. Anna Kröber hatte nicht so ausgesehen, als wollte sie nur schnellstmöglich nach Hause gefahren werden.

»Einen Durchsuchungsbefehl für Kröbers Wohnung haben wir leider noch nicht. Auch der Antrag auf Telefonüberwachung von Kröbers Freundin läuft. Das kann allerdings bis morgen früh dauern. Von Tom Kröber wissen wir immerhin, dass er in den letzten vierundzwanzig Stunden nicht von seinem Handy telefoniert hat.« Pias Stimme klang müde. Offensichtlich hatte sie den Zettel mit der Autonummer stumm an Amelie Kramer weitergereicht. Brasch konnte sich nicht erinnern, wann Pia zuletzt frei gehabt hatte und irgendwo im Gebirge herumgeklettert war. Nach einem solchen langen Wochenende war sie stets gut gelaunt und wie befreit zurückgekommen. »Außerdem haben wir noch etwas anderes: Zwei Männer, die vor zwei Wochen im Domhotel abgestiegen waren, haben sich gemeldet. Ihnen ist am helllichten Tag aus ihrem Zimmer ein Laptop und eine Kamera gestohlen worden, doch als sie Anzeige erstatten wollten, hat die Hoteldirektion ihnen den Schaden großzügig ersetzt und sie um Stillschweigen gebeten.«

»Sieht so aus, als würde in dem ehrenwerten Hotel einiges unter den Teppich gekehrt. Warum haben wir nicht früher davon erfahren?«

»Ich habe den Hoteldetektiv für morgen Vormittag einbestellt«, sagte Pia. »Er wird uns einiges erklären müssen. Vielleicht haben wir doch die ganze Zeit in die falsche Richtung ermittelt. Das Ganze war möglicherweise ein missglückter Hoteldiebstahl und das getötete Zimmermädchen eine Mitwisserin.«

»Nein, ich glaube nicht, dass du Recht hast.« Brasch kannte diese Zweifel an den eigenen Ermittlungen. Wenn man am dritten Tag noch keine handfesten Ergebnisse hatte und sich die ersten Ermüdungserscheinungen zeigten, konnte man in eine wirkliche Krise geraten. »Die Frau ist getötet worden, weil sie den Mörder gesehen hat und ihn erpressen wollte. Leider hat sie es nicht sonderlich geschickt angestellt.« Er beobachtete, dass der Mann im weißen Anzug und seine Begleiterin, eine braun gebrannte, unechte Blondine, das Theater verließen. War das Stück schon zu Ende, oder hatte Kyra einen schlechten Tag erwischt und vergraulte ihr Publikum?

»Wir haben den Wagen«, sagte Pia. Eine Frauenstimme war im Hintergrund zu hören. »Sie stehen vor Tom Kröbers Haus ... Die Frau hat geklingelt, aber niemand hat ihr geöffnet. Soeben ist sie wieder in das Taxi gestiegen. Nun sind sie unterwegs zu einer Kneipe in der Brüsseler Straße.«

»Die Mutter sucht verzweifelt ihren Sohn. Anscheinend hat sie wirklich keine Ahnung, wo er sich verkrochen hat. Bleibt an dem Taxi dran.« Brasch unterbrach die Verbindung. Er sah, dass noch zwei weitere Besucher das Theater verließen. Seit Beginn der Vorstellung waren erst vierzig Minuten vergangen. Aber dann folgte niemand mehr.

Das Licht auf der Straße veränderte sich. Die Sonne war irgendwo im Westen hinter hohen Bäumen und alten Häusern versunken. Ein erster Hauch von Dunkelheit lag in der Luft; Vögel sangen, irgendwo übte jemand Saxophon. Eigentlich ein wunderbarer Sonntagabend.

Er rief seine Mutter in der Eifel an, doch da ging niemand an den Apparat, was ihn plötzlich wieder beunruhigte. Wenn er ehrlich war, hatte er sich in den letzten zehn Jahren nie um seine Eltern gekümmert; manchmal hatte er so getan, als hätte er gar keine Eltern, als hätte er sich gewissermaßen selbst erfunden. Leonie war es gewesen, die ihn ermahnt und den Kontakt gehalten hatte. Die Herzattacke seines Vaters als Vorwand zu nutzen und sie anzurufen, verbat er sich nach kurzem Nachdenken; wahrscheinlich hätte es ohnehin zu nichts geführt. Stattdessen nahm er Kröbers Roman *Blinde Gefahr* vom Beifahrersitz und begann zu blättern. Brasch hatte nie mit der Welt von Schriftstellern, Verlegern und Literaturagenten zu tun gehabt, aber wie mochte sich jemand fühlen, der durch die Welt reiste und behauptete, ein Buch geschrieben zu haben, obschon er in Wahrheit keine Zeile selbst verfasst hatte? Kröber schien diese Lüge nicht mehr ausgehalten zu haben, aber was hätte er mit einem Geständnis gewonnen? Er hätte sich und seinen guten Ruf ruiniert. Die Nervosität, die Madeleine und ihren seltsamen Cousin erfasst hatte, als sie von Kröbers Plänen erfahren hatten, war daher mehr als verständlich. Wenn man solch einen Betrug einging, musste man alles dafür tun, dass er niemals aufflog. Vor einigen Jahren war ein Sänger, der die zahlreichen Hits, für die er gefeiert worden war, gar nicht gesungen hatte, nach seiner Enttarnung tot in seiner Wohnung gefunden worden. Er hatte seine Fenster verdunkelt, seine Telefonleitung aus der Wand gerissen und sich eine Überdosis Heroin gespritzt.

Cho lag in der Dunkelheit und hörte, wie die Wellen gegen das Schiff spülten, las Brasch in Kröbers Roman. Cho war offensichtlich die Hauptfigur, der Junge, der sich auf ein Schiff geschlichen hatte, auf dem Plutonium geschmuggelt wurde. *Ihn fror in seinem Versteck. Eine Menge hatte er sich vorgestellt; er würde Hunger haben und vielleicht sogar Durst, wenn seine zwei Wasserflaschen verbraucht waren, aber nie hätte er gedacht, dass es auf einem Schiff bitterkalt sein würde. Vor ein paar Tagen noch, als er mit seinem ewig fluchenden Vater in ihrer Garküche in Chiang Mai gestanden hatte, war ihm nichts so verlockend erschienen wie der Gedanke an Kälte, an Schnee in Amerika oder an kühlen erfrischenden Regen in Deutschland.*

Er hörte Schritte über ihm auf dem Deck und fürchtete sich. Könnte er in seinem Versteck erfrieren? Und warum war es überhaupt so kalt, wenn doch draußen mehr als fünf-

unddreißig Grad herrschten? Mit Sehnsucht im Herzen dachte er an Ning. Sie hatte ihm ewige Treue geschworen, doch sie hatte ihn belogen. Längst war sie Sim versprochen gewesen, weil Sim ein Hotel besaß und ein eigenes Auto hatte. Dabei war Sim dreißig Jahre älter, ein fetter glatzköpfiger Mann mit dicken Tränensäcken unter den Augen. Seine erste Frau hatte er regelmäßig verprügelt; nachts, wenn alle in der Straße es hören konnten. Ning musste doch auch von diesen Geschichten wissen, die sich alle erzählten. Wie nur konnte sie zu einem alten fetten Glatzkopf ins Bett steigen?

Einmal war Cho mit einem Messer zu Sim in sein Restaurant gegangen; er hatte sich einen Platz am Fenster gesucht und tom ka gai *bestellt, eine einfache Hühnersuppe mit Curry und Kokosnuss. Sim war selbst an den Tisch gekommen und hatte den Kopf geschüttelt. »So etwas haben wir hier nicht«, hatte er leise gesagt. »Nicht für jemanden wie dich. Wann bist du geboren?«, hatte er dann gefragt, als Cho schon aufgestanden war und überlegte, ob er sein Messer ziehen wollte.*

Diese Frage jedoch machte Cho wehrlos; er begriff, dass es keinen Sinn hatte, sein Messer zu ziehen und es Sim in seinen fetten widerwärtigen Körper zu rammen. Ning hatte Sim nicht nur von ihm erzählt, sondern ihn lächerlich gemacht.

Sim zeigte seine gelben, fauligen Zähne und grinste falsch. »Wer am 7. April geboren ist«, zischte er Cho wie eine gefährliche Schlange zu, »hat in diesem Land immer Pech. Er ist ein Pechvogel und Unglücksbote.«

Es gab keinen dunkleren Tag in der ruhmreichen Geschichte Thailands als den siebten April. Ein Tag des Unterganges. Genau an diesem Tag vor mehr als 250 Jahren hatten ihre Feinde, die Burmesen, sie besiegt und ihre Haupt-

stadt in Schutt und Asche gelegt. Ning war eine Verräterin; sie hatte aber nicht nur ihre Liebe verraten, sondern auch seinen Fluch offenbart. Was bedeutete es, an einem Tag des Fluches geboren zu sein? Niemand wollte an diesem Tag ein Fest feiern oder ein Kind in die Welt setzen.

Vielleicht sollte er aufhören, an sein Glück zu denken, dachte Cho. Vielleicht gab es so etwas nicht für ihn, gleichgültig, ob er in Thailand oder Amerika war. Er wollte schlafen, um nicht mehr an Ning und die Kälte denken zu müssen, doch plötzlich hörte er eine Stimme. Die Stimme bellte einen Befehl, es war ein englischer Befehl. Hatte man ihn entdeckt? War seine Reise schon zu Ende, bevor sie richtig begonnen hatte? Cho wusste, dass man mit blinden Passagieren kein Mitleid hatte. Man warf sie ins Meer und kümmerte sich nicht, ob sie ertranken oder die Haie sie fraßen.

Brasch blickte auf. Er sah, wie das junge Paar mit dem quengelnden Kind das Theater verließ. Friedlich schlafend lag es im Arm seiner Mutter. Ihnen folgten drei ältere Frauen, und danach schlenderten weitere Besucher auf die Straße. An ihren Gesichtern war abzulesen, dass ihnen das Stück gefallen hatte. Es war kurz vor halb zehn. Die Vorstellung war beendet, und Tom Kröber war nicht gekommen, jedenfalls nicht durch den Haupteingang. Brasch legte das Buch beiseite. Claude oder wie immer er hieß schien die wunderbare *menage à trois*, die Madeleine da im feinen Rodenkirchen inszeniert hatte, keinen sonderlichen Spaß bereitet zu haben. Man musste nicht Literatur studiert haben, um zu erkennen, dass seine gehässigen, mordlüsternen Bemerkungen über den reichen Restaurantbesitzer eigentlich R. A. Kröber galten.

Bereits fünf Minuten nach den letzten Theaterbesuchern trat Kyra auf die Straße. Sie war allein. In einem langen weinroten Kleid und einem Strohhut sah sie wie eine junge

Touristin aus und nicht wie eine Schauspielerin, die soeben eine Vorstellung hinter sich gebracht hatte. Sie verließ den Gehsteig, lief mitten auf die Straße und wandte sich um, als würde sie nach jemandem Ausschau halten. Brasch rutschte wieder hinter sein Lenkrad. Für einen Moment stand Kyra voller Konzentration da und blickte die Straße hinunter, bereit, jemandem, der sich ihr vorsichtig näherte, zuzuwinken. Doch sie winkte nicht, sondern eilte auf einen verbeulten roten Golf zu, der reichlich schräg in einer Einfahrt stand. Nachdem sie einen letzten Blick in Richtung Volksgarten geworfen hatte, schloss Kyra auf und stieg ein. Mit heulendem Motor schoss sie an Brasch vorbei und bog, ohne den Blinker zu setzen, abrupt nach links ab.

Brasch hatte Mühe, den Anschluss nicht zu verlieren. Kyra nahm eine Ampel bei Rot, und an einem Kreisverkehr wäre sie beinahe mit einer Straßenbahn zusammengestoßen. Entweder hatte sie erst seit ein paar Tagen ihren Führerschein, oder ihre Panik war so groß, dass sie wie in Trance durch die Stadt raste. Nach drei weiteren Kreuzungen, die Kyra mit halsbrecherischer Geschwindigkeit nahm, ahnte Brasch jedoch, wohin es sie trieb. Auch sie suchte Tom Kröber und hatte keine andere Idee, als zu ihm nach Hause zu fahren. Oder war das Ganze ein Ablenkungsmanöver? Er beobachtete, wie sie den Wagen vor der Schule abstellte, wo er gestern Morgen ein Strafmandat bekommen hatte, und dann zu Kröbers Haus hinüberlief. Mittlerweile war es dunkel geworden. Düster lag das Haus da; nirgendwo brannte ein Licht. Kyra klingelte, und als, wie zu erwarten war, niemand öffnete, bückte sie sich und tastete die Hauswand ab. Einen Moment später richtete sie sich wieder auf und öffnete die Haustür. Tom Kröber hatte sie anscheinend nicht mit einem eigenen Schlüssel ausgestattet, ihr aber das Versteck für seinen Ersatzschlüssel verraten.

Als würde sie sich im Dunkeln fürchten, schaltete Kyra im ganzen Haus die Lampen an. Brasch konnte förmlich sehen, wie sie von Zimmer zu Zimmer eilte; erst im Erdgeschoss, dann in der ersten Etage. Überall flammten Lichter auf. Sie kann nicht so dumm sein und in seinem eigenen Haus nach Kröber suchen, dachte Brasch. Nein, sie suchte nach einem Hinweis, einer Nachricht, wo er sich versteckt haben könnte.

Kyra brauchte lediglich fünf Minuten für ihre Suche, dann kehrte sie wieder auf die Straße zurück, ohne das Licht zu löschen oder den Schlüssel wieder in Kröbers Versteck zu deponieren. Sie trug eine bunte Plastiktasche und ein zusammengerolltes Bündel Kleider unter dem Arm. Brasch sah, wie sie zu ihrem Wagen zurückging. Kyra bewegte sich plötzlich anders; sie ging langsamer und wirkte auf eine gewisse Art erleichtert, als wäre sie froh, Kröber gar nicht angetroffen zu haben. Oder als hätte sie mit ihren Kleidern etwas aus dem Haus geholt, das der Polizei auf keinen Fall in die Hände fallen sollte. Brasch verließ seinen Wagen und beobachtete, dass Kyra in ihrem Wagen saß und sich in aller Seelenruhe eine Zigarette drehte. Für einen Moment spiegelte sich ein leises, versonnenes Glück in ihrem Gesicht, wie bei einem Kind, das ganz bei sich selber war. Dann jedoch, während sie sich die Zigarette mit selbstsicherer Geste in den Mundwinkel schob, blickte sie auf und entdeckte Brasch ein paar Schritte von ihrem Auto entfernt. Jeder Ausdruck von Versonnenheit fiel schlagartig von ihr ab. Sie reagierte wie eine panisch Flüchtende, startete den Motor und raste an Brasch vorbei die schmale Straße hinauf.

Brasch lief zu seinem Wagen zurück. Er wusste, dass er einen Fehler begangen hatte, indem er seine Deckung verlassen hatte. Vielleicht hätte Kyra ihn doch zum jungen Kröber geführt, stattdessen jagte er mit Blaulicht die schmale, mit Kopfstein gepflasterte Straße hinter ihr her. An der nächsten Kreuzung durfte man lediglich nach rechts in eine weitere schmale Einbahnstraße abbiegen; von Kyras rotem Golf war allerdings nichts mehr zu sehen. Diesmal hatte sie ihren knappen Vorsprung ausgenutzt. Brasch bremste abrupt ab und rief erneut Pia an, um ihr Kyras Autonummer durchzugeben.

»Scheint, als würde mittlerweile die halbe Stadt nach Kröber suchen«, sagte Pia. »Seine Mutter lässt sich immer noch durch die Gegend fahren. Mittlerweile klappert sie auch die Galerien ab, in denen ihr Sohn anscheinend schon einmal ausgestellt hat. Der Taxifahrer, ein junger Türke, kann uns ohne Schwierigkeiten auf dem Laufenden halten, weil sie außerdem ständig irgendwelche Leute anruft und nach ihrem Sohn fragt. Bisher jedoch ohne Resultat.«

Sie hält ihren Sohn für den Mörder, dachte Brasch, darum sucht sie so verzweifelt nach ihm. Er nahm das Blaulicht vom Dach und bog langsam auf die Hauptstraße ein. Es herrschte ruhiger Sonntagabendverkehr.

»Deine dänische Kunstmalerin hat auch angerufen und nach dir gefragt.« Brasch glaubte, einen spöttischen Unterton in Pias Stimme zu hören; eigentlich hatte sie diesen Tonfall für Mehler reserviert, wenn sie wieder einmal ihre heimlichen Schwierigkeiten miteinander hatten. »Sie hat sich nun doch in einem Hotel einquartiert. Und weißt du wo?«

»Im Domhotel«, entgegnete Brasch. Die Antwort zu erraten war einfach.

»Woher weißt du das?« Pias Spott wich ehrlichem Erstaunen.

»Ihr ist die ganze Angelegenheit zu unheimlich geworden. Deshalb hat sie sich genau in dem Hotel ein Zimmer genommen, das von der Polizei noch beobachtet wird und in dem sie sich auskennt.«

»Könnte sein. Jedenfalls soll ich dir ausdrücklich ausrichten, dass sie in den nächsten drei Tagen im Domhotel zu erreichen ist. Ihre Telefonnummer hat sie auch hinterlassen.« Pia zögerte einen Moment lang, als erwartete sie tatsächlich, dass er sie nach dieser Telefonnummer fragte.

Brasch ließ sich nicht anmerken, wie erleichtert er war, dass Britt sich gemeldet hatte. Eine Spur zu schroff sagte er: »Ich bleibe noch in der Stadt. Ruf mich wieder an, wenn ihr Kröbers Freundin gefunden habt.« Dann legte er auf.

Er fuhr in Richtung Norden und bog dann in Ehrenfeld, einem ehemals schmutzigen Arbeiterviertel, das sich in den letzten Jahren mächtig herausgeputzt hatte, in die Venloer Straße ab. In den letzten Wochen war er sich oft fremd in der Stadt vorgekommen, selbst wenn er am Rhein entlangging, so als gehörte er hier gar nicht hin, als hätte er hier gar kein Zuhause. Er hatte sich vor seinem dunklen, feindlichen Haus gefürchtet, in dem er sich wie ein Eindringling bewegt hatte. Erst nachdem er ein paar Zimmer gestrichen und sich ein paar neue Möbel gekauft hatte, war das Gefühl ein wenig gewichen, doch verschwunden war es nie. Leonie hatte ihn nicht nur verlassen, sondern ihn auch aus dem angenehmsten Teil seines eigenen Lebens vertrieben.

Während er sich langsam von einer Ampel zur nächsten vortastete, suchte Brasch nach einem Café oder einem billigen Restaurant. Seit seinem überraschenden Frühstück mit Britt Holgerson hatte er nichts mehr gegessen. Eine bleierne Müdigkeit drohte sich über ihn zu legen, der er allenfalls mit einem ausgiebigen Abendessen und einem starken Kaffee begegnen konnte. Einen Moment dachte er sogar daran, ins Domhotel zu fahren und Britt zum Essen auszuführen, als könnte er tatsächlich für ein paar Stunden seine Rolle als Polizist ablegen und ein ganz gewöhnlicher Mann sein, der sich mit einer jungen schönen Frau traf.

Plötzlich scherte vor ihm ein roter Golf aus einer Seitenstraße. Mit einem Schlag fiel alle Müdigkeit von ihm ab. Das Kennzeichen stimmte, auch die Silhouette des Fahrers, die er erkennen konnte, verriet, dass Kyra am Steuer saß. Als sie an der nächsten roten Ampel brav anhielt, sprang Brasch aus dem Wagen und riss ihre Fahrertür auf. Mit einem gezielten Griff an der erstaunten Kyra vorbei drehte er den Zündschlüssel herum und zog ihn ab. Der Golf machte einen bockigen Sprung nach vorn, bevor der Motor mit einem metallischen Geräusch erstarb.

»Steigen Sie aus!«, rief Brasch ihr zu. »Und legen Sie Ihre Hände auf das Autodach!«

So viel Härte wäre gar nicht nötig gewesen. Wie ein verängstigtes Kaninchen, das sich in ein grelles Scheinwerferlicht verirrt hatte, starrte Kyra ihn mit ihren großen braunen Augen an. Dann öffnete sich ihr Mund, aber kein Wort drang über ihre Lippen, lediglich ein leises, verzweifeltes Stöhnen, als würde tief aus ihr ein Schmerz entweichen. Brasch packte sie an ihrem linken Oberarm und zog sie hoch, und als hinter ihm jemand ungeduldig hupte, winkte er den Wagen mit der anderen Hand vorbei. Auf dem Gehsteig waren drei Jugendliche stehen geblieben und schauten neugierig herüber, doch noch mischten sie sich nicht ein. Allerdings musste man als Polizist in Ehrenfeld auf alles gefasst sein; da konnte sich schnell jemand mit Fäusten oder einem Messer als Kavalier für eine junge, in Bedrängnis geratene Dame aufspielen.

»Kommen Sie«, sagte Brasch versöhnlicher, »wir haben uns nicht gerade den besten Platz für unser kleines Treffen ausgesucht.« Er schaltete die Warnblinkanlage des Golf an und führte Kyra zu seinem Wagen hinüber.

»Ich habe keine Ahnung, wo Tom sich versteckt«, sagte Kyra. Sie hatte ihre Sprache und auch einen gewissen Mut wiedergefunden und wand sich in seinem Griff. »Ich wollte nur nach Hause. Da drüben, in der nächsten Seitenstraße wohne ich.«

Brasch antwortete nichts. Er schob Kyra auf den Rücksitz seines Wagens und legte ihr in einer raschen Bewegung eine Handschelle um das linke Handgelenk, die andere verband er mit dem Türgriff. Dann fuhr er an Kyras Golf vorbei in die Nebenstraße, in der sie angeblich wohnte.

»Das dürfen Sie gar nicht!«, rief Kyra. »Ich habe nichts verbrochen. Ich habe nur ein paar Sachen, die mir gehören, aus Toms Haus geholt.«

Er sah im Rückspiegel, dass sie ihn wütend anfunkelte. Wahrscheinlich hätte sie sich am liebsten auf ihn gestürzt. Er hatte mittlerweile eine vage Vorstellung, was sie aus Kröbers Haus mitgenommen hatte. In einer Einfahrt parkte er, dann lief er zur Hauptstraße zurück. Mittlerweile hatten zwei tatkräftige Autofahrer sich darangemacht, den verlassenen Golf von der Straße zu schieben. Brasch hielt ihnen seine Polizeimarke entgegen und stieg ein.

Der Golf sprang erst nach dem dritten Startversuch an, ganz so, als nähme er es seiner Halterin übel, dass sie ihn stehen gelassen hatte. Brasch suchte in der Seitenstraße nach einem Parkplatz. Im Inneren des Wagens roch es wie in einem holländischen Coffeeshop. So sah also Kyras Geheimnis aus. Brasch hatte mit seiner Vermutung richtig gelegen. Sie hatte sich, seit sie das Theater verlassen hatte und ziellos umhergefahren war, mindestens zwei kräftige Joints angesteckt, um ihre Nerven zu beruhigen. Möglicherweise hatte sie Kröber nicht aus Besorgnis über sein Verschwinden einen Besuch abgestattet, sondern damit der Polizei nicht ihre kostbare Wochenration in die Hände fiel. Die Plastiktüte und die Kleider, die sie mitgenommen hatte, lagen unschuldig auf dem Beifahrersitz. Ansonsten schien

Kyra ihren Wagen vor allem als Ablageplatz für Zeitungen und Bücher zu nutzen. Auf dem Rücksitz stapelten sich fleckige, zerlesene Papiere, wahrscheinlich irgendwelche Drehbücher, die eine junge Schauspielerin, die etwas auf sich hielt, in Köln heutzutage mit sich herumschleppen musste, dazu jede Menge billiger Taschenbücher. Brasch überraschte es nicht, auch ein Exemplar von R. A. Kröbers *Asiatischem Gold* zu entdecken. Er hatte allerdings nicht erwartet, auf der ersten Seite eine Widmung zu finden: *Der schönen Kyra, einer einzigartigen Schauspielerin – in Verehrung R. A. Kröber.*

Er parkte den Golf am Ende der Seitenstraße, nahm das Buch und die Dinge vom Beifahrersitz und ging zu seinem Wagen zurück. Der süße Duft von frisch gemähtem Gras lag plötzlich in der Luft, eine Überraschung, als würde man mitten in der Wüste auf einmal Wasser riechen. Mittlerweile war auch der Mond aufgezogen, und Brasch sah, wie sein eigener Schatten vor ihm her schwebte. Schon von weitem erkannte er in dem fahlen Licht, dass Kyra reglos im Fond seines Wagens saß und vor sich hin starrte, wie ein junges einsames Mädchen in einem Autokino. Als er die hintere Tür öffnete und sich neben sie setzte, wandte sie sich nicht um, sondern blickte weiter stur geradeaus.

»Wo genau wohnen Sie?«, fragte er.

»Haus Nummer sieben«, sagte sie, ohne ihn anzusehen, mit kraftloser Stimme. »Vierte Etage, links.«

»Hat Kröber einen Schlüssel für die Wohnung?«

Kyra lachte kurz auf, als hätte Brasch sich einen faden Scherz erlaubt. »Er kriegt in meiner Wohnung Platzangst. Drei kleine Zimmer unterm Dach. So etwas ist nichts für ihn. Den Schlüssel, den ich ihm gegeben habe, hat er noch am selben Abend in meiner Wohnung vergessen. Ich glaube, er weiß nicht einmal genau, wo ich wohne.«

Brasch beugte sich vor und löste ihre Handschellen. Erst da schaute sie ihn an. Er sah ein winziges Licht in ihren Augen und dass ihre Haarspitzen silbrig glänzten.

»Sie können mich auf einen Kaffee einladen und mir ein paar Dinge erklären«, sagte er, während sie sich übertrieben ihre linke Hand rieb, als wäre sie für ein paar Stunden angekettet gewesen. »Dass Sie Marihuana rauchen, interessiert mich nicht. Jedes Gramm, das ich bei Ihnen finde, muss ich Ihnen allerdings abnehmen.« Er öffnete die Wagentür.

»Es ist Unsinn, dass Marihuana verboten ist«, sagte Kyra. »Das Zeug ist vollkommen harmlos. Außerdem brauchen Künstler manchmal Drogen, aber das werden Sie als Polizist kaum verstehen.«

Kyra stieg ebenfalls aus. Schweigend gingen sie nebeneinander her die wenigen Schritte zum Haus Nummer sieben. Brasch sah am Türschild, dass Kyra ihn nicht belogen hatte. Sie schien aber noch vor kurzem nicht allein in ihrer Wohnung gelebt zu haben. Ein zweiter Name auf dem Türschild war durchgestrichen worden. Während sie die vier Etagen hinaufliefen, rief Brasch im Präsidium an und ließ die Suche nach Kyra abblasen. Anna Kröber, erfuhr er von Pia, war mittlerweile auch in ihr Haus nach Marienburg zurückgekehrt. Von ihrem Sohn fehlte noch immer jede Spur.

»Ich weiß genau, dass Tom seinen Vater nicht umgebracht hat«, sagte Kyra mit lauter Stimme. Für einen Moment hatte Brasch das Gefühl, sie wolle jemanden warnen. Dann schloss sie ihre Wohnungstür auf und machte eine spöttische, einladende Handbewegung.

Brasch lauschte in die Wohnung hinein. Kein Geräusch war zu hören, lediglich ein schwaches Licht fiel aus dem hinteren Raum.

»Keine Angst. Es ist niemand hier.« Kyra schob sich an ihm vorbei und griff nach einem Lichtschalter. Ein gedämpftes, rötliches Licht hüllte sie ein. Vorsichtig betrat Brasch die Diele, in der einzig ein roter Plastikstuhl mit einem altmodischen Telefon stand. Dann ging er langsam auf das schwach glimmende Licht zu. Saß da jemand im Schein einer Leselampe und starrte ihn an? Der Schatten, den Brasch wahrnahm, entpuppte sich als ein schäbiger Lehnstuhl, und das Licht stammte von einer Quarzlampe auf der Fensterbank des hinteren Raumes, der Kyra offenbar als Wohnzimmer diente. Auch hier verbreitete die Lampe, die sie anschaltete, nur ein schwaches rötliches Licht.

Ohne Kyra um Erlaubnis zu fragen, schaute sich Brasch die zwei anderen Räume an: eine winzige, kaum möblierte Küche und ein Schlafzimmer mit zwei Matratzen, die wenig dekorativ auf dem Boden lagen, und einem billigen, roten Holzregal, in dem Kyra ihre Kleidung stapelte. Sie schien nicht mit den ganz großen Gagen gesegnet zu sein, oder sie verabscheute jede Form von bürgerlichem Luxus. Auch für eine normale Beleuchtung hatte sie nichts übrig. Einmal hatte Brasch eine ähnlich sparsam ausgeleuchtete Wohnung gesehen. Huren, die sich Mannequins nannten und auf eigene Rechnung arbeiteten, waren gelegentlich so eingerichtet. Allerdings benötigten solche Damen in ihrem Schlafzimmer ein breites, komfortables Bett.

»Sie dürfen sich nicht wundern«, sagte Kyra und hielt ihm eine Dose Diätcola hin. »Ich habe einen Tick. Bei mir muss alles rot sein. Teppiche, Wände, Möbel, einfach alles. Früher habe ich mir auch immer meine Haare rot gefärbt, aber das kann ich mir als Schauspielerin nicht mehr erlauben.«

Die Cola schmeckte scheußlich, warm und abgestanden. »Warum sind Sie vor mir geflohen?«, fragte Brasch. Er nahm sich die Plastiktasche vor, die Kyra aus Kröbers Haus geholt hatte, und durchsuchte sie.

Kyra verzog das Gesicht und trank ebenfalls einen Schluck Cola. »Das können Sie sich doch denken! Ich hatte mir gerade einen wunderschönen Joint gebaut und wollte es mir gemütlich machen, als Sie aufgetaucht sind. Man kann auch sagen, dass ich die Nerven verloren habe. Ich hatte eine furchtbar anstrengende Vorstellung hinter mir, und die Sache mit Tom und seinem Vater geht mir wirklich nahe, auch wenn es vielleicht niemand kapiert.«

Brasch schaute sie an und schob ihr die Plastiktasche zu. Außer ein paar Gramm Marihuana enthielt sie tatsächlich lediglich drei Taschenbücher und verschiedene unverdächtige Kleidungsstücke. Trotzdem hatte er plötzlich das Gefühl, dass Kyra eine notorische Lügnerin war. Für manche Menschen war Lügen ein Spiel, das Erfinden von Wahrheiten, die nur für sie existierten und mit denen sie andere hinters Licht führten. Brasch nahm Kröbers Buch und warf es ihr hin.

»Woher haben Sie das Buch?«

Kyra lächelte. »Bücher bekommt man für gewöhnlich in Buchläden.«

»Aber nicht mit einer sehr persönlichen Widmung.«

Ihr Lächeln verflog. Sie schlug das Buch auf und starrte auf die Widmung, dann öffnete sie den Mund und stieß ein überraschtes Seufzen aus. Sie war wirklich eine gute Schauspielerin.

»Woher haben Sie das Buch?«, wiederholte Brasch. Er spürte, dass er allmählich wütend wurde. Kyra schien noch nicht begriffen zu haben, dass es hier nicht um ein amüsantes Versteckspiel ging, sondern um einen kaltblütigen Doppelmord.

»Ja«, sagte sie und steckte sich eine Zigarette an. »Wir haben vielleicht einen Fehler gemacht. Tom ist bei seinem Vater im Hotel gewesen. Wir haben geglaubt, dass R. A. vor seiner Buchpremiere in besonders guter Stimmung sein würde. Tom braucht dringend fünfzigtausend Euro. Er hat sich für ein Kunstprojekt Geld geliehen, das er heute Abend zurückzahlen muss. Aber R. A. hat seinen Sohn nie verstanden. Er hat nie begriffen, was für eine Kunst Tom macht. Dass er wirklich arbeitet, manchmal Tag und Nacht.« Sie verstummte und inhalierte tief. Eine Spur von Bitterkeit hatte sich um ihre Mundwinkel geschlichen.

»Und als Kröber seinem Sohn keinen Scheck ausstellen wollte«, Brasch versuchte ihr auf die Sprünge zu helfen, »haben die beiden sich gestritten. Gestritten haben sie sich ja schließlich häufiger, nur ist diesmal etwas schief gegangen.«

»Nein.« Kyra schüttelte den Kopf. »Sie haben sich gar nicht richtig streiten können, weil der Alte in einer merkwürdigen Stimmung war. Er hat Tom ein Buch in die Hand gedrückt und ihn dann vor die Tür gesetzt, weil er seine Ruhe haben wollte. Länger als drei Minuten ist Tom gar nicht bei ihm gewesen.«

»Und Sie haben wahrscheinlich brav auf dem Gang gewartet und alles mit angehört?« Brasch schaute Kyra an, aber sie wich seinem Blick aus.

»Er ist mit dem Buch nach Hause gekommen und hat es mir erzählt. Er hat wirklich große Hoffnungen gehabt, dass sein Vater ihm hilft. Die Leute, denen er das Geld schuldet, verstehen keinen Spaß.«

»Warum ist er nicht zu seiner Mutter gegangen?«

»Seine Mutter ist nicht so freundlich, wie sie immer tut.« Kyra lachte, als wäre ihr eine besondere Erinnerung gekommen. »Tom vergöttert sie, und vielleicht ist das der Grund, warum er jedes Mal Angst hat, sie um Geld zu bitten. Außerdem hat sie sich in den Kopf gesetzt, Kröbers gesammelte Werke herauszubringen. Dafür hat sie zwei Studenten angestellt, die sämtliche Manuskripte durchsehen, und bezahlt einen Professor, der zu jedem Band ein Vorwort schreiben soll. Als würde sich irgendjemand für Kröbers alte Romane interessieren. Einmal hat sie mir sogar den Vorschlag gemacht, ich sollte ein Stück aufführen, das R. A. vor dreißig Jahren geschrieben hat. Sie wollte alles bezahlen, die ganze Aufführung, weil das Stück nie gespielt worden war. Ich habe mir das Manuskript sogar angesehen, aber wenn ich mit diesem Mist in mein Theater gekommen wäre, hätte ich mich schrecklich blamiert.«

»Also ist es nicht zu einer Aufführung gekommen?« Brasch wunderte sich, dass eine verlassene Frau so sehr darauf bedacht sein konnte, den Ruhm ihres Ex-Mannes zu mehren.

Kyra schüttelte den Kopf. »Seither ist Anna nicht mehr gut auf mich zu sprechen. Auf Toms Geburtstag ist sie mir aus dem Weg gegangen, hat so getan, als würde sie mich nicht kennen. Wenn sie erfährt, dass ich vielleicht ein Kind von Tom bekomme ...«

Das Klingeln des Telefons, das aus der Diele drang, ließ sie innehalten. Sie wandte den Kopf, und es war unschwer zu erraten, was sie dachte. Tom, sagte ihr Gesicht, Tom ruft mich an.

Brasch bedeutete ihr, an den Apparat zu gehen. »Fragen Sie ihn, wo er sich aufhält. Es hat keinen Sinn, sich vor uns zu verstecken.«

Vorsichtig, als würde sie eine tickende Bombe entschärfen, hob Kyra den Hörer ab. »Ja?«, sagte sie. Ihre Stimme schwankte. Sie war nun doch mit ihrer Schauspielerei am Ende.

Brasch hatte sich neben sie postiert, um mitzuhören, wer sich da am anderen Ende der Leitung meldete.

Es war nicht Tom Kröber, der zumindest per Telefon aus

seinem Versteck gekrochen kam. Brasch bemerkte, wie die Anspannung von Kyra abfiel. »Nein, er ist nicht hier«, sagte sie in einem erschöpften Tonfall.

Anna Kröber war eine besorgte Mutter. Sie saß allein in ihrer Villa und war in ihrem Telefonverzeichnis bei W wie Wagner, Kyra angekommen.

13

Von Kyras Wohnung war es nicht weit zu ihm nach Hause. Ein Stück über die Autobahn, die um diese Zeit kaum befahren war, und zehn Minuten später hätte Brasch auf seiner Terrasse sitzen, auf die vom Mond beleuchteten Wiesen am Rhein hinüberschauen und ein kühles Bier trinken können. Nein, ein Bier hatte er schon seit drei Wochen nicht mehr angerührt. Nach Leonies Verschwinden war er aus dem Tritt geraten und hatte eindeutig zu viel getrunken. Bis er neulich mit Mehler in den Boxring geklettert war, der sich im Keller des Polizeipräsidiums befand. Wenn sie Zeit fanden, sparrten sie gelegentlich, boxten vier oder fünf Runden, um ihre Reflexe zu üben und zu kontrollieren, ob sie noch in Form waren. Das letzte Sparring war eine Tortur geworden. Schon nach der ersten Runde war Brasch vollkommen erledigt gewesen. Tänzelnd bewegte Mehler sich von der Mitte des Ringes auf ihn zu, traf ihn hart und platziert, um dann so schnell zurückzuweichen, dass Brasch keine Chance blieb, selbst einen Treffer anzubringen. Er hatte mehrere üble Schläge an den Kopf und auf die Leber einstecken müssen, die ihn kräftig durchrüttelten. Es war, als wollte Mehler ihm eine Lektion erteilen, ihm zeigen, dass er sich nicht im Griff und ein paar Grenzen überschritten hatte, die ein guter Polizist nicht überschreiten sollte. Nach der dritten Runde hatte Brasch aufgegeben. Er hatte kaum noch Luft bekommen und geahnt, dass er bei dem nächsten harten Schlag zu Boden gehen würde. Danach hatte er kein Bier mehr angerührt und begonnen, sein verwahrlostes Haus in Ordnung zu bringen.

Er parkte am Hauptbahnhof und ging zum Dom hinauf. Warme, weiche Lichter hüllten den Dom ein. Aus einem bestimmten Winkel sah es auch so aus, als würde die Kathedrale von innen heraus leuchten. Der Vorplatz lag verlassen da. So gefiel Brasch die Stadt am besten: Wenn man das Gefühl hatte, sie würde einen kurzen, schönen Traum träumen.

Vor dem Museum Ludwig lärmten ein paar Jugendliche, die anscheinend da ihr Lager für die Nacht aufgeschlagen hatten. Brasch schaute nur flüchtig hinüber, als er das Domhotel betrat. Eigentlich wusste er nicht genau, warum er hierher gefahren war.

Britt Holgerson saß an der Bar. Die Dänin war ganz in Schwarz gekleidet und wandte ihm den Rücken zu, doch war sie an ihrem blonden Haar auch auf einige Entfernung hin zu erkennen. Brasch hätte sie beinahe wie eine vertraute Person an der Schulter berührt, als er neben sie trat.

»Ich bin froh, dass Sie beschlossen haben, nicht wieder in meinem Garten zu übernachten«, sagte er mit vorsichtigem Spott in der Stimme.

Überrascht schaute Britt ihn an. Ein helles, glasiges Funkeln in ihren Augen verriet, dass sie getrunken hatte. »Ich hätte nicht gedacht, dass Sie noch kommen.« Sie lachte und hielt sich dann eine Hand vor den Mund, als wäre ihr Lachen etwas, das sie beschützen musste. »Sind Polizisten immer an der Arbeit? Gibt es da nie eine freie Stunde?«

Brasch musste sich eingestehen, dass ihm ihr Akzent gefiel. Selbst einfache deutsche Sätze klangen bei ihr eine Spur leichter und unbeschwerter. »Wir suchen den Mann, den Sie im Hotel gesehen haben, aber leider haben wir ihn noch nicht gefunden«, sagte er.

Schmitz, der Barkeeper, war wieder im Dienst. Er nickte Brasch freundlich zu und stellte ihm einen Drink hin. »Ein spezieller Cocktail für müde Polizisten«, sagte er. »Wie Freitagabend.« Dezent zog er sich wieder zurück und blieb in Hörweite stehen. Es gab kaum Gäste in der Bar. Ein Stück neben Britt saß ein älterer Geschäftsmann und starrte vor sich hin, der typische Alkoholiker, der sich in Gedanken mit einem halb leeren Whiskyglas unterhielt.

Britt nahm ihr Glas und prostete Brasch zu. »Ich habe gedacht, ich muss das alles als ein Abenteuer ansehen. Diesen Mord, meine ich.« Sie lachte wieder. Entweder vertrug sie nicht sonderlich viel, oder sie hatte schon eine Weile an der Bar verbracht. »Dieser Mann, den Sie suchen … ist er der Mörder?«

Anerkennend nickte Brasch dem Barkeeper zu, nachdem er an seinem Drink genippt hatte. »Wir vermuten es«, sagte er dann. »Er ist abgetaucht, ohne jede Spur verschwunden. Aber früher oder später werden wir ihn kriegen.«

»Und wer ist dieser Mann? Warum hat er den Schriftsteller ermordet?« Mit einer fahrigen Geste winkte sie dem Barkeeper und deutete auf ihr leeres Glas. Schmitz lächelte, aber dabei zog er seine Stirn in kummervolle Falten. Eine stumme Frage lag auf seinen Lippen: Haben Sie nicht genug getrunken, schöne Frau? Doch Britt schüttelte heftig den Kopf. Immerhin, noch verstand sie solch stumme Fragen. Dann schaute sie Brasch wieder an. Ihre zwei widerspenstigen Haarsträhnen fielen ihr ins Gesicht und verdeckten beinahe ihre diamantblauen Augen.

»Der Mann, den wir suchen, ist der Sohn des Schriftstellers«, sagte Brasch. »Er hat Schulden; und Leute, die wir noch nicht genau kennen, sind hinter ihm her; sie haben ihm

Geld geliehen, das er anscheinend nicht zurückzahlen kann. Sein Vater sollte ihm helfen und hat es nicht getan.«

»Kein gutes Motiv für einen Mord«, erwiderte Britt. »Zu viel Ratio, zu wenig Leidenschaft. Deshalb bringt niemand seinen Vater um.«

Schmitz schob ihr ein Glas mit einer Flüssigkeit hin, die wie Wasser aussah. Wahrscheinlich trank sie schon geraume Zeit teuren Gin.

»Es gibt Menschen, die sind ohne jeden Grund getötet worden. Weil sie einen anderen falsch angesehen haben oder weil sie betrunken waren und aus Versehen gegen jemanden geprallt sind.« Brasch fragte sich, warum Britt so viel trank. Gewiss nicht, weil sie Angst hatte und sich einsam fühlte, dann wäre sie niemals ohne Begleitung, nur mit ihrem Zeichenblock auf eine lange Reise gegangen, aber vielleicht hatte er bei ihrer Befragung im Präsidium einen sehr unvollständigen Eindruck von ihr bekommen. Wie sie neben ihm stand, kam sie ihm wie eine Flüchtende vor, als wäre sie gar keine harmlose Reisende, sondern als würde auch sie vor etwas davonlaufen.

Plötzlich entdeckte Brasch neben Britt auf der Bar eine einzelne weiße Rose, die eindeutig zu ihr gehörte. Wie das Versprechen eines geheimen Verehrers lag sie da.

Vielleicht weil sie seinen Blick bemerkt hatte und ihn herausfordern wollte, nahm Britt die Rose und hielt sie sich an die Nase, um ihren Duft einzuatmen. Es wirkte wie eine kokette, einstudierte Geste. »Und was machen Sie, wenn Sie das Versteck von diesem Sohn nicht finden? Er kann schon längst in einem anderen Land sein.«

»Ja«, sagte Brasch plötzlich gereizt, als hätte ihn der Anblick der Rose gestört. »Wahrscheinlich ist er längst in Grönland oder Timbuktu und lässt es sich gut gehen. Vielleicht schreibt er uns auch mal eine Postkarte.«

Britt Holgerson legte die weiße Rose zurück auf die Bar und schaute ihn an. Sein Stimmungsumschwung war ihr nicht entgangen. »Es hat mir nicht gefallen«, sagte sie leise und vorwurfsvoll, »dass Sie in meinem Tagebuch gelesen haben, ohne mich zu fragen. Mein Tagebuch geht niemanden etwas an; da schreibe ich Dinge hinein, die nur ich verstehe, niemand sonst.«

Brasch nickte und machte eine abwehrende Geste. Dann legte er Schmitz einen Geldschein hin und wandte sich ab. Ein paar Stunden Schlaf würden ihm gut tun, und morgen würde die Suche nach Tom Kröber weitergehen.

»Der Drink geht auf das Haus«, sagte Schmitz mit seiner warmen Märchenerzählerstimme.

Brasch sah die schmalen, leicht behaarten Hände des Barkeepers, wie sie ihm den Geldschein zurückschoben. Unter der Behaarung wirkten sie eigentümlich weiß, als würden sie viel zu wenig Licht bekommen oder als hielte Schmitz sie stundenlang in dunkles Wasser.

»Der alte Kröber«, sagte Schmitz, »ist auch einmal verschwunden. Nachdem seine erste Frau ihn rausgeworfen hat und er nicht wusste, was er machen sollte. Niemand hat zwei Wochen lang gewusst, wo er war. Zwei Privatdetektive haben sogar vergeblich nach ihm gesucht.«

Brasch hob den Blick und sah dem Barkeeper in die Augen. Durchdringend, als könnte er all die Gedanken seiner Gäste lesen, blickte Schmitz ihn an.

»Und wo ist Kröber gewesen?«, fragte Brasch.

Schmitz lächelte; sein Schnauzbart tanzte wieder über seinen gelblichen Zähnen auf und ab. Auch Britt schien ihm nun aufmerksam zuzuhören.

»Ich glaube nicht, dass er es vielen Menschen erzählt hat, wahrscheinlich auch nicht seinem Sohn. Kröber war in einem Kloster. An der Lindenstraße, mitten in Köln, gibt es ein Dominikanerkloster. Da findet jeder Einlass, um sich ein wenig zurückzuziehen und zur Besinnung zu kommen. Man muss nicht einmal katholisch sein und Kirchensteuer bezahlen.«

Es ist nur eine Möglichkeit, sagte sich Brasch, als er in Richtung Rudolfplatz fuhr, eine Möglichkeit, die nicht sehr wahrscheinlich war, aber immerhin hatte sie ihm einen ordentlichen Adrenalinschub versetzt. Jeder Anflug von Müdigkeit war verflogen. Britt Holgerson hatte ihn aus irgendeinem Grund begleiten wollen, sie hatte eine äußerst ungewöhnliche Anhänglichkeit entwickelt und war ihm mit ihrer weißen Rose in der Hand bis vor den Dom gefolgt. Es hatte ihn ein paar Minuten gekostet, um ihr klar zu machen, dass er sie niemals auf einen Einsatz mitnehmen würde und sie nichts Besseres tun könnte, als ihren leichten Rausch in einem bequemen, teuren Hotelbett auszuschlafen.

Das Dominikanerkloster befand sich dem Hotel Chelsea gegenüber, in dem Brasch vor zwei Jahren schon einmal einen Raubüberfall untersucht hatte. Allein dort, im Café im Erdgeschoss, brannte noch Licht; ansonsten lag die Straße dunkel und verlassen da, nur gelegentlich fuhr ein Auto vorüber. Es war kurz nach Mitternacht.

Brasch hatte keine Ahnung, ob es in dem Kloster noch echte Mönche gab, die um Mitternacht in der Kirche des Klosters zusammenkamen, um für den Weltfrieden oder die Gesundheit des Papstes zu beten. Düster und eher unscheinbar lag das Gotteshaus direkt an der Straße. Als er die Klinke an der Kirchentür herunterdrückte, war sie verschlossen. Also schritt er die wenigen Stufen wieder hinunter und ging linker Hand zu der Pforte in einer Mauer, die das offensichtlich weitläufige Klostergelände umschloss.

In der einen Sekunde, bevor er auf den Klingelknopf neben der Pforte drückte, kam ihm sein Vorhaben absolut unsinnig vor. Warum sollte sich Kröber junior wie sein Vater vor ein paar Jahren ausgerechnet hier verkrochen haben?

Überraschend schnell erklang eine Stimme aus einer Gegensprechanlage. »Ja bitte?«

»Hauptkommissar Brasch, Polizei Köln. Ich brauche dringend eine Auskunft von Herrn Kröber, einem Ihrer Gäste.« Während er in die Anlage hineinsprach, schaute Brasch sich um, ob die Mönche an ihrer Pforte vielleicht sogar eine Kamera installiert hatten. Er konnte jedoch nichts entdecken.

Die Stimme schien zu zögern. Für ein paar Momente war es, als wäre die Gegensprechanlage abgeschaltet. Dann fragte die Stimme, die nüchtern und metallisch klang und keinesfalls so, als gehörte sie einem alten, schlaflosen Mönch: »Hat die Angelegenheit nicht bis morgen Zeit?«

»Ich bedauere. Es geht nur um eine kurze Auskunft«, log Brasch. »In zehn Minuten ist die Sache erledigt.«

»Gehen Sie bitte den gepflasterten Weg durch den Garten hinunter und auf die erleuchtete Tür im Hauptgebäude zu«, erklärte die Stimme in sachlichem Tonfall. »Ich werde Sie in Empfang nehmen. Und halten Sie bitte Ihren Dienstausweis bereit.«

Mit einem elektrischen Summen öffnete sich die Tür.

Brasch spürte, wie sich sein Herzschlag beschleunigte, als er eintrat. Die Auskunft des Pförtners konnte nur bedeuten, dass Tom Kröber sich tatsächlich im Kloster befand. Schnell, als gäbe es dafür eine besondere Vorrichtung, glitt die Tür hinter ihm wieder ins Schloss. Brasch hielt ein paar Sekunden inne. Ein Garten mit Bäumen und Sträuchern lag vor ihm, der lediglich von zwei schwachen Laternen erhellt wurde. Ein weiteres Licht schimmerte durch die Bäume und musste von der Pförtnerloge stammen; der Kiesweg schien genau auf dieses Licht zuzuführen. Langsam ging Brasch weiter; er hörte seine eigenen Schritte, als kämen sie aus einiger Entfernung und als gäbe es da noch jemanden, der unschlüssig durch den Klostergarten lief. Er zog sein Telefon hervor und gab die Nummer der Wache am Präsidium ein. Weder Pia noch Mehler würden sich noch im Büro aufhalten. Flüsternd forderte er acht Streifenwagen an, die das Gelände rund um das Kloster sichern sollten. Außerdem beorderte er zehn Beamte ins Kloster, damit sie ihn bei Kröbers Festnahme unterstützten.

Über ihm kreischte ein Nachtvogel auf, als er sein Telefonat beendet hatte. Außerdem glaubte er Stimmen zu hören, aber sie konnten auch von der Straße herüberdringen. Bei Nacht ließ sich das nie so genau sagen. Die wichtigste Frage bestand darin, ob sie Kröber im Schlaf überraschen konnten und ob er bewaffnet war.

Irgendwo in dem Garten schien es sogar einen Teich zu geben; Brasch glaubte das Quaken eines Frosches zu hören. Seltsam, dass es solch eine Oase mitten in der Stadt gab und niemand davon wusste. Tatsächlich hatte Kröber sich das beste Versteck ausgesucht, das man in Köln finden konnte.

Als der Kiesweg eine leichte Biegung machte, entdeckte Brasch eine Glastür und ein schmales, erleuchtetes Fenster. Da musste der Mönch sitzen, der ihm geöffnet hatte und der nur einen kurzen, höflichen Besuch eines Polizisten erwartete. Brasch atmete tief durch und schaute auf seine Uhr. Sein Herz schlug noch immer einen schnellen, harten Takt; in vier, allenfalls fünf Minuten würde seine Verstärkung eintreffen.

»Kommen Sie ruhig näher«, sagte plötzlich eine ruhige, kräftige Stimme aus der Dunkelheit.

Brasch zuckte zusammen. Die Tür war gar nicht geschlossen, wie er angenommen hatte, und neben ihr, ganz im Schatten stand eine riesenhafte Gestalt und rauchte eine Zigarette. Brasch beobachtete, wie die Glut aufglimmte und dann beinahe wieder erlosch. Irgendwie erstaunte es ihn, einem Mönch gegenüberzutreten, der mitten in der Nacht rauchend vor seinem Kloster stand.

Der Riese trat einen Schritt vor; er schien wahrhaftig ein Mönch zu sein, zumindest trug er eine schwarze, geistliche Kluft. Er wirkte beinahe alterslos, hatte dünne blonde Haare und trug eine elegante randlose Brille. Ernst nickte er Brasch zu, nachdem er den Ausweis in dem wenigen Licht inspiziert hatte, das von dem erleuchteten Fenster nach draußen fiel.

»Bitte entschuldigen Sie die späte Störung, aber es ist wichtig, dass wir mit Herrn Kröber sprechen«, sagte Brasch mit leiser Stimme. Unvermittelt fiel ihm die Frage ein, ob sie in dem Kloster überhaupt eine Verhaftung vornehmen durften; in Gotteshäusern galt das Kirchenasyl, da durfte die Polizei nicht so ohne weiteres eindringen, aber für die Schlafräume eines Klosters, die weltliche Gäste beherbergten, bestand dieser Schutz vermutlich nicht.

»Bis um zwei Uhr in der Nacht ist unsere Pforte immer besetzt«, sagte der Mönch und nahm wieder einen tiefen Zug aus seiner Zigarette. »Es kommt nicht selten vor, dass Besucher sich verspäten. Wir sind ein offenes Haus. Nur Zigaretten und Alkohol sind in unseren Räumen nicht erlaubt.« Der Riese lächelte milde. »Ich habe Sie auch bereits angemeldet. Herr Kröber wird gleich hier sein. Er hatte sich schon zur Ruhe begeben.«

Brasch schaute den Mönch verständnislos an, doch dessen Miene blieb freundlich reserviert, kein Anzeichen, dass er Brasch auf den Arm nehmen wollte und sich einen seltsamen Scherz erlaubt hatte. Er hatte tatsächlich zum Telefonhörer gegriffen und Kröber geweckt, um ihm den überraschenden Besuch der Polizei anzukündigen.

»Wo liegt das Zimmer?«, rief Brasch und packte den Mönch an der Schulter. »Zeigen Sie mir, wo Kröber ist!«

Der Riese antwortete nicht sofort, er räusperte sich und atmete tief ein, wie jemand, der gleich eine lange Rede halten wollte. Im nächsten Moment hörte Brasch aus dem Inneren des Klosters, wie eine Tür zufiel. Hastig wandte er sich von dem Mönch ab und stürmte in das Gebäude. Ein warmer, widerwärtiger Geruch von Bohnerwachs und welken Blumen schlug ihm entgegen. Hinter der hellen Pförtnerloge lag ein spärlich beleuchteter Gang mit etlichen Türen. Wahrscheinlich befanden sich hier die Gästezimmer. In einem dieser Zimmer hatte sich Kröber vor aller Welt verkrochen. Brasch zog seine Waffe hervor und lief an fünf Türen und einem Marienaltar vorbei, auf dem zwei Kerzen unter einem Ölgemälde unruhig flackerten. Vor sich konnte er nichts erkennen, er meinte jedoch, den dumpfen Hall schneller Schritte zu vernehmen, aber vielleicht war das auch nur sein eigener Herzschlag, der durch seinen Körper dröhnte.

Am Ende des ersten Ganges führte ein zweiter, der sich nach links wandte, tiefer in das Kloster hinein. Kein Licht brannte hier, nicht einmal eine Notbeleuchtung, nur schwaches Mondlicht fiel durch die großen Fenster herein. Brasch verlangsamte seinen Schritt und versuchte sich zu orientieren. Entweder hatte Kröber das Kloster bereits durch einen anderen Ausgang verlassen, oder er hatte sich in einem der Zimmer versteckt, die an diesem Gang lagen. Brasch trat an eine Tür heran; mühsam konnte er ein Schild lesen. »Bruder Ignatius« stand da. Brasch drückte die Türklinke herunter; die Tür war verschlossen. Der umsichtige Bruder Ignatius wollte in seiner Nachtruhe nicht gestört werden.

Dann, als er langsam weiterging, von einer Lichtinsel, die der Mond auf den Linoleumboden warf, zur nächsten, hörte Brasch ein leises Geräusch, als würde Wäsche im Wind flattern oder als würde jemand ein Tuch ausschütteln. Nach fünf weiteren Schritten bemerkte er, dass vor ihm eine Pendeltür langsam hin und her schwang. Für einen Moment fragte er sich, ob er vielleicht in die Irre lief. Konnte Kröber sich irgendwo verborgen und der Tür nur einen Stoß versetzt haben, um ihn in die falsche Richtung zu locken? Nein, in dem Gang standen keine Möbel, hinter denen man sich verstecken konnte, und die Türen waren offenbar alle abgesperrt.

Brasch hielt den linken der noch leise pendelnden Türflügel fest, in dem ein großer altmodischer Schlüssel steckte, zog ihn mit größter Vorsicht auf und brachte seine Pistole in Anschlag. Es war, als würde er gegen eine mächtige Wand aus Finsternis prallen. Erst als er einen Schritt in den Raum gesetzt hatte, konnte er einzelne Konturen in der Dunkelheit wahrnehmen, doch dass er die Bibliothek des Klosters betreten hatte, erkannte er zuerst an dem eigentümlich trockenen Geruch, der im Raum hing, und nicht an dem wuchtigen Regal, das drei Meter vor ihm aufragte. So geräuschlos wie möglich drehte Brasch sich um, zog den Schlüssel außen in der Tür ab und verriegelte sie von innen.

Er gönnte sich einen Augenblick, um sich zu orientieren. Es war nicht vollkommen dunkel im Raum; von drei Fenstern, die im Dach eingelassen waren, fiel ein schwaches Licht herein, das allerdings mehr zu erahnen als wirklich zu sehen war. Andere, größere Fenster wie in den Gängen des Klosters schien es in der Bibliothek nicht zu geben; damit schied auch der einfachste Fluchtweg aus. Wenn nicht irgendwo noch weitere Türen und Räume existierten, saß Tom Kröber in der Falle.

Brasch machte drei weitere, langsame Schritte in die Bibliothek hinein. Mit der rechten Hand hielt er die Pistole, mit der anderen ertastete er das Regal, das rechts von ihm in der Dunkelheit verlief. Auch links von ihm, eine Armlänge entfernt, stand ein Bücherregal; was lediglich bedeuten konnte, dass ein schmaler, kaum einen Meter breiter Gang in die Klosterbibliothek hineinführte. Nach zwei Schritten verharrte Brasch erneut und lauschte. Nichts war zu hören, nur eine weite, intensive Stille. Er versuchte abzuschätzen, wie groß der Raum war, aber dazu drang viel zu wenig Licht durch die Dachfenster. Er bewegte sich weiter und hatte plötzlich das Gefühl, als hätte ihn die Stille ganz und gar eingehüllt. Wie ein Schwimmer im Meer in eine schwere Strömung geraten konnte, war er in eine Untiefe aus Stille und Dunkelheit geraten. Hier würde seine Waffe ihm nichts nützen, wenn sich plötzlich jemand auf ihn stürzte. Sein Herz schlug noch lauter, Schweißperlen krochen ihm über die Stirn. Gleichzeitig glaubte er zu spüren, dass da jemand neben oder vor ihm war, der genauso wie er angespannt in den Raum hinein atmete. Kröber hockte irgendwo, ängstlich wie ein Kaninchen – oder wie ein Raubtier, bereit zum Sprung. Aber anders als Brasch, der auf Verstärkung warten konnte, die jeden Moment das Kloster erreicht haben musste, hatte Kröber nicht viel Zeit. Wenn er sich tatsächlich in der Bibliothek befand, konnte er nicht einfach abwarten.

Vor sich erkannte Brasch einen Tisch, an dem zwei, nein mindestens vier Stühle standen. Für einen Moment sah es so aus, als würde jemand reglos dasitzen und ihn anstarren. Brasch hob die Waffe und duckte sich, dann begriff er erleichtert, dass auf dem Tisch schattenhaft ein Stapel Bücher aufragte.

Mit dem nächsten Schritt geriet Brasch ins Wanken. Sein

linkes Bein glitt nach vorn, rutschte über den glatten Boden, und ein knisterndes Geräusch lief wie eine zarte Welle durch die Bibliothek. Brasch wusste sofort, dass er auf ein Blatt Papier getreten war, das achtlos im Raum gelegen hatte. Spätestens jetzt musste Tom Kröber klar sein, dass er nicht mehr allein war.

Brasch tastete nach einem der Stühle vor sich. Plötzlich, als wäre er in eine andere, noch unheimlichere Strömung der Stille geraten, glaubte er einen Luftzug zu spüren und ein leises, ächzendes Knarren zu hören. Er blickte auf und erkannte, dass er genau unter einem Dachfenster stand, durch das fahles, milchiges Nachtlicht hereinsickerte. Wahrscheinlich war das der hellste Punkt in der düsteren Bibliothek.

»Kröber!«, wollte er schon rufen, die tote Stille damit zum Leben erwecken. »Kröber, kommen Sie heraus. Das Kloster ist von der Polizei umstellt!« Da wurde das Ächzen in seinem Rücken lauter; ein Schatten bewegte sich, aber es war nicht Kröber, der auf ihn zustürzte. Das ganze Regal schwankte, dann neigte es sich nach vorn, die ersten Bücher kippten polternd heraus.

Brasch sprang zur Seite, wobei er einen Stuhl umriss und mit dem Knie gegen einen harten Gegenstand schlug. Er hob die Hände, ein Schuss löste sich dröhnend, und im nächsten Moment traf ihn ein Buch schmerzhaft im Gesicht. Er rollte zur Seite, verlor dabei die Waffe, doch das Regal, die ganze Bücherflut rauschte mit einem Geräusch, das sich fast wie ein langes Seufzen anhörte, an ihm vorbei. Krachend schlug Holz auf Holz, ein Stuhl ging unter der Wucht des Aufpralls zu Bruch. Wie Steine, die einen Abhang herunterrollten, fielen die Bücher heraus.

Während er sich aufrichtete, konnte Brasch die vagen Umrisse einer Gestalt erkennen, die sich keine zwei Meter vor ihm befand. Hatte Kröber eine Waffe bei sich? Seine eigene Pistole konnte Brasch nirgendwo erkennen. Nach vorn gebeugt, die Hände auf die Knie gestützt, stand Kröber da und rang nach Luft; es war keine Kleinigkeit gewesen, das schwere, mit dicken Büchern beladene Regal umzuwerfen. Als er sich dann abwenden wollte, um zurück zur Tür zu eilen, war Brasch bereits über ihm. Er zerrte Kröber an den Haaren, riss seinen Kopf zurück und packte seinen rechten Arm, um ihn auf den Rücken zu zwingen. Dann gerieten sie beide ins Straucheln. Kröber schrie auf und fiel, und Brasch stürzte auf ihn, ohne ihn jedoch loszulassen.

Beide lagen sie für einen Moment keuchend da; Brasch glaubte zu spüren, dass Kröber Kräfte sammelte, dass er seine Muskeln anspannte, um ihn abzuschütteln, deshalb zerrte er Kröbers Kopf noch weiter zurück. Tom Kröber reagierte, indem er mit einem lauten Zischen ausatmete. Sein Gesicht verzog sich vor Schmerzen.

»Sie sind festgenommen!« Brasch spürte, dass seine Stimme vor Anstrengung zitterte. »Wegen Doppelmordes!«

Kröber versuchte, den Kopf zu schütteln, dann stieß er heiße, unverständliche Worte aus.

»Wenn Sie brav sind«, keuchte Brasch und lockerte seinen Griff ein wenig, »können wir gleich ganz langsam aufstehen. Aber wenn Sie Dummheiten machen, breche ich Ihnen den Arm. Haben Sie mich verstanden?«

Kröber wandte die Augen und schaute Brasch an. Starr und leblos wirkte sein Blick. »Sie irren sich«, flüsterte er. Auch ihm stand Schweiß auf der Stirn. »Es ist alles ein Irrtum.«

»Okay«, sagte Brasch, ohne auf Kröbers Worte zu achten. »Wir versuchen nun gemeinsam aufzustehen.« Er zog sein Knie an, um sich aufzurichten. Dann registrierte er aufgeregte Stimmen auf dem Gang. Die Einsatzkräfte waren eingetroffen. Jemand rüttelte an der verschlossenen Tür und erteilte ein Kommando. Ein greller Lichtstrahl stach durch die schmale Fuge zwischen den Türflügeln und verlor sich flirrend in der Bibliothek.

»Ihr müsst die Tür aufbrechen!«, rief Brasch mit heiserer Stimme. »Der Gesuchte befindet sich in meinem Gewahrsam.« Er wusste nicht, ob man ihn auf dem Gang gehört hatte. Die Stimmen waren leiser und vorsichtiger geworden. Auch Kröber hatte seinen Blick auf die Tür gerichtet; die Anspannung war aus seinem Körper gewichen, er hatte resigniert und wirkte nicht mehr, als wollte er Widerstand leisten.

Ein dumpfes Krachen verriet, dass man sich draußen auf dem Gang ohne Verzögerung an die Arbeit gemacht hatte; mindestens drei Leute schienen sich gegen die Tür zu werfen. Brasch zog Kröber mit sich hoch; schwankend kamen sie auf die Knie. Wie gebannt starrte Kröber zum Ausgang der Bibliothek und atmete stöhnend ein und aus. Mit seiner freien linken Hand wischte er sich über das Gesicht. Gegen die geballte Polizeimacht konnten auch gestandene Klostertüren nichts ausrichten. Beim vierten Schlag gegen das Holz gab die Tür splitternd nach. Licht flutete herein, und eine tiefe Stimme rief: »Alles in Ordnung?«

Brasch zerrte Kröber mit sich auf die Füße und nickte, als der Einsatzleiter, den er vom Sehen kannte, auf ihn zutrat. »Schön, dass ihr endlich da seid.«

Der Einsatzleiter nickte mit zufriedener Miene. Dann zog er seine Handschellen hervor und übernahm Tom Kröber, der so kraftlos war, dass er ihm förmlich in die Arme sank. Zwei weitere Beamte rechts und links neben ihm sicherten die Verhaftung.

Erst nachdem er Kröber losgelassen hatte, spürte Brasch den Geschmack von Blut auf seinen Lippen. Während er mit der rechten Hand vorsichtig über sein Gesicht tastete, sprangen in der Bibliothek eine nach der anderen die Deckenlampen an. Das Licht war hart und grell und hätte auch in eine Fabrikhalle gepasst, dabei war der Raum viel kleiner, als Brasch erwartet hatte: ein Tisch umgeben von vier, fünf Bücherregalen, die allerdings so massiv aussahen, dass von ihnen ein Mann gut und gerne erschlagen werden konnte. Brasch hatte Glück gehabt, doch ein Gefühl der Erleichterung wollte sich noch nicht einstellen. Seine rechte Hand war voller Blut. Unecht, wie die Farbe eines Kunstmalers schimmerte es im Licht.

»Es tut mir Leid, wenn ich einen Fehler begangen habe«, sagte eine nüchterne Stimme neben ihm. »Aber wir haben es uns zur Gewohnheit gemacht, die Menschen, die zu uns kommen, nicht zu fragen, warum sie eine Weile bei uns bleiben wollen.« Der riesenhafte Mönch stand da. Er lächelte wieder sein mildes und zugleich vollkommen unverbindliches Lächeln, das offenbar zum Rüstzeug eines Geistlichen gehörte.

Brasch winkte müde ab und schaute sich nach seiner Pistole um. »Ist schon in Ordnung«, sagte er. Dann nahm er das schneeweiße Taschentuch, das der Mönch ihm hinhielt, und presste es auf seine Wunde.

In seiner Müdigkeit wohnten seltsame Gedanken. Brasch dachte nicht daran, dass er vielleicht einen der erfolgreichsten Tage als Polizist hinter sich gebracht und einen vermeintlichen Doppelmörder gefasst hatte. Als Kind war er einmal zu tief in den Wald gelaufen, der hinter dem Haus seiner Eltern begann; Spuren und Gerüchen war er gefolgt, doch dann, mit einem Schlag, war die Finsternis über ihn hereingebrochen, obschon es eigentlich noch früher Nachmittag gewesen sein musste. Der Himmel, der durch die dichten Bäume ohnehin kaum zu erkennen war, hatte sich verdunkelt, und wenig später hatte ein unheimliches Rauschen eingesetzt. Ein heftiger, geisterhafter Wind schien den ganzen Wald davontragen zu wollen. Es war, als wäre Brasch in eine andere Welt geraten, wie es manchen Helden in fantastischen Büchern geschah, die durch ein Loch in der Zeit aus ihrem gewohnten Leben herausfielen. Erst viel später hatte er bemerkt, dass es lediglich zu regnen begonnen hatte; kein Tropfen war zunächst durch das dichte Blätterdach zu ihm gedrungen. In der Dunkelheit war er sich verloren vorgekommen und den Tränen nahe gewesen, und fast genauso, obschon er nun weit mehr als zwanzig Jahre älter war, hatte er sich für ein paar lange Momente in der schwarzen Stille der Klosterbibliothek gefühlt: verloren und ratlos, wohin er eigentlich geraten war.

Tom Kröber hatte keine Waffe bei sich gehabt; seiner Attacke, dem Versuch, ein Regal umzustürzen und ihn damit unschädlich zu machen, hatte weniger kühle Überlegung als pure Verzweiflung angehaftet. Aber waren nicht auch die beiden Morde Akte der Verzweiflung gewesen?

Durch die halb geöffnete Tür konnte Brasch sehen, wie Tom Kröber nebenan in Mehlers Büro auf einem Stuhl hockte und vor sich hin starrte. Nur manchmal, als hätte er einen leichten elektrischen Schlag erhalten, zuckte sein Arm abrupt vor, und er griff mechanisch nach einem Glas Wasser, das Pia immer wieder auffüllte. Aus Sicherheitsgründen hatte man ihm die Beine zusammengebunden, doch wie jemand, der fliehen wollte, sah er nicht aus; eher wie ein verschüchterter großer Junge, der unter Menschen gefallen war, die nicht seine Sprache sprachen.

Brasch hatte Mehler die Befragung überlassen, weil er sich am Ende seiner Kräfte fühlte. Alle waren sie mitten in der Nacht zurück ins Präsidium gekommen; sogar Amelie Kramer war da, obwohl niemand sie gerufen hatte, aber vielleicht hatte ihr Onkel, der Polizeipräsident, sie einbestellt. Schließlich stand ein wirklicher Triumph bevor, der Mord an dem berühmten Schriftsteller R. A. Kröber schien aufgeklärt. Sein Sohn hatte ein Motiv, er war eindeutig im Hotel gewesen, und er war von einem Tag auf den anderen von der Bildfläche verschwunden, ohne sich bei jemandem abzumelden. So etwas konnte man auch Flucht nennen.

Trotzdem hatte Brasch seine Zweifel; allerdings ging es ihm häufig so nach einer Verhaftung. Die Frage, ob ihnen kein Fehler unterlaufen war, ließ sich nie sofort beantworten; es sei denn, der Festgenommene gestand die Tat und äußerte in seinem Geständnis Dinge, die nur der Täter wissen konnte. Erst dann war die Polizei auf der sicheren Seite.

»Es war ziemlich leichtsinnig, ganz allein in das Kloster zu fahren.« Mehler war durch die Tür getreten. Er hielt einen Kaffeebecher in der Hand, von dem winzige Rauchwölkchen aufstiegen, und schaute Brasch an. Mehler war der Einzige von ihnen, der nicht übermüdet aussah. Ihm genügten zwei, drei Stunden Schlaf, um neue Kräfte zu sammeln.

Brasch entgegnete nichts. Er hörte, dass Pia nun auf Kröber einredete und ihre Fragen stellte. Manchmal gelang es einer Frau eher, Zugang zu einem Verhafteten zu finden, aber als er aufblickte, sah er, dass Kröber seine Haltung nicht verändert hatte. Er kauerte da, mit dem Oberkörper leicht nach vorn gebeugt, den Kopf abgewandt, als würde er über etwas nachdenken, das gar nichts mit ihm und seiner schwierigen Lage zu tun hatte.

»Matthias, du solltest nach Hause fahren und ein paar Stunden schlafen.« Mehler legte Brasch den Arm auf die Schulter und rüttelte ihn, als wollte er ihn aufwecken. »Wir müssen die Vernehmung sowieso abbrechen. Kröber wird heute Nacht keinen Ton sagen, aber morgen kriegen wir ihn.«

»Was hast du vor?« Plötzlich fiel Brasch ein, was Tom

Kröber ihm zugeflüstert hatte, nachdem er ihn in der Bibliothek gepackt und sich auf ihn gestürzt hatte. »Sie irren sich. Es ist alles ein Irrtum«, hatte er geflüstert, nicht mit entrüsteter, wütender Stimme, sondern als würde er etwas wissen, als könnte er den Irrtum aufklären, wenn er nur wollte.

Mehler stellte seinen Kaffeebecher ab und steckte sich eine Zigarette an. »Wir sollten die Tochter des toten Zimmermädchens ins Präsidium holen, den Rauschgoldengel, dann wird er einknicken und den Mund aufmachen. Er ist nicht halb so hartgesotten, wie er tut.« Als Brasch den Kopf schüttelte, fuhr Mehler heftiger fort: »Natürlich darf die Kleine ihn nicht sehen. Wir setzen sie mit ihrer Großmutter in das Verhörzimmer, und da soll sie mit ihren Puppen spielen, aber er muss sie sich anschauen, so lange, bis er uns erzählt, was er mit ihrer Mutter gemacht hat.«

Langsam stand Brasch auf und ging in den Nebenraum hinüber. Während der ersten Schritte hatte er das Gefühl, er befände sich auf einem Schiff, das unter seinen Füßen schwankte. »Warum haben Sie gesagt, dass ich mich irre, dass alles ein Irrtum ist?«, sagte er leise zu Kröber, als er von hinten an ihn herantrat. Für einen Moment schien er ihn damit irritiert zu haben, denn Kröber zuckte kaum merklich mit dem Kopf, und dann wirkte es, als müsste er sich zwingen, Brasch nicht anzuschauen. Also machte Brasch drei Schritte ins Zimmer hinein und sah Kröber direkt ins Gesicht.

Auch Tom Kröber war müde und mit seinen Kräften am Ende, aber da war noch etwas anderes, das Brasch in seinen dunklen Augen las: eine große, weite Trauer und gleichzeitig das nüchterne Wissen darüber, niemanden in seine Trauer einweihen zu dürfen. Wenn er nicht der Täter ist, dachte Brasch, dann kennt Kröber ihn oder glaubt ihn zu kennen. Vielleicht, weil er ihm im Hotel begegnet ist.

»Was ist der Irrtum?«, fragte Brasch wieder. Er flüsterte beinahe und spürte, dass Pia ihn erstaunt anblickte. »Ist es ein Irrtum, dass wir Sie für den Täter halten?«

Kröber verzog das Gesicht zu einem gequälten Lächeln, seine erste wirkliche Regung, seit man ihn ins Polizeipräsidium gebracht hatte.

Plötzlich waren draußen auf dem Gang Stimmen zu hören. Eine Frau brüllte hysterisch, und Amelie Kramer antwortete ihr beinahe genauso erregt. Brasch beobachtete, dass Kröbers mattes Lächeln erlosch und er den Kopf drehte, als hätte er die Stimme erkannt. Einen Moment später wurde die Tür heftig aufgerissen. In dem kalten Licht der Neonleuchten stand Kyra im Türrahmen und starrte sie ungläubig an, hinter ihr war John Morgner, der Polizeireporter des »Express«, zu erkennen.

»Ist es also wahr …«, sagte sie. Dann, im nächsten Augenblick war Amelie Kramer neben ihr. Sie hatte ihre Dienstwaffe gezogen und hielt sie auf Kyra gerichtet.

»Gehen Sie langsam zurück und schließen Sie die Tür«, sagte die junge Polizistin ernst. Ihre Stimme bebte vor Anspannung. Anscheinend fürchtete sie, dass Kyra gekommen war, um Kröber zu befreien.

Brasch war mit drei schnellen Schritten an der Tür. Er hob beruhigend die Hände und ging auf Kyra zu, die beachtete ihn jedoch gar nicht; für sie war er aus Glas, sie sah immer noch ihren Freund vor sich, Tom Kröber, verhaftet wegen zweifachen Mordes.

»Sie dürfen hier nicht so einfach in eine Vernehmung hineinplatzen«, sagte Brasch. »Das könnten wir leicht missverstehen.« Er machte Amelie Kramer ein Zeichen, ihre Waffe einzustecken.

Kyra schüttelte den Kopf. Ihre kurzen, schwarz gefärbten Haare waren noch zerzauster als gewöhnlich. »John hat mich angerufen«, sie warf dem Polizeireporter, der mit väterlicher Miene hinter ihr stand, einen dankbaren Blick zu, »aber ich habe ihm nicht geglaubt, dass Sie Tom festgenommen haben.«

Morgner schien über gute Quellen zu verfügen, wenn er auch mitten in der Nacht von einer Verhaftung erfuhr.

»Gehen Sie«, sagte Brasch, »und nehmen Sie Ihren Reporterfreund mit. Heute Nacht können Sie ohnehin nichts mehr für Kröber tun.« Er bedachte Morgner mit einem unfreundlichen Blick, weil er sicher war, dass der Polizeireporter Kyra nur benutzt hatte, um ins Präsidium zu gelangen. Gleich würde er in seine Redaktion fahren, die Druckmaschine anhalten lassen und eine neue Schlagzeile dichten, wenn er es nicht schon längst getan hatte.

Morgner nickte ihm zu, als hätte er erraten, dass Brasch ihn durchschaut hatte, dann nahm er Kyras Arm und versuchte sie den Gang hinunterzuführen, doch sie rührte sich nicht von der Stelle.

»Tom ist ein seltsamer Mensch mit seltsamen Gedanken«, sagte sie, und Brasch wusste nicht, ob sie ihn anredete oder einfach vor sich hin sprach. »Selbst wenn er zugibt, im Hotel gewesen zu sein und seinen Vater getötet zu haben, dürfen Sie ihm nicht glauben. Er hasst sich manchmal und sagt dann Sachen, die gar nicht stimmen und die ihm später Leid tun. Er ist so verrückt. Glauben Sie ihm nichts.«

14

Erst im Morgengrauen kehrte Brasch in sein Haus zurück. Seine Wunde im Gesicht schmerzte, und ihm war übel vor Müdigkeit. Vögel begannen vor seinem Fenster zu singen, ein wildes, beinahe ekstatisches Konzert, mit dem sie das

Licht begrüßten, das langsam über das Land hereinschwebte. Der Gedanke tröstete ihn, dass es dieses Licht und diese Musik der Vögel gab, doch dann, während er schon in seinem Bett lag und fast eingeschlafen war, fiel ihm Leonies Geruch ein, eine besondere Erinnerung, die ihn erschrecken ließ. Wie lange hatte er nicht mehr ihre wunderbare Haut gerochen, nicht mehr ihr Gesicht gesehen, das im Schlaf immer besonders schön gewesen war? Für einen langen Moment, bevor er endgültig in den Schlaf sank, war seine Sehnsucht größer als je zuvor.

Zerrissene, wirre Träume reihten sich aneinander. Jeder Traum war wie ein Raum, aus dem er schnell in den nächsten floh. Wie ein Flüchtender kam er sich vor, hetzte von seinem Vater, der verloren und schrumpelig in seinen Kissen lag, mit einem Gesicht, das Brasch gar nicht kannte, zu Leonie, die sonst in seinen Träumen nur eine Nebenrolle spielte. Er sah sie mit einem Vogel, einem großen kräftigen Raubvogel, der über ihr kreiste und sich dann, wenn sie ihm ein Zeichen gab, mit einem Schrei herabstürzte und sich auf ihren Arm setzte. Wie eine unerschrockene Falknerin stand sie da und schaute den Vogel an. Was soll das?, dachte Brasch selbst im Schlaf voller Verwunderung. Dann warf sie den Vogel wieder in die Höhe, und er flog davon, wurde ganz durchsichtig, das Licht fuhr durch ihn hindurch, und er schien sich ganz aufzulösen, buchstäblich im Nichts zu verschwinden. Aber eine einzige Handbewegung Leonies brachte ihn sofort zurück, und schließlich rauschte der Vogel immer schneller durch den Himmel, gab so schrille Geräusche von sich, dass Brasch schon glaubte, er selbst wäre der Vogel, der um Leonie herumflog.

Schließlich schlug er die Augen auf und begriff, dass sein Telefon klingelte, nicht das Mobilfon, das eingeschaltet neben ihm lag, sondern der Festanschluss. Unaufhörlich drang der Ruf aus dem Wohnzimmer zu ihm herauf, mit einer Dringlichkeit, die ihn ahnen ließ, dass etwas geschehen sein musste, das nichts mit seinen Ermittlungen in Sachen Kröber zu tun haben konnte. Mehler und Pia hätten ihn zuerst auf seinem Handy angerufen.

Es war kurz nach halb zehn, als er den Hörer abnahm. Natürlich erwartete irgendetwas in ihm, ein Teil seines Gehirns, der sich nicht an gewisse Dinge gewöhnen wollte, dass Leonie am Apparat war.

»Matthias«, sagte eine Stimme, die so zögerlich und schüchtern klang, dass er sie nicht sofort erkannte. »Matthias, bist du das?« Seine Mutter wirkte ratlos und verwirrt, wie eine alte Frau, die vollkommen orientierungslos mitten auf einer Kreuzung stand und der jemand ein Telefon in die Hand gedrückt hatte.

Brasch spürte einen Schrecken, der ihn schlagartig wach werden ließ. »Was ist passiert?«, fragte er und glaubte die Antwort schon zu kennen: Sein Vater war tot, eine zweite Herzattacke, ein Schwächeanfall mitten in der Nacht.

»Ich bin im Krankenhaus«, sagte die Mutter. Sie sprach stockend, als würde sie ihre Worte mühevoll von einem Blatt ablesen. »Dein Vater wollte nicht, dass ich dich anrufe, aber … Ich dachte, es ist am besten, wenn du es sofort erfährst.«

Brasch atmete durch. Er hatte sich also getäuscht, sein Vater lebte noch. »Was soll ich sofort erfahren?«

Ein kurzes, gefahrvolles Schweigen war die erste Antwort auf seine Frage, dann, nach einem erschöpften Seufzen sagte die Mutter: »Sie haben etwas festgestellt … bei deinem Vater. Es ist gar nicht das Herz. Sein Darm ist voller Geschwüre. Krebs. Morgen oder übermorgen wollen sie ihn operieren.«

Brasch sah einen großen grauen Vogel in seinem Garten.

Er stand seelenruhig, als könnte nichts auf der Welt ihm etwas anhaben, vor dem Teich und spreizte sein Gefieder in der Sonne. »Weiß er es schon?«, fragte er. »Haben die Ärzte ihm etwas gesagt?«

Die Mutter lachte leise, aber noch immer voller Verzweiflung. »Er glaubt ihnen nicht. Er denkt, da müsse eine Verwechslung vorliegen, weil er sich wieder so gesund fühlt. Statt sich operieren zu lassen, will er morgen nach Hause gehen, aber das kann er natürlich nicht.«

»Haben die Ärzte gesagt, wie gefährlich die Operation ist?« Brasch wusste, dass ihr Anruf ein Hilferuf war. Allein käme sie mit dem störrischen Vater nicht zurecht, und ohne dessen Einwilligung würde man ihn nicht operieren.

»Heute Nachmittag wollen die Ärzte ihm Fotos zeigen.« Die Mutter fuhr fort, als müsste sie einen auswendig gelernten Text abspulen. »Stell dir vor, sie haben Fotos von seinem Darm gemacht, auf denen man die Geschwüre genau erkennen kann. Hoffentlich hört er ihnen überhaupt zu und begreift, dass die Ärzte am besten wissen, was gut für ihn ist.«

»Wann wollen sie ihm die Fotos zeigen?« Brasch wandte den Kopf. Nun hatte auch sein Handy oben neben seinem Bett zu klingeln begonnen.

»Heute Nachmittag, so gegen vier Uhr«, erwiderte die Mutter.

»Ich werde dich abholen, und dann können wir gemeinsam ins Krankenhaus fahren und mit ihm reden.« Brasch lauschte, während er noch redete. Das Klingeln hatte aufgehört.

»Ich warte auf dich«, sagte die Mutter. Erleichterung, dass er sie nicht allein ließ, schwang in ihrer Stimme und eine gewisse Zaghaftigkeit, die früher nicht da gewesen war. Früher, wenn sie in ihrer Imbissstube oder in ihrer Küche stand, hatte sie immer den Eindruck erweckt, alle Probleme der Welt lösen zu können. Selbst die Verhaftung des Ehemanns und des ältesten Sohnes, der nie das tat, was man ihm sagte, hatten ihr scheinbar nichts ausgemacht.

Als Brasch den Hörer wieder auflegte, hatte er das Gefühl, eine ungeheure Anstrengung hinter sich gebracht zu haben, dabei hatte er nicht einmal die richtigen tröstenden Worte gefunden. Etwas hatte ihn eingeholt, von dem er angenommen hatte, ihm vor langer Zeit entkommen zu sein. Er musste sich wieder auf die stumme, enge Welt seiner Eltern einlassen.

Brasch wusch sich rasch und zog sich an. Dann erst hörte er seine Mobilbox ab. Kyras Stimme klang noch erregter als in der vergangenen Nacht. »Sie machen einen Fehler«, rief sie. »Tom kann gar nichts getan haben. Er war höchstens fünf Minuten bei seinem Vater im Hotel, und er hätte es mir erzählt, wenn er eine Dummheit begangen hätte. Die beiden haben sich gestritten, und dann ist Tom sofort gegangen. Mehr ist nicht passiert. Lassen Sie ihn frei, und sagen Sie mir bitte, wann ich ihn sehen darf.«

Entweder war die Schauspielerin auf ungesund intensive Weise verliebt, oder sie verfolgte mit ihrem plötzlichen Erscheinen im Präsidium und ihrem Anruf einen bestimmten Zweck, den Brasch noch nicht durchschaute. Allerdings war sie bisher klug genug gewesen, nicht zu versuchen, ihrem Freund nachträglich ein Alibi zu verschaffen.

Ein zweiter Anrufer hatte keine Nachricht hinterlassen. Die Nummer, die Brasch auf seinem Display las, kannte er nicht. Wenn Leonie von der Verhaftung Kröbers erfahren und ihn angerufen hatte, so musste sie sich ein neues Telefon zugelegt haben.

Während Brasch ins Präsidium fuhr, rief er Mehler an. Um elf Uhr wollten sie Tom Kröber erneut vernehmen. Er sollte keine Ruhe mehr vor ihnen haben, bis er ein Geständnis abgelegt hatte. Dann, als er die Verbindung schon unterbrechen wollte, begann Brasch, fast gegen seinen Willen, von der Krankheit seines Vaters und seinem Erschrecken zu sprechen. Darmkrebs – das klang beinahe wie ein Todesurteil.

»Morgen soll er operiert werden, aber anscheinend will er nicht«, sagte Brasch.

»Wir können Kröber auch allein vernehmen. Selbst der Staatsanwalt wird verstehen, dass du im Moment andere Dinge zu tun hast.« Mehler saß ebenfalls im Auto und war auf dem Weg ins Präsidium. Er ersparte sich zu mitfühlende Worte, die ohnehin unpassend gewesen wären, sondern konzentrierte sich auf das Naheliegende.

Brasch fuhr über die Zoobrücke. Der Rhein leuchtete silbern im Sonnenlicht. »Weißt du, was das Schlimmste ist?«, fragte er, ohne wirklich auf eine Antwort zu warten. »Wie wenig ich mich darauf einlassen möchte! Lieber würde ich Kröber zehn Stunden ohne Pause verhören, als mich an das Krankenbett meines Vaters zu stellen und ihm zu erklären, warum er sich operieren lassen muss.«

»Mein Vater ist gestorben, als ich dreizehn war.« Mehler sprach ungewohnt leise und war durch die Fahrtgeräusche im Hintergrund kaum zu verstehen. »Ein Lastwagen hat die Vorfahrt missachtet und hat ihn auf seinem Motorrad erwischt. Er muss ziemlich schlimm ausgesehen haben. Jedenfalls hat man uns die Leiche nicht gezeigt. Er war auch Polizist.«

Von dem frühen Tod seines Vaters hatte Mehler noch nie gesprochen. Brasch verstand den Hinweis. »Gegen zwei Uhr werde ich in die Eifel fahren«, sagte er. »Und gegen acht Uhr werde ich zurück sein.«

»Bis dahin haben wir Kröbers Geständnis. Wahrscheinlich reicht es schon, wenn wir ihm ein paar Fotos vom Tatort unter die Nase halten. Sein toter Vater mit starren, weit aufgerissenen Augen.«

Sie beendeten ihr Telefonat, als Brasch zum Präsidium abbog. Mehler würde ein paar Minuten nach ihm eintreffen.

Natürlich hatte sich Tom Kröbers Festnahme längst herumgesprochen. Schon der Pförtner deutete Brasch mit hochgerecktem Daumen seine Anerkennung an, und in der Halle standen ein paar Journalisten gelangweilt herum, denen er allerdings aus dem Weg gehen konnte.

Pia saß in ihrem Büro und schien mit Dr. Schroedel, dem zuständigen Staatsanwalt, zu telefonieren. Sie gab einsilbig Auskunft über das erste Verhör, das sie noch in der Nacht mit Tom Kröber geführt hatten. Ihre Stimme klang müde und gereizt; wahrscheinlich war sie am frühen Morgen nicht einmal zum Duschen nach Hause gefahren. Dann legte sie auf, und erst da begriff Brasch, dass sie nicht allein war.

Humpe, der beste Kriminaltechniker, den sie im Präsidium hatten, stand am Fenster und schaute hinaus. Von der Seite sah es aus, als hätte er träumerisch die Augen geschlossen. Er war schon fast sechzig und trug stets eine altmodische Schlägermütze. Brasch war überzeugt gewesen, dass er eine Glatze hatte, bis Humpe vor ein paar Wochen einmal seine Mütze gelüftet hatte und dichte, graue Haare zum Vorschein gekommen waren.

Als Brasch ins Zimmer trat, drehte Humpe sich um und lächelte ihn an. »Habe schon von deinem großen Coup gehört«, sagte er mit freundlichem Spott in der Stimme. »Hast die halbe Kölner Polizei angefordert und die Sache dann allein geregelt. Woher hast du gewusst, dass euer Täter sich in dem Kloster versteckt hat?«

»Ein Barkeeper hat es mir verraten, aber vielleicht ist Kröber ja gar nicht der Täter«, erwiderte Brasch. Er bemerkte, dass Pia fragend die Augenbrauen in die Höhe zog.

»Ihr solltet euch einmal anschauen, welche Medikamente euer Mann zu Hause hat.« Humpe ging auf Brasch zu und drückte ihm eine Mappe in die Hand. »Wir haben den Bericht der Pathologie bekommen. Die Frau, die wir aus dem Rhein gefischt haben, ist eindeutig ertrunken. Sie muss ziemlich weggetreten sein, als man sie ins Wasser geworfen hat. In ihrem Magen fanden sich drei verschiedene Barbiturate, kriegt man alle auf Rezept in der Apotheke. Vorher muss sie allerdings gestürzt sein. Ihr Schlüsselbein war gebrochen, und sie hatte Hautabschürfungen an den Händen. An zwei der verletzten Fingerkuppen haben die Kollegen etwas sehr Interessantes gefunden: Spuren von Carboneum.«

»Von Carboneum?« Brasch verstand nicht sofort.

Humpe nickte. »Kohlenstoff, oder noch simpler ausgedrückt von Steinkohle, mit einem recht hohen Anteil von Carboneum. Daraufhin habe ich mir ihre Kleidung ganz genau angesehen. Auch an einem Ärmel ihres Pullovers waren winzige Partikel von Kohle zu finden, die das Flusswasser noch nicht ganz ausgewaschen hatte.«

»Wie soll die Frau mit Kohle in Berührung gekommen sein?« Pia schaute Brasch an. »Gibt es in ihrer Wohnung einen Kohleofen?«

»Nein, sie hat in einer gewöhnlichen Drei-Zimmer-Wohnung gelebt, ohne einen Ofen oder einen Kamin.« Brasch fielen die Kohlestifte ein, mit der Britt Holgerson ihre Zeichnungen anfertigte.

»Übrigens müsst ihr Kröber noch offiziell eine Haarprobe entnehmen und sie mir zur Untersuchung übergeben. Damit auch alles seine Ordnung hat.« Humpe zwinkerte Brasch mit einem ironischen Lächeln zu. Dann verließ der Kriminaltechniker den Raum. Brasch kannte niemanden, der so gleichmütig und unaufgeregt seiner Arbeit nachging.

»Wir haben mittlerweile einen Überblick, wie viele Schulden Tom Kröber hat«, sagte Pia. »Vor drei Monaten hat er einen nagelneuen Wagen zu Schrott gefahren, den er sich von einem Galeristen geliehen hatte. Ein Mercedes-Cabrio. Außerdem hat er letztes Jahr drei teure Ausstellungen organisiert, die allesamt Misserfolge waren. Keiner, den ich gefragt habe, hat mir sagen können, wann er eines seiner angeblichen Kunstwerke verkauft hat. Scheint, als könnte niemand seinen Baumstämmen etwas abgewinnen.«

»Ja, du hast Recht. Kröber ist ein echter und vielleicht auch gefährlicher Verlierer«, erwiderte Brasch, aber sein Tonfall verriet, dass er an seinen eigenen Worten zweifelte. Er hätte gern gewusst, was Leonie in Tom Kröber und seinen Baumskulpturen gesehen hätte. Wie oft hatte sie einen ganz anderen Blick auf Menschen gehabt als er; nicht nur, weil sie ein Herz für Verlierer hatte, sondern weil sie nicht wie ein Polizist in Kategorien wie schuldig oder unschuldig, gut oder böse dachte. Manchmal war es vorgekommen, dass sie Schüler, denen sie als Sozialarbeiterin zur Seite stehen sollte, für ein paar Tage zu sich in ihr Haus geholt hatte, um ihnen ganz einfache Dinge beizubringen: gemeinsam einen Tisch zu decken, etwas zu kochen, eine Hose zu bügeln oder einfach zu reden und dem anderen zuzuhören. Dinge, die offenbar vielen Kindern an ihrer Schule niemals beigebracht worden waren und die viel wichtiger waren als englische Vokabeln zu beherrschen oder eine mathematische Formel aufsagen zu können. Wenn die Kinder dann erfuhren, dass Leonie mit einem Polizisten zusammenlebte, waren sie immer höchst erschrocken gewesen.

Mehler kam ins Zimmer. Er grüßte kurz und gab Brasch mit den Augen zu verstehen, dass er nichts von dem, was sie am Telefon besprochen hatten, erwähnen würde. Dann wandte er sich an Pia. »Was hat Humpe gesagt?«

»Dass die Frau aus dem Hotel ertrunken ist und Spuren von Kohle an den Fingern hatte.«

»Wo kommt man heute noch mit Kohlen in Berührung? In einem Nobelhotel bestimmt nicht. Hat nicht diese Dänin mit Kohle gezeichnet?«

Manchmal war Brasch verblüfft, wie schnell Mehler auf dieselben Gedanken kam wie er.

Brasch nickte. »Wir müssen Britt Holgerson noch einmal vernehmen, und wir müssen uns Tom Kröbers Haus ansehen.«

»Ich schicke Amelie zu Kröbers Bruchbude, und die Dänin bestelle ich für den Nachmittag ein, nachdem wir Kröber verhört haben«, sagte Pia.

Brasch glaubte eine Zuversicht in ihrer Stimme zu hören, die ihm gut tat. Pia klang, als sei sie sicher, dass sie den Fall gelöst hatten. Für einen kurzen Moment dachte er an seinen Vater. Vielleicht war es gar nicht so ungewöhnlich, dass man eine Krankheit, die heimlich in einem wütete, gar nicht wahrhaben wollte.

Mehler rief den Wachdienst an, damit man Tom Kröber in einer halben Stunde vorführte, dann bereitete er mit Pia das Verhör vor. Er stellte den Recorder bereit, und er formulierte die wichtigsten Fragen, die sie Kröber stellen mussten, und schrieb sie auf.

»Die Waffe«, sagte Brasch. »Wo hat Tom Kröber die Waffe? Warum hat er das Wasser in der Badewanne laufen lassen? Und warum hat er bei Theresa Haas angerufen, um sich gewissermaßen für die Tat zu entschuldigen?« Allmählich wichen seine Zweifel; möglicherweise war Kröber doch verzweifelt und wütend genug gewesen, um einen Mord zu begehen.

»Vor allem müssen wir seine Kleidung sicherstellen.« Pia ging ans Telefon und rief Amelie Kramer an. »Vielleicht lassen sich noch Schmauchspuren und Blutflecken nachweisen.«

Wenn sie keinen Fehler machten und die richtige Taktik einschlugen, konnte das Verhör ein Erfolg werden. Mehler legte ein gerahmtes Kinderfoto vor sich auf den Tisch: das schöne, lockenköpfige Kind des toten Zimmermädchens, das einen großen gelben Stoffbären im Arm trug.

»Ich war heute Morgen bei der Mutter der Toten«, erklärte er beinahe entschuldigend, als Brasch das Bild in die Hand nahm. »Wollte eigentlich nur sehen, ob sie betrunken war. Stocknüchtern war die Alte, aber ziemlich unfreundlich. Das Foto habe ich mir nur ausgeliehen.«

Brasch lächelte; wahrscheinlich wusste die alte Frau Haas gar nicht, dass Mehler das Bild mitgenommen hatte.

Als die Tür geöffnet wurde und zwei Polizisten Tom Kröber in das Zimmer schoben, ahnte Brasch, dass all ihre Hoffnungen auf ein schnelles Geständnis vergebens waren. Kröber war an den Händen gefesselt und schien nach seiner Verhaftung keinen Schlaf mehr gefunden zu haben; er ging gebeugt, mit eingezogenen Schultern und richtete seinen Blick sofort zum Fenster, um niemanden ansehen zu müssen. Brasch rückte ihm einen Stuhl zurecht und nahm ihm die Handschellen ab. Dabei schauten sie sich kurz in die Augen, und Brasch erfasste ein Gefühl, das er noch nie in der Gegenwart eines Verdächtigen gehabt hatte. Sie hätten Freunde, zumindest gute Bekannte sein können, wenn sie sich unter anderen Umständen kennen gelernt hätten, etwa auf einer Ausstellung, zu der Leonie ihn geschleppt hätte. Brasch hätte über Kröbers scheinbar lässige, provozierende Art hinweggesehen, und sie hätten über Bäume gesprochen, über Skulpturen und Boote, die man aus Baumstämmen bauen und mit denen man den Rhein hinauffahren konnte.

Mehler schaltete den Recorder ein. Dann stellte er seine

ersten Fragen. »Warum sind Sie in das Hotel gegangen? Was genau wollten Sie von Ihrem Vater?«

Brasch beobachtete Kröber von der Seite. Tiefe Falten liefen um seine Augen und verrieten sein wahres Alter. Seinem Haar sah man deutlich an, dass er oder eine Person, die wenig davon verstand, daran herumgeschnitten hatte. Manchmal, während Mehler weiterfragte, zogen sich seine Wangenmuskeln zusammen, und Brasch konnte sehen, wie es in ihm arbeitete, aber die Anspannung schien tief in ihn hineinzuweisen und nicht aus ihm heraus.

Mehler ging um den Schreibtisch herum und baute sich vor Tom Kröber auf. Er ballte die Fäuste, als wollte er ihn ins Gesicht schlagen, dabei neigte er nicht dazu, in einem Verhör die Nerven zu verlieren.

»Herr Kröber«, sagte er. »Wir haben eins Ihrer Haare eindeutig identifiziert. Sie sind in dem Hotelzimmer gewesen und haben Ihren Vater aufgesucht. Daran besteht kein Zweifel. Außerdem sind Sie gesehen worden. Wir haben Zeugen; Zeugen, die Sie schwer belasten.«

Kröber wirkte unbeeindruckt. Er wandte nur einmal leicht den Kopf, als würde ihm etwas den Blick verstellen. Ansonsten schien er ganz mit sich allein zu sein.

Mehler kehrte zum Schreibtisch zurück und griff nach dem gerahmten Kinderfoto. So schnell also wollte er seinen angeblich besten Trumpf ausspielen.

»Ihre Freundin«, sagte Brasch leise und schob sich näher an Kröber heran, »glaubt nicht, dass Sie schuldig sind. Kyra ist ganz verzweifelt, dass wir Sie hier festhalten. Sie ist zu Ihrem Haus gefahren, hat die paar Gramm Marihuana, die sie da gebunkert hatte, geholt und überlegt seitdem verzweifelt, was sie tun kann, um Sie zu retten. Eines ist sicher: Wenn das mit Kyra so weitergeht, kann sie nicht mehr auftreten und muss ihre Karriere an den Nagel hängen. Ich kann verstehen, dass Sie nicht mit uns reden wollen, aber Sie sollten wenigstens ein Wort für Kyra übrig haben. Was sollen wir ihr sagen, wenn sie wieder hier im Präsidium auftaucht und Krach schlägt?«

Für ein paar Momente war es vollkommen still, als Brasch aufhörte zu sprechen. Er wandte sich von Kröber ab und schritt zum Fenster. Grelles Sonnenlicht flutete herein. Brasch sah in der Ferne zwei Züge, die aufeinander zurasten. Gleich werden sie zusammenstoßen, dachte er, die große Katastrophe, doch natürlich glitten sie auf zwei verschiedenen Gleisen aneinander vorbei.

»Ich will gar nicht gerettet werden.« Kröbers Stimme klang heiser, wie bei jemandem, dem lange kein Laut mehr über die Lippen gekommen war. »Alle haben mich immer retten und auf den richtigen Weg bringen wollen, meine Mutter, sogar mein Vater und nun auch Kyra. Sie sollen mich in Ruhe lassen. Ich will ihre Hilfe nicht.«

Brasch drehte sich um. »Doch«, sagte er, »Sie wollen ihre Hilfe.« Kröber hatte sein Schweigen aufgegeben; nun hing er am Haken. »Sie haben Ihrem Vater aufgelauert. Sie sind ihm nachgelaufen, weil Sie Hilfe von ihm wollten. Irgendwelche Leute sind Ihnen auf den Fersen; sie wollen ihr Geld zurück, eine Menge Geld, und diese Leute sind nicht zimperlich, wenn jemand seine Schulden nicht bezahlen kann. Aber leider hat Ihr Vater nein gesagt. ›Von mir‹, hat er gesagt, ›kannst du kein Geld bekommen. Ich habe meine eigenen Sorgen. Frage deine Mutter oder gehe arbeiten, tue endlich einmal etwas Vernünftiges.‹ Kein Wunder, dass Sie wütend wurden.«

»Nein!« Kröber schüttelte den Kopf und lächelte gequält. »Sie haben ja keine Ahnung.« Seine blauen Augen taxierten Brasch beinahe heiter. »Sie sind ein Dichter. Aus ein paar Dingen reimen Sie sich da etwas zusammen.«

Den dumpfen Klingelton konnte Brasch nicht sofort orten. Verwirrt blickte er sich um, dann begriff er, dass in seiner Tasche das Mobilfon aufdringlich läutete. Als er den Apparat hervorzog und abschalten wollte, fiel ihm seine Mutter ein, die in der Eifel auf ihn wartete. Während Pia ihn fragend anblickte, warum er ausgerechnet an dieser Stelle des Verhörs ein Gespräch annehmen konnte, meldete er sich.

»Er ist weg. Ist einfach aus dem Krankenhaus verschwunden.« Die Stimme der Mutter klang klein und ängstlich. »Niemand hat ihn gesehen. Er hat sich einen Pullover und eine Hose über seinen Schlafanzug gezogen und ist weggelaufen.«

»Beruhige dich.« Brasch fühlte, dass Pia und selbst Tom Kröber ihn erstaunt und teilnahmsvoll anblickten. »Weit kann er nicht sein. Vielleicht braucht er nur etwas Zeit zum Nachdenken.«

»Ich kenne deinen Vater gar nicht mehr. Als hätte er auch eine Krankheit im Kopf. Er redet mit sich selbst, er macht Dinge, die niemand mehr versteht. Glaubst du, dass er sich etwas antun will?«

»Nein, das glaube ich nicht.« Brasch nickte Mehler düster zu und ging in sein Büro hinüber, an Amelie Kramer vorbei, die zwei Kaffeetassen in der Hand hielt und ihn irritiert anblickte. »Aber so eine Krankheit kann jeden in eine große Verwirrung stürzen. Ich mache mich sofort auf den Weg, dann suchen wir gemeinsam nach ihm.«

Sein Trost war vergeblich. Er hörte, wie die Mutter tief einatmete. Ein Leiden lag in diesem einen langen Atemzug, das nicht erst seit ein paar Tagen währte, sondern vielleicht schon ein halbes Leben.

»Ich halte diesen Kummer nicht mehr aus«, sagte sie. Einen Moment später legte sie auf.

»Was ist passiert?« Mehler hatte das Verhör nicht fortgeführt; er stand in der Tür und schaute ihn besorgt an.

»Mein Vater ...«, erwiderte Brasch. »Er ist aus dem Krankenhaus abgehauen.« Seine Wunde im Gesicht schmerzte ihn wieder, und auch die tiefe Müdigkeit, die er in der Nacht gespürt hatte, war mit einem Schlag zurückgekehrt. Aus dem Nebenzimmer drang eine angespannte Stille herüber. Niemand hatte dort, seit Brasch den Raum verlassen hatte, ein Wort gesagt; es war, als wäre Kröbers Befragung plötzlich nebensächlich geworden.

»Du solltest keine Zeit verlieren«, sagte Mehler. Dann lächelte er ihn aufmunternd an. »Mach dir wenigstens um uns keine Gedanken. Wenn du zurückkommst, liegt Kröbers sauber abgetipptes Geständnis auf deinem Schreibtisch.«

15

Grelles, heiteres Sommerlicht lag über der Stadt. Das Licht log. Brasch setzte eine Sonnenbrille auf, bevor er seinen Wagen startete. Er dachte an seinen kranken Vater, der wahrscheinlich irgendwo durch den Wald irrte, und dann, als wäre das eine Art Rettung, flohen seine Gedanken zu Leonie. Ein paar freundliche Worte aus ihrem Mund hätten ihm gut getan, aber wenn er sie nun anrief, hätte sie ihm wahrscheinlich nur Vorwürfe gemacht, dass er nicht schon gestern in die Eifel gefahren war und sich um seinen Vater gekümmert hatte. Manche Fehler begeht man eben mehrmals, hätte sie ihm gesagt und ihn allein mit dem Klang ihrer Stimme, ohne ein Wort darüber zu verlieren, daran erinnert, dass er nach ihrer Fehlgeburt auch nicht für sie da gewesen war.

Als sein Telefon wieder klingelte, hoffte er für einen Moment, dass alles ein Irrtum gewesen war. Scin Vater hatte sich im Krankenhaus verlaufen, war in einer momentanen Verwirrung auf eine andere Station geraten, die mit dem neuen Patienten nicht sofort etwas anzufangen gewusst hatte.

»Herr Kommissar?«, sagte eine fremde, weit entfernt klingende Stimme. »Sie ist wieder da. Ich habe die Pistole wiedergefunden.«

»Welche Pistole?« Brasch war nicht sofort im Bilde.

»O verzeihen Sie! Ich bin ein wenig aufgeregt. Anna Kröber spricht hier.« Die Stimme zögerte einen Moment. »Sie haben doch meine Pistole sehen wollen. Nun, ich hatte sie verlegt, sie lag im Schlafzimmer, in einer Schublade unter meinen Handtüchern.«

»Ich lasse die Pistole abholen«, sagte Brasch. Er bezweifelte, dass sie damit die Tatwaffe gefunden hatten. »Heute Nachmittag kommt jemand vorbei.«

»Wäre es Ihnen nicht möglich, sofort zu kommen?«, fragte Anna Kröber zaghaft. »Ich fühle mich unwohl. Ehrlich gesagt, möchte ich die Pistole nicht länger im Haus haben. Obschon ich nicht glaube ...« Sie sprach nicht aus, was sie nicht glaubte.

Marienburg lag im Süden von Köln; ein kleiner Umweg würde ihn höchstens zehn Minuten kosten.

»Also gut«, sagte Brasch. »Ich bin in ein paar Minuten bei Ihnen.«

War Tom Kröber wirklich so kühl berechnend gewesen, dass er die Pistole entwendet hatte, um sie dann nach der Tat zurückzubringen und seine Mutter zu belasten? Brasch hatte den jungen Kröber bisher anders eingeschätzt. Allerdings hatten sie einige Dinge noch nicht ausreichend recherchiert. Besaß er einen Schlüssel zum Haus seiner Mutter, so dass er ungehindert kommen und gehen konnte? Und vielleicht hatte er ihnen auch etwas vorgemacht, als er so freundlich über seine Mutter gesprochen hatte.

Anna Kröber stand am Fenster und nickte ihm zu. Brasch steuerte seinen Wagen in die Einfahrt hinein. Niemand war auf der Straße zu sehen. Wer in Marienburg wohnte, musste entweder achtzig Stunden in der Woche arbeiten, oder er schien wie Anna Kröber alle Zeit der Welt zu haben.

»Schön, dass Sie sofort kommen konnten.« Sie blickte ihm ins Gesicht, schien seine Wunde zu taxieren und breitete dann ihre Arme aus, ganz wieder die fürsorgliche Großmutter, die Brasch bei ihrem Auftritt im Domhotel erlebt hatte. Es roch nach frischem Kaffee. Brasch begann ernste Befürchtungen zu hegen, dass Anna Kröber sich auf einen längeren Besuch eingestellt hatte.

»Ich bin leider sehr in Eile«, sagte er und machte einen zögerlichen Schritt in das Haus hinein. »Ein wichtiger privater Termin«, fügte er hinzu.

Doch auch Anna Kröber beherrschte die Kunst, unliebsame Dinge zu überhören. »Warum ist mein Sohn verhaftet worden? Die Polizei glaubt doch nicht ernsthaft, dass er zu einem Mord fähig ist?«

»Wir haben Spuren gefunden, die eindeutig beweisen, dass Ihr Sohn seinen Vater im Domhotel aufgesucht hat.«

Anna Kröber schloss die Tür hinter ihm. Es war erstaunlich kühl im Haus, so, als könnte man hier, hinter dicken Mauern, alle Jahreszeiten aussperren. »Sie machen einen Fehler«, sagte sie und schritt an ihrer Küche vorbei in einen Raum, den Brasch bei seinem ersten Besuch nicht betreten hatte.

Das Wohnzimmer war so riesig, dass der Platz bequem für eine vierköpfige Familie ausgereicht hätte. Zuerst sah Brasch eine große Fotografie von R. A. Kröber, dem ein wesentlich jüngerer Verleger Böhler ein goldenes Buch überreichte. Dann fiel sein Blick auf eine lange Bücherwand und davor auf eine Kaffeetafel, die für zwei Personen festlich gedeckt war. Alles machte den Eindruck, als hätte Anna Kröber ihn schon länger erwartet.

»Ich möchte wissen, was die Ermittlungen gegen meinen Sohn ergeben haben«, erklärte sie und forderte Brasch mit einer eindeutigen Geste auf, sich zu setzen. Nun war jede Freundlichkeit von ihr abgefallen. Für einen Moment kam Brasch sich wie ein Dienstbote vor, den die Hausherrin wegen einer Unbotmäßigkeit zur Rede stellen wollte.

Er ging über einen braunen, rot gemusterten Teppich, der wahrscheinlich mehr als ein Mittelklassewagen wert war, zu dem Tisch hinüber, ohne sich dort allerdings zu setzen. Sogar eine weiße Kerze brannte einladend, und Servietten mit den Initialen RAK lagen bereit. Brasch spürte, dass er wütend wurde. »Sie wollten mir die Pistole geben«, sagte er. »Oder war Ihr Anruf nur ein Vorwand, um mich hierher zu locken?«

»Ich habe unseren Anwalt bereits unterrichtet, damit er sich um Tom kümmert.« In Anna Kröbers Stimme blitzte blanker Stahl auf. »Er kennt viele Leute in der Stadt, den Oberbürgermeister, den Polizeipräsidenten. Außerdem war er acht Jahre lang Abgeordneter im Bundestag.«

»Meinen Glückwunsch. Da scheinen Sie ja den richtigen Mann engagiert zu haben.« Brasch neigte spöttisch den Kopf. Drohungen hatten ihn noch nie beeindruckt. »Aber ich bin nicht gekommen, um mit Ihnen über die Festnahme Ihres Sohnes zu diskutieren. Geben Sie mir die Pistole! Vielleicht lässt es sich einrichten, dass Sie Ihren Sohn in den nächsten Tagen besuchen können.«

Anna Kröber verzog das Gesicht. Zorn spiegelte sich in ihren Augen. Man brauchte wenig Phantasie, um sich vorzustellen, dass sie auch eine andere Rolle als die sanftmütige Großmutter beherrschte. Dann schien sie sich jedoch zu besinnen. »Also gut«, sagte sie mit einem Seufzen und bedeutete Brasch noch einmal, Platz zu nehmen. »Ich will Ihre Ermittlungen nicht behindern. In ein paar Tagen müssen Sie meinen Sohn ohnehin freilassen. Dann werden Sie Ihren Irrtum öffentlich eingestehen und sich bei uns allen entschuldigen.« Sie ging an Brasch vorbei zur Tür. »Trinken Sie wenigstens eine Tasse Kaffee. Die Pistole liegt oben in meinem Schlafzimmer. Es dauert einen Moment.«

Brasch schaute ihr nach, wie sie in der Diele verschwand. Er trat an das Foto von Kröber heran. Das Buch, das Böhler ihm mit großer Geste übergab, war offenbar eine besondere Trophäe, so eine Art goldene Schallplatte, eine Auszeichnung für eine Million verkaufter Bücher. R. A. Kröber lächelte genauso unsicher und verkniffen wie auf vielen anderen Fotos, die Brasch bisher von ihm gesehen hatte. Als hätte er sich nie in seiner Rolle wohl gefühlt, ging es Brasch durch den Kopf. Aber vielleicht erinnerten ihn solche Momente vor allem daran, dass er ein Hochstapler war, dass er zumindest seinen ersten Roman, der seinen großen Erfolg begründete, gar nicht selbst geschrieben hatte.

Aus den Augenwinkeln bemerkte Brasch einen gusseisernen Ofen, ein wuchtiges, antikes Ungetüm, das in einer Ecke des Zimmers stand. Als er die Ofentür öffnete, nahm er überrascht den Geruch von verbrannten Kohlen wahr. Mit einem Finger strich er vorsichtig durch die Asche. Deutlich waren die groben Reste von Kohlen und Briketts zu erkennen. Der Ofen war kein Museumsstück, das ein gut bürgerliches Wohnzimmer schmückte, sondern vollkommen intakt.

Sie heizt mit Kohle, dachte Brasch voller Staunen. Im tiefsten Winter, wenn es durch ihre Zentralheizung in ihrem alten Gemäuer nicht richtig warm wird, schickt Anna Kröber ihre russische Putzfrau in den Keller, damit sie Kohlen heraufholt.

Ihm stockte beinahe der Atem bei dieser Erkenntnis. Mit ein paar Schritten war er in der Diele und lauschte in das Haus hinein, ohne ein Geräusch zu hören. Dann ging er lautlos die Kellertreppe hinunter. Kohlen lagerte man nicht in der Garage oder im Gartenhaus. Er schaltete das Licht an und eilte einen sauberen, gefliesten Gang entlang. Die Türen waren nicht verschlossen, oder wenn, dann steckte der Schlüssel außen im Schloss. Im ersten Raum wurden Bücher und Aktenordner aufbewahrt. Im zweiten befand sich die Waschküche mit der Zentralheizung, und im dritten entdeckte er in offenen Regalen verschiedene Vorräte: Konserven, Weinflaschen und eingemachte Früchte. Anna Kröber führte einen ordentlichen Haushalt. Brasch ahnte, dass ihn erst die letzte Tür zum Ziel führen würde. In dem Raum am Ende des Ganges standen rostige Fahrräder, Möbel, die offenkundig niemand mehr brauchte, und eine Unmenge Kartons, doch auf der gegenüberliegenden Seite war halb verdeckt eine weitere Tür zu sehen. Hierhin schien der weite Arm der Hausfrau nicht zu reichen. Der Boden war schmutzig, Spinnweben hingen in den Ecken. Zwei billige Kellerlampen verteilten lediglich ein spärliches Licht. Dinge, die hier abgestellt waren, würden so schnell nicht mehr ans Tageslicht gelangen.

Brasch öffnete eine schwere Eisentür, die knarrte, als würde sie aus einem anderen Jahrhundert stammen, und drehte an dem altmodischen Lichtschalter, der sich außen in Augenhöhe befand. Vier schmale, unebene Stufen führten in einen Raum hinunter, der beinahe einem Verlies glich. Unverputztes, grobes Mauerwerk war zu erkennen und ein sandiger Boden. Brasch kannte ähnliche Lehmkeller aus der Eifel. In Häusern, die reiche Kaufleute vor weit mehr als hundert Jahren erbaut hatten, wurden in solchen Kammern Vorräte gelagert, vor allem Kartoffeln, Äpfel und Birnen.

Der Raum war fast leer. Es roch muffig und feucht. In einer Ecke lagen Kohlen und ein paar achtlos hingeworfene Holzkisten. Neben dem Kohlenhaufen war ein seltsames Metallgestänge angebracht: ein Lastenaufzug, der anscheinend nachträglich eingebaut worden war, damit man die Kohlen leichter in den Keller befördern konnte.

Brasch war sicher, dass er den Ort gefunden hatte, an dem Theresa Haas eingesperrt gewesen war, bevor Anna Kröber sie in den Rhein geworfen hatte. Ein perfektes Versteck, um eine betäubte Frau für eine Weile aus dem Verkehr zu ziehen. Die Spurensicherung würde nicht mehr als zwei Stunden benötigen, um eindeutige Beweise zu finden.

Sie hatten sich geirrt. Tom Kröber verhielt sich nicht so seltsam, weil er selbst im Hotel gewesen war, sondern weil er genau wusste, wer seinen Vater getötet hatte: seine Mutter.

»Sie sind zu leichtsinnig«, sagte eine Stimme hinter Brasch. »Und viel zu neugierig.«

Brasch wandte sich langsam um. Anna Kröber hielt eine Pistole in der Hand. Die düstere Mündung schaute ihn beinahe mitleidig an.

»Sie brauchen keinen Gedanken an Flucht zu verschwenden. Die Pistole ist geladen und entsichert.« Ihre Stimme kam stockend, aber ein Blick in ihre Augen verriet Brasch, dass sie jedes Wort ernst meinte. Er hatte einen groben Fehler begangen und war einer Spur gefolgt, der er niemals allein hätte folgen dürfen.

»Tun Sie mir einen Gefallen«, fuhr Anna Kröber fort und verlieh ihrer Stimme sogar einen höflichen, bittenden Tonfall. »Ziehen Sie Ihre Jacke aus, und werfen Sie sie vor mir auf den Boden.«

Vorsichtig streifte Brasch sein dünnes Jackett ab und ließ es vor sich auf den Boden fallen.

»Drehen Sie sich nun langsam um.« Brasch spürte, dass Anna Kröber einen Schritt näher kam, aber noch hielt sie sich außerhalb seiner Reichweite. Die Pistole blieb auf ihn gerichtet.

»Sie tragen keine Waffe?«, fragte sie beinahe verwundert.

»Nein«, sagte Brasch. »Ich habe keine Waffe bei mir.« Er starrte in den Lehmkeller.

»Und Ihr Autoschlüssel?« Er bemerkte, dass sie sich blitzschnell vorbeugte und seine Jacke nahm. Wenn das seine Gelegenheit gewesen war, sich auf sie zu stürzen, so hatte er sie verpasst.

Brasch spürte, wie ihm der Schweiß ausbrach. Breite Tropfen, die aus dem Nichts entstanden waren, liefen seinen Rücken hinunter, als hätte sein Körper vor seinem Verstand begriffen, in welcher Gefahr er schwebte.

Anna Kröber zog seinen Autoschlüssel und sein Telefon aus der Jacketttasche hervor. »Gut«, flüsterte sie vor sich hin. »Da hätten wir ja die wichtigsten Dinge beieinander.«

Er versuchte nachzudenken. Eine geniale Idee musste her, sonst war er in diesem Keller verloren. Wenn er sich herumdrehte und sie angriff, riskierte er, eine Kugel in den Kopf zu bekommen. Vielleicht sollte er reden, irgendetwas anbieten ... Mehler säße im Auto und wartete auf ihn, könnte er behaupten, aber nein, sie hatte ganz genau gesehen, dass er allein gewesen war.

»Gehen Sie die erste Stufe hinunter«, sagte Anna Kröber. Nun klang sie wie eine strenge, unerschütterliche Lehrerin, die genau wusste, was gut und schlecht für ihre Zöglinge war.

Brasch blickte in den düsteren unwirklichen Lehmkeller. Er hatte seinen rechten Fuß kaum gehoben, da spürte er schon, wie ihr Arm mit der Pistole auf ihn herabraste. Für eine alte Frau hatte Anna Kröber erstaunlich viel Kraft. Der Pistolengriff traf ihn schmerzhaft auf dem rechten Schlüsselbein. Brasch sackte zusammen und versuchte mit aller Mühe das Gleichgewicht zu halten, als ihn ein schwerer Tritt in den Rücken traf. Wie in Zeitlupe, aber unaufhaltsam kippte er nach vorn. Ihm gelang es noch, seine Arme hochzureißen, bevor er mit dem Kopf voraus die Treppe hinunterfiel.

Durch all die Schmerzen, die spitz und grell durch ihn hindurch rasten, als wären sie nichts als sich plötzlich entladende elektrische Schwingungen, dachte Brasch einen ganz langsamen, lächerlichen Gedanken: Sie hat Übung darin, hier jemanden herunterzustoßen. Das hat sie ja schon einmal gemacht.

Dann umfing ihn totale Dunkelheit.

16

Brasch hörte den Schmerz in seinem Kopf, ein dumpfes, hohles Pochen. Sehen konnte er nichts. Es machte keinen Unterschied, ob er die Augen öffnete oder schloss. Nicht einmal ein zartes Flimmern von Licht war zu erkennen. Er befand sich in der absoluten Finsternis. Im hintersten Winkel des Universums hätte es nicht dunkler sein können.

Als er die Knie anzog und ein Stück nach vorne kroch, spürte er die grellen Schmerzen in seinem Schlüsselbein. Ansonsten war ihm beim Sturz nichts passiert. Nicht einmal die Wunde in seinem Gesicht war wieder aufgebrochen. Er musste unterhalb der Treppe im Sand liegen. Er versuchte sich ein Bild zu machen. Wie hatte der Lehmkeller ausgesehen, als er von der Tür hinuntergeblickt hatte? Er sah die schmale grobe Treppe vor sich, vier Stufen bis zu dem unebenen Sandboden, und da waren die Holzkisten gewesen, dahinter der Haufen Kohle und links davon das Gestänge für den Lastenaufzug. Die Plattform aber hatte er nicht gesehen, was bedeutete, dass der Aufzug hochgefahren sein musste. Und in der anderen Ecke? Er erinnerte sich nicht. Die andere Ecke hatte er nicht wirklich wahrgenommen. Hatten da nicht zwei graue Wolldecken gelegen, davor drei grüne Plastikeimer und ein paar Holzklötze?

Langsam und unter heftigen Schmerzen richtete Brasch sich auf. Er streckte seine Hände in die Leere vor sich, ohne etwas zu ertasten, und lauschte. Wie ein Blinder stand er da. Nein, er war kein Blinder. Blinde wussten sich selbst in einem Raum zu bewegen, den sie nicht kannten. Er war ein Sehender, der nichts sah. Das war ein gewaltiger Unterschied. Die Dunkelheit machte ihn hilflos und wütend. Am liebsten hätte er lauthals geschrien. Wohin sollte er sich wenden? Wenn er ehrlich war, hatte er schon die Orientierung verloren und wusste nicht einmal mehr, wo sich die Treppe und die Tür befanden.

Er tappte durch die undurchdringliche Schwärze, bewegte sich wie in Zeitlupe, als wäre er auf einen Planeten geraten, auf dem eine weitaus stärkere Schwerkraft galt. Bevor er einen Fuß auf den Boden setzte, ließ er sein Bein vorsichtig in der Luft kreisen, aber seine Vorsicht half ihm wenig. Als er gegen eine Holzkiste stieß, geriet er ins Straucheln und musste sich mit den Händen abstützen, um nicht zu stürzen. Dann endlich, nach unzähligen ungelenken Schritten durch die Dunkelheit, hatte er die Treppe wiedergefunden. Langsam setzte er einen Schritt vor den anderen, hatte jedoch in jeder Sekunde das Gefühl, gleich wieder den Boden unter den Füßen zu verlieren, wie ein Seiltänzer, der in tiefster Nacht über sein Hochseil balancierte.

Es war ein erster Erfolg, dass er ohne einen Sturz die Treppe hinaufstieg und die Türklinke ertastete. Kalt und feindselig lag sie in seiner Hand. Brasch wusste, dass nichts geschehen würde, als er sie herunterdrückte; trotzdem war er für einen Moment enttäuscht, weil die Tür sich nicht öffnen ließ. Er atmete tief durch, schloss die Augen und öffnete sie wieder. Kein noch so winziges Licht drang durch die Fugen zwischen Tür und Rahmen. Als dürfte ihnen nichts entgehen, glitten seine Hände an der Tür entlang. Sie hatte sich nach innen, in den Raum hinein geöffnet; das mochte die Angelegenheit schwieriger machen, aber gab es eine Tür, die sich nicht aufbrechen ließ?

Brasch ertastete nichts, keine wirkliche Fuge, es war, als hätte er es mit einer Hochsicherheitstür zu tun.

Dreimal warf er sich gegen die Tür, doch beim vierten Versuch wagte er sich zu weit zurück und stürzte erneut die Treppe hinunter.

Erst da, während neue Schmerzen durch seinen Körper pulsierten, kam allmählich die Erkenntnis: Er war in der Dunkelheit eingeschlossen, wie ein Bergmann, der allein in seinem Stollen zurückgeblieben war, Meilen von der nächsten menschlichen Stimme entfernt.

Brasch kroch zu der untersten Treppenstufe zurück und setzte sich. Er würde die Tür nicht aufbrechen können, und wenn, dann würde er so viel Lärm verursachen, dass er Anna Kröber noch in ihrem Schlafzimmer aufschreckte. Er stellte sich vor, dass sie ängstlich, mit der Pistole in der Hand hinter der Tür darauf wartete, was er unternahm. Nein, sie wusste, dass sie ihn außer Gefecht gesetzt hatte. Sie würde den Autoschlüssel nehmen und seinen Wagen in ihre Garage fahren oder ihn irgendwo in der Stadt abstellen, wo man ihn nicht so leicht finden würde. Vielleicht würde sie sogar im Polizeipräsidium anrufen und dabei erfahren, dass Hauptkommissar Matthias Brasch sich abgemeldet hatte, um seinen kranken Vater in der Eifel zu besuchen.

Er hatte niemandem gesagt, dass er zu ihr fahren und ihre Pistole holen würde. Niemand würde ihn hier suchen. Nur seine Mutter würde auf ihn warten, verzweifelt darüber, dass er nicht auftauchte. Die Arbeit, würde sie denken, mein Sohn ist ein guter, pflichtbewusster Polizist, die Arbeit hat ihn aufgehalten. Sie wusste längst, dass die Arbeit vor der Familie kam, und würde ihm vielleicht nicht einmal Vorwürfe machen.

Brasch erhob sich wieder. Verzweiflung, Mutlosigkeit, weil er in der Falle saß, brachten ihn jetzt nicht weiter. Er presste seine Hände auf seine Augen und ließ sie schlagartig wieder los. Er wollte etwas sehen, eine winzige Spur von Licht. Wo war die Lampe in diesem verdammten Loch? Der Schalter hatte sich zwar außen neben der Tür befunden, aber vielleicht gab es irgendwie eine andere Möglichkeit, sie anzuschalten. Mit hoch erhobenen Händen stakste er durch den Raum. Wieder streifte er eine Holzkiste, taumelte und sank auf die Kohlen. Dann, während er den staubigen, trockenen Geruch der Kohlen einatmete, fiel ihm der Aufzug ein.

Der schmale Lastenaufzug, den man nachträglich für die Kohlen eingebaut hatte, war die Lösung. Wenn Brasch es schaffte, die Plattform herabzuziehen, könnte er möglicherweise an dem Gestänge hochklettern und dann ... dann würde er zumindest den Lehmkeller verlassen, ohne allerdings zu wissen, wohin er gelangte, aber diese Frage war zunächst zweitrangig.

Auf allen vieren kroch er weiter. Hatte sich der Fahrstuhl nicht ein Stück links von den Kohlen befunden? Wenn er wenigstens einen Stock gehabt hätte, irgendeinen Gegenstand, mit dem er seinen Weg durch die Dunkelheit ertasten konnte!

Brasch hatte keine Ahnung, ob er im Kreis herumkroch,

während er versuchte, den Fahrstuhl zu finden. Einmal schlug er mit dem Kopf gegen die unverputzte Wand des Kellers, und wenig später geriet er mit dem Ballen seiner rechten Hand auf eine Scherbe und verletzte sich. Mit der Zunge, wie ein angeschossenes Tier, säuberte er die Wunde. Schließlich, als er sich mühsam herumdrehte, weil seine Schulter immer heftiger schmerzte, trat sein linkes Bein gegen eine Eisenstange. Er hätte fast aufgeschrien vor Glück. Wie ein Bergsteiger, der sich nach anstrengendem Aufstieg die letzten Meter bis zum Gipfel hinaufhangelt, zog er sich an der Stange hoch. Erneut versuchte er sich zu orientieren. Ein Fahrstuhl wurde von mehreren Stahlseilen gehalten. Wenn er an dem richtigen Seil zerrte, konnte er es bei einem kleineren, altersschwachen Aufzug vielleicht schaffen, dass die Plattform Stück für Stück nach unten glitt. Allerdings musste er aufpassen, dass er keine Sperre löste und der Fahrstuhl nicht ungebremst zu Boden fiel.

Hoffnungsvoll bewegte Brasch sich nach vorn und suchte nach der zweiten Metallstütze. Dann, als er sie gefunden hatte, tastete er sich am Mauerwerk entlang, das hinter der Stange lag. Hier irgendwo musste der Antrieb des Fahrstuhls zu finden sein. Tatsächlich ertastete er zwei grobe Eisenketten. Er roch an seinen Händen. Ein schwacher Geruch von Rost ging von der Kette aus, wie bei einem Fahrradantrieb, den man lange nicht mehr geölt hatte. Brasch entschloss sich, an der ersten Kette zu zerren. Er umschloss sie mit beiden Händen, ignorierte den Schmerz in seiner Schulter und versuchte sie herabzuziehen, indem er sein ganzes Gewicht einsetzte. Doch außer einem kurzen metallischen Knirschen nahm er nichts wahr, kein weiteres Geräusch, keine noch so winzige Bewegung. Er versuchte es noch einmal, probierte es dann mit der zweiten Kette. Schweiß brach ihm aus, und er glaubte auch zu spüren, dass seine verletzte Hand wieder blutete. Einmal noch meinte er ein metallisches Knirschen zu hören, als hätte sich über ihm etwas bewegt, doch als er nach oben griff, glitten seine Hände ins Leere. Wahrscheinlich hatte sich die Plattform über ihm keinen Millimeter vom Fleck gerührt. Brasch ging in die Hocke und atmete tief durch. So kam er nicht weiter. Er schwitzte, er war mit seinen Kräften beinahe am Ende, und er hatte keinen Tropfen Wasser bei sich. Wenn er die Nerven verlor und sich zu schnell verausgabte, dann musste Anna Kröber nichts tun; sie musste nur abwarten. Wie lange hielt es ein Mensch ohne Flüssigkeit aus? Einen Tag und eine Nacht? Zwei Tage? Aber bei Theresa Haas hatte sie auch nicht gewartet, bis die abgehärmte Frau in ihrem Keller verdurstet war. Jemanden in seinem Keller zu verstecken bedeutete ein Risiko, das kaum zu kalkulieren war.

Brasch überlegte, ob er um Hilfe schreien sollte. Würde man ihn hören, irgendein Nachbar, ein Passant auf der Straße? Die Chancen standen nahe bei null; der Keller lag höchstwahrscheinlich so tief, dass nicht einmal das lauteste Geräusch nach außen drang.

Er bewegte sich wieder durch die Dunkelheit, geriet auf den Kohlenhaufen und lehnte sich auf ihm gegen die Wand. In der hinteren Tasche seiner Jeans fand er zwei Pfefferminzbonbons. Er steckte eines in den Mund und lutschte es, als wäre es eine besondere Köstlichkeit. Zumindest hatte er das Gefühl, damit seinen Durst zu löschen.

Niemals in seinem Leben war er so sehr von Dunkelheit umgeben gewesen. Er saß in der Luftblase eines Schiffes, das längst untergegangen war und das unweigerlich, in dreitausend Meter Tiefe, dem Meeresgrund entgegentrieb. Plötzlich, ohne es selbst zu begreifen, schrie er Anna Kröbers Namen, schrie ihn immer wieder und wieder, bis er fremd und ohne Sinn in seinen Ohren glühte. Brasch war so wütend wie noch nie in seinem Leben. Er hatte gar nicht gewusst, dass man so viel Wut in sich haben konnte. Er hätte einen Mord begehen können, ja, er stellte sich mit einem mörderischen Vergnügen vor, Anna Kröber herbeizuzaubern, ihr seine Hände um den grauen, faltigen Hals zu legen und zuzudrücken, bis ihr die Augen aus dem Kopf traten und sie aufhörte zu atmen. Sie hatte R. A. Kröber getötet, weil er die Wahrheit sagen wollte, dass er gar nicht der große, erfolgreiche Schriftsteller war, den er aller Welt vorgespielt hatte. Für Anna Kröber musste ein solches Geständnis ein Unglück darstellen, das für sie noch härter war als die Scheidung vor ein paar Jahren. Brasch erinnerte sich daran, wie er mit ihr in dem Arbeitszimmer ihres Ex-Mannes gestanden hatte; wie eine Museumswächterin hütete sie seine Manuskripte und plante, seinen Ruhm noch zu vergrößern und in die Welt hinauszutragen, indem sie seine gesammelten Werke herausgab, als wäre er ein großer Literat, für dessen Romane man sich auch in hundert Jahren noch interessieren würde. Indem Kröber sich selbst als Betrüger entlarvte und selbst auslöschte, vernichtete er auch sie, die stolze Frau, die erst einen Schriftsteller aus ihm gemacht hatte.

Brasch nahm ein paar Kohlen und warf sie voller Zorn in die Richtung, in der er die Tür vermutete. Dass er die Mörderin und ihr Motiv gefunden hatte, nützte ihm nichts, nicht, wenn er in diesem verfluchten Lehmkeller vor die Hunde ging. Anna Kröber würde vor einem dritten Mord nicht zurückschrecken; es hatte ihr auch nichts ausgemacht, Theresa Haas Betäubungsmittel einzuflößen und sie dann irgendwo in den Rhein zu werfen. Wahrscheinlich würde der Lastenaufzug gute Dienste verrichten, wenn man eine Leiche abtransportieren wollte.

Ich muss mich beruhigen, dachte er und steckte sich das

letzte Pfefferminzbonbon in den Mund. Ich muss klar denken, meine Chancen abwägen. Wutanfälle brachten ihn nicht weiter. Er starrte in die Finsternis. Um hier Hilfe zu holen, hätte er schon über telepathische Kräfte verfügen müssen. Leonie glaubte an so etwas, an positive Energien, daran, dass man Dinge mit seinen Gedanken beeinflussen konnte. Brasch hatte sie stets dafür belächelt; er hatte vieles, an das sie glaubte, für Unsinn gehalten. Nun hätte er sie gerne mit seinen Gedanken herangerufen. Oder wenn sie ihm wenigstens durch irgendwelche Kanäle einen Rat hätte geben können. Wie verschwand man aus einem stockdunklen Keller, dessen einziger Ausgang eine eisenbeschlagene Tür war, die man nicht aufbrechen konnte?

Er schloss die Augen. Der helle, würzige Geschmack in seinem Mund ließ ihn an einen Sonnentag denken, an den Rhein, der glitzernd in Richtung Norden floss. Er stellte sich Musik vor, sanfte Klaviermusik, die ein wenig wie sprudelndes Wasser klang. Leonie hatte manchmal so gespielt, ganz selbstvergessen, allein mit sich und ein paar weißen und schwarzen Klaviertasten. Brasch spürte, dass er ruhiger wurde und ihn gleichzeitig Traurigkeit übermannte. Er öffnete die Augen wieder. Niemand besaß solche telepathischen Fähigkeiten, dass er einen Menschen aus einem tiefen Kellerloch heraus mit der Kraft seiner Gedanken anrufen konnte. Dann fiel ihm auf, dass er einen Fehler beging. Er musste in eine andere Richtung denken. Wenn er den Keller schon nicht verlassen konnte, dann musste er zumindest den Anschein erwecken, als hätte er sich in Luft aufgelöst. Er musste Anna Kröber verwirren. Sie war eine alte siebzigjährige Frau, kein professioneller Killer, dem sein Gewissen längst abhanden gekommen war. Auch sie war da in etwas hineingeraten, das sie so nicht gewollt hatte. Sie würde Angst haben, dass doch jemand vorbeikam und etwas bemerkte, Mehler oder vielleicht Kyra oder Böhler. Irgendwann würde sie die Geduld verlieren und einen Blick in den Keller werfen; sie würde nicht drei Wochen seelenruhig abwarten, dass ein Polizist in ihrem Haus verreckte. So gut waren ihre Nerven nicht. Wie ein Zauberer musste Brasch die Illusion seiner Flucht erschaffen. Wenn sie das Licht anschaltete und mit vorgehaltener Pistole die Tür öffnete, durfte er nicht zu sehen sein.

Dieser Gedanke verlieh ihm neue Kraft. Wo konnte er sich in dem Keller verstecken? Die Kohlen, dachte er, ich muss eine Art Iglu aus Kohlen bauen und mich hinter ihnen verbergen. Er begann sofort mit der Arbeit. So als wäre es nur Nacht, als würde es ihm plötzlich nichts mehr ausmachen, dass er nichts sehen konnte, grub er ein Loch in den Kohlenhaufen. Vorsichtig schichtete er die Kohle rechts und links von sich auf. Es dauerte nicht lange, da hatte er ein Stück Lehmboden freigelegt. Er schaufelte auch ein wenig Sand beiseite und hockte sich in die frische Grube. Sein Herz klopfte schwer, und in seinem Kopf dröhnte es wieder. Die Zunge in seinem Mund fühlte sich trocken und taub an. Er hätte einen halben Monatslohn für ein Glas Wasser gegeben. Nicht einmal ein Pfefferminz besaß er mehr. Erschöpft schloss er die Augen und lehnte sich vorsichtig gegen die Kohlen in seinem Rücken. Ein paar Kohlenstücke rollten herab, sonst geschah nichts. Der kleine Wall, den er blind und mit schmerzenden Händen aufgeschüttet hatte, hielt, aber Brasch hatte keine Ahnung, ob er hoch genug war, ob Anna Kröber ihn von der Tür aus nicht sofort entdecken und über seinen Versuch, sich zu verstecken, mitleidig lächeln würde. Plötzlich war es ihm auch gleichgültig. Er hörte sein Herz leise, immer leiser pochen, als würde es sich von ihm entfernen, wie ein Planet auf einer Umlaufbahn, die ihn von seinem Mutterstern davontrug. Er sank in eine

Dunkelheit hinein, die anders war als die Dunkelheit um ihn; es war eine Art innerer Dunkelheit, als hätte er ein Stück Nacht in sich, in die er nun müde und erschöpft hineinsank.

Sein Durst verging in der neuen Dunkelheit, wurde allmählich nebensächlich, genauso wie die Schmerzen in seinen Händen und seiner Schulter. Brasch dachte an Leonie, an ihr schwarzes Haar, auf dem manchmal die Sonne glänzte. Hatte sie nicht nach ihrer Fehlgeburt schwarze Bilder gemalt, so, als wäre auch sie durch den Verlust des Kindes in ihre eigene Nacht zurückgestoßen worden? Er begriff, dass sie niemals wieder zusammenkommen würden; die Hoffnung auf eine zweite Chance hatte er sich immer nur eingeredet. Selbst wenn er dieses Kellerloch lebend verlassen würde, wäre ihr gemeinsames Leben zu Ende. Er würde nie wieder ihre Haut riechen, nie wieder ihr langes Haar sanft beiseite schieben und seine Finger auf die warme, wunderschöne Stelle unter ihrem rechten Ohr legen. Ihre Geschichte war erzählt, und er musste einen neuen Anfang für sich finden. So etwas passierte jeden Tag, dass eine Liebesgeschichte zu Ende ging.

Brasch spürte, dass er in der Dunkelheit wehmütig lächelte. Was tat Leonie in diesem Augenblick? Er wusste es nicht. Sie saß in ihrem Haus, spielte Musik, ihr Hund schlief zu ihren Füßen, Tom Waits begann zu singen, und sie hatte eine heiße Tasse Kaffee vor sich und beugte still ihren Kopf vor, um den Duft einzuatmen, als stamme er von einer seltenen exotischen Blume. Ja, so stellte er sich Leonie in einem schönen alltäglichen Moment vor.

Plötzlich wandte Leonie den Kopf von der Tasse ab und schaute ihn an. Sie bedachte ihn mit einem Lächeln, das genauso wehmütig war wie seines. Danke, dass du endlich verstanden hast, sagte dieses Lächeln, ja, wir werden niemals wieder zusammen sein, aber es macht nichts, es war eine schöne Zeit.

Dann, als ihr Lächeln alles gesagt hatte, bewegte sich auch ihr Mund. Langsam und vorsichtig formte er einige tröstende Worte: »Was«, flüsterte ihr Mund, »was wünschst du dir jetzt?«

Brasch nickte. »Ich möchte sehen«, flüsterte er zurück, »ich möchte sehen, wie das erste Licht morgens das Land berührt.«

17

Als das Licht ansprang, reagierte Brasch nicht sofort. Wie festgefroren saß er da, der Kopf war ihm auf die Brust gesunken. Er wusste selbst nicht, ob er geschlafen hatte. Ihn fror, und er hatte furchtbaren Durst. Er bewegte seine Zunge und spürte, wie spröde und rissig seine Lippen waren. Der schrille Schmerz in seiner Schulter war in ein dumpfes, rhythmisches Pochen übergegangen.

Das Licht brauchte einige Momente, um sich im Raum auszubreiten, so schwach war es, kaum mehr als ein fahler gelblicher Schimmer. Dann hörte Brasch, wie die Tür geöffnet wurde. Anna Kröber kam, um nach ihrem Gefangenen zu sehen. Brasch hatte keine Ahnung, wie spät es war. Er spähte auf seine Armbanduhr, ohne etwas zu erkennen.

Für einen Moment hatte er die Hoffnung, dass Mehler oder Pia dort oben stehen und gleich seinen Namen rufen würden, doch nichts geschah. Kein Geräusch drang von der Tür. Er versuchte seine Sinne zu schärfen, die Sekunden vorauszuahnen. Nun stand Anna Kröber auf der Treppe, die Herrin über sein Leben und seinen Tod, und schaute herab. Argwöhnisch wanderten ihre Augen durch den Raum und suchten ihn, aber er war nicht zu sehen, nirgends eine Spur von ihm.

Als er den Blick hob, ohne sich zu bewegen, weil er fürchtete, dass jede noch so kleine Bewegung ihn verraten konnte, entdeckte er, dass all seine Mühen doch nicht vergeblich gewesen waren. Ein kleines Wunder hatte sich in der Finsternis ereignet. Die Plattform des Lastenaufzugs war ein Stück herabgesunken und schwebte eine gute Handbreit unter der Kellerdecke.

Nun endlich löste Anna Kröber sich aus ihrer Erstarrung. Laut sagte sie seinen Namen vor sich hin, während sie langsam die Treppe hinunterschritt. »Brasch«, rief sie. »Wo sind Sie? Kommen Sie heraus!« Ihre Stimme klang zaghaft und unsicher; sie ahnte, dass er noch da sein musste und nicht durch die Öffnung in der Kellerdecke geflohen war, doch war sie sich keineswegs sicher.

Brasch glaubte ihre Schritte zu hören; sie hatte die Treppe verlassen und bewegte sich langsam in den Raum hinein. Wenn sie sein Versteck fand, bevor er hervorspringen konnte, würde sie ihn mit einem gezielten Schuss erledigen. Vielleicht lag es an der Anspannung, aber es fiel ihm immer schwerer, still zu sitzen. Er atmete flach und abgehackt und blickte verstohlen in Richtung Tür.

Noch einmal rief Anna Kröber seinen Namen, aber die Zweifel in ihrer Stimme waren inzwischen beträchtlich gewachsen. Mittlerweile schien sie zu glauben, dass er tatsächlich aus ihrem Keller entkommen war. Brasch hörte ihren Atem, die Aufregung setzte ihr zu, und dann nahm er einen Schatten wahr, der sich zögernd über ihn legte.

Einen Moment später geriet die schwarze Pistole in sein Blickfeld. Anna Kröber trat an den Aufzug heran. Er sah einen grauen, unmodernen Frauenschuh, bleiche, unbehaarte Waden. Sie trug einen Rock, weil draußen, unbeschreiblich weit entfernt, Sommer war und die Sonne schien. Brasch hoffte, dass sie ihn noch nicht entdeckt hatte und ihre Vorsicht nicht ihm galt. Sie setzte auch ihren linken Fuß vor. Der Fahrstuhl schien ihre ganze Aufmerksamkeit in Anspruch zu nehmen. Er hörte wieder ihre Stimme, sie flüsterte unverständliche Worte, als könnte sie ihren eigenen Gedanken nicht trauen, sondern müsste sie aussprechen, damit sie begriff, was sie sah. Brasch sammelte sich, er versuchte in seinen Körper hineinzuhorchen, um herauszufinden, ob er sich überhaupt noch rühren konnte und nicht alles an ihm abgestorben war. Obwohl er den Blick gesenkt hatte, wusste er, dass Anna Kröber nun beinahe direkt vor ihm stand. Den Rücken hatte sie ihm zugekehrt, weil sie staunend, als wäre er ein echtes Meisterwerk der Technik, den Fahrstuhl anstarrte. Brasch hatte ein paar Sekunden Zeit, bis sie ihn entdecken würde, aber nicht mehr als drei, vier Atemzüge.

Mit einem Schrei hob er den Kopf und stürzte aus seinem Versteck hervor. Seine Beine gehorchten ihm nicht richtig, er wankte mehr, als dass er wirklich auf die Füße kam. Anna Kröber wandte sich hastig um. Schrecken und Ungläubigkeit lagen auf ihrem Greisengesicht. Sie brauchte einen Moment, um ihn in dem schwachen Licht zu fixieren, aber dann fuhr ihr Arm mit der Pistole auf ihn zu.

Brasch warf sich nach vorn, sein ganzer Körper war wie taub, als hätte er sich tagelang im tiefsten Koma befunden. Anna Kröber schoss; im selben Augenblick jedoch bekam er ihren rechten Arm zu fassen. Irgendwo hinter ihm schlug die Kugel in der Wand ein, er spürte lediglich einen heißen Feuerstrom, der an ihm vorbeistrich. Er riss ihren Arm herum, während er selbst endlich einigermaßen sicher auf beiden Beinen stand, und warf sie vor sich in den Sand. Anna Kröber mochte allenfalls fünfzig Kilogramm wiegen, ungelenk, wie eine alte Marionette, stürzte sie und schrie auf vor Wut. Brasch setzte ihr nach. Noch immer hielt sie die Pistole in der Hand. In einer hastigen Bewegung, die ihn fast wieder aus dem Gleichgewicht gebracht hätte, setzte er seinen rechten Fuß auf ihr Handgelenk. Er glaubte zu spüren, wie ihr Handknochen brach, aber zumindest ließ sie mit einem schrillen, furchtbaren Schrei die Waffe los. Dann legte er seinen linken Arm um ihren Kopf und zerrte ihn herum. So ähnlich hatte er auch ihren Sohn gepackt; nur kam es ihm vor, als wäre sein Körper seither um mindestens hundert Jahre gealtert.

Ihre grauen Augen schauten ihn an. Hass funkelte ihm entgegen und ein Schmerz, der nichts mit ihrer gebrochenen Hand zu tun hatte.

»Ich nehme Sie wegen zweifachen Mordes fest«, sagte Brasch, aber er sagte es lediglich in seinem Kopf. Er hörte seine Stimme nicht, nur ein paar heisere, trockene Laute drangen über seine Lippen.

»Sie verfluchter Scheißkerl!«, zischte Anna Kröber und spuckte aus.

Brasch nickte. Dann lächelte er, als hätte jemand ihm ein wunderschönes Kompliment gemacht.

Es war Viertel nach drei in der Nacht. Mehr als zwölf Stunden war Brasch in dem Lehmkeller eingesperrt gewesen. Er hatte keine Ahnung, ob Anna Kröber in den Keller gekommen war, um ihn zu töten. Beruhigungsmittel hatte sie jedenfalls nicht bei sich gehabt.

Nachdem er den Keller verlassen hatte, indem er sie mit der Waffe vor sich herschob, hatte er erst einen Liter Wasser trinken müssen, bevor er jemanden im Präsidium alarmieren konnte. Auch dann war er kaum fähig gewesen, sich verständlich zu machen. Schließlich hatte er Anna Kröber mit vorgehaltener Waffe zwingen müssen, dem Beamten am anderen Ende der Leitung ihre eigene Festnahme zu verkünden.

Wie ein Gespenst hockte Brasch auf einem Stuhl. Sechs uniformierte Polizisten hatten Anna Kröber in Gewahrsam genommen. Mit den Streifenwagen war auch ein Arzt erschienen, der ihr lädiertes Handgelenk untersuchte. Seltsam teilnahmslos beobachtete Brasch, wie sie mit hoch erhobenem Kopf aus der Tür schritt, als wüsste sie, dass da draußen eine Schar von Journalisten darauf wartete, ein besonderes Foto von ihr zu schießen. Als eine junge besorgte Polizistin auf ihn zutrat und ihm einen Becher Kaffee hinhielt, nahm er ihn dankbar an, ohne jedoch ein Wort zu sagen. Auch wenn der Kaffee ein wenig die Kälte vertrieb, die er in sich spürte, hatte er das Gefühl, dass sich die Dunkelheit um ihn noch immer nicht gelichtet hatte, als wäre ein Teil von ihm im Keller zurückgeblieben. Eine Taubheit lag auf ihm, die alles lediglich sehr gedämpft zu ihm dringen ließ: die Stimmen der ermittelnden Polizisten, die Geräusche, die sie verursachten, die Schmerzen in seiner Schulter und in seinen Händen.

Erst als Mehler und Pia auftauchten, begriff Brasch, dass er tatsächlich aus dem Fenster starrte und auf das Licht wartete, das irgendwann im Osten über dem Horizont aufsteigen musste. Zuerst las er Erschrecken in ihren Augen, dann pure Erleichterung.

Mehler versuchte es mit einem Scherz. »Du siehst aus, als hättest du ein paar Stunden in einem Kohlenkeller verbracht.«

Brasch nickte lächelnd. Seine Hände waren schwarz und mit Blut verschmiert; auch seine Jeans und sein Hemd waren vollkommen verdreckt. Ein Schornsteinfeger mochte nach getaner Arbeit nicht halb so schmutzig und ramponiert aussehen wie er.

»Wir haben dich überall gesucht.« Pia setzte sich neben ihn. »Nur hier nicht. Auf die Idee, dass du hier bei der alten Kröber sein könntest, sind wir nicht gekommen.«

»Es war Zufall«, sagte Brasch. Immerhin war seine Stimme zurückgekehrt. »Sie hat mich im Auto angerufen, weil sie angeblich ihre Pistole wiedergefunden hatte. Wahrscheinlich aber wollte sie herausfinden, was wir gegen ihren Sohn in der Hand hatten.«

»Du meinst, wir haben nun auch die Tatwaffe?«, fragte Pia.

Brasch schüttelte den Kopf. »Sie wird nicht vorgehabt haben, mir die Tatwaffe auszuhändigen. Aber irgendwo im Haus werden wir eine zweite Pistole finden, mit der Kröber getötet worden ist.«

Mehler hielt ihm sein Telefon hin. »Du solltest deiner Mutter sagen, dass mit dir alles in Ordnung ist. Sie hat mich fast jede Stunde angerufen und nach dir gefragt. Ich glaube nicht, dass sie in der Nacht auch nur ein Auge zugetan hat.«

»Was ist mit meinem Vater?«, fragte Brasch.

»Es war alles ein Irrtum. Er ist gar nicht aus dem Krankenhaus geflohen. Er hatte sich in einer Wäschekammer versteckt und war da eingeschlafen. In ein paar Stunden ...«, Mehler blickte auf seine Armbanduhr, »... um acht Uhr wird er operiert.«

Mühsam tippte Brasch mit seinen schmutzigen Händen die Nummer seiner Mutter in die Tastatur des Telefons. Er hörte, wie es irgendwo in der Eifel leise klingelte. Gleich würde sie an den Apparat kommen, und dann, als sie sich mit hoffnungsfroher Stimme meldete, sah er einen ersten, fahlen Lichtschimmer am Himmel.

EPILOG

Das »Lorenzo« war gut gefüllt. Nur am Nachbartisch saß ohne jede Begleitung eine blonde, stark geschminkte Frau. Sie blickte gelegentlich düster auf und schaute auf die Uhr, um aller Welt vorzuspielen, dass sie auf jemanden wartete, der sich über Gebühr verspätet hatte. Brasch lächelte sie an, doch sie erwiderte sein Lächeln nicht, im Gegenteil, ihre Miene wurde noch düsterer und missmutiger. Als er ihr mit seinem Cappuccino zuprostete, drehte sie sich ostentativ zur Seite. Britt Holgerson hätte anders reagiert, dachte er beinahe wehmütig. Zwei Tage, nachdem sie Anna Kröber verhaftet hatten, hatte er sie zum Bahnhof gebracht und in den Nachtzug nach Wien gesetzt. Zum Abschied hatte sie ihm ein Bild überreicht, das sie gezeichnet hatte. Er hatte sich gar nicht sofort erkannt. Ein dunkler, wortkarger Mann mit Bartstoppeln im Gesicht hatte ihn angeblickt. Seine Augen waren forschend, voller Argwohn, als würde hinter jeder Ecke eine Gefahr lauern. So wirkte er auf andere?, hatte er sich unwillkürlich gefragt, und, als hätte Britt seine Gedanken erraten, hatte sie ihn auf die Wange geküsst und gesagt, manchmal, wenn seine Augen sich über etwas amüsierten, sehe er viel freundlicher aus. Nach einem weiteren vorsichtigen Kuss war sie in den Zug gestiegen.

Ein Mann trat an den Nebentisch und wurde von der stark geschminkten Frau überschwänglich umarmt, dann warf sie Brasch einen triumphierenden Blick zu. Siehst du, ich bin gar nicht allein, riefen ihre Augen ihm zu. Unwillkürlich musste Brasch wieder lächeln. Seit er sich aus dem Lehmkeller befreit hatte, spürte er eine neue Heiterkeit in sich, nicht nur, weil sie zwei komplizierte Mordfälle gelöst hatten und sein Vater erfolgreich operiert worden war, sondern weil er etwas über Licht und Dunkelheit begriffen hatte. Konnte man sagen, dass es auch in tiefster Finsternis nie ganz dunkel war, solange man einen hellen Gedanken hatte?

Die Beweise gegen Anna Kröber waren erdrückend, auch wenn sie ihr auf dem Präsidium kein Geständnis entlocken konnten. Ausgerechnet im Arbeitszimmer ihres toten Ex-Mannes hatten sie versteckt hinter Manuskripten die Tatwaffe gefunden. Haar- und Faserspuren belegten zudem, dass Theresa Haas einige Zeit im Lehmkeller gefangen gewesen war. Dass Tom Kröber allerdings vom Mord an seinem Vater gewusst hatte und fähig gewesen wäre, den zweiten Mord zu verhindern, ließ sich nicht beweisen. Drei Stunden nach der Verhaftung seiner Mutter wurde er auf freien Fuß gesetzt. Als Brasch ihn am Abend anrief, war er jedoch schon wieder verschwunden. Vielleicht, weil er seinen Gläubigern entgehen wollte.

»Tut mir Leid, dass ich mich verspätet habe.« Leonie lief umständlich um den Tisch herum und legte ihm die Hand auf die Schulter, bevor sie sich setzte.

»Kein Problem«, entgegnete Brasch gleichmütig. »Heute habe ich mein Telefon abgestellt.«

»Du meinst, heute Abend kann uns niemand stören?« Leonie hatte ihre schwarzen Haare hochgebunden und trug ein schlichtes weißes Kleid. Sie war braun gebrannt und schien so erholt, als hätte sie einen vierwöchigen Urlaub in der Karibik hinter sich.

Brasch nickte. »Heute werde ich jedenfalls nicht zu einem Einsatz gerufen.«

»Ich habe dein Bild in der Zeitung gesehen; wie man die alte Frau abgeführt hat und du aus dem Haus gekommen bist.« Leonie furchte die Stirn und schaute ihn mit echter Besorgnis an. »Du hast Furcht erregend ausgesehen, als wärest du zu schwach, um dich allein auf den Beinen zu halten. Am liebsten hätte ich dich sofort angerufen, aber dann habe ich es nicht getan ...« Sie verstummte abrupt.

Brasch erwiderte ihren Blick. »Es geht schon wieder. Nur meine Schulter macht mir noch Schwierigkeiten. Zum Glück ist nichts gebrochen.«

Behutsam berührte Leonie seine Hände auf dem Tisch. Brasch bemerkte, dass die Frau vom Nebentisch ihm einen neugierigen Blick zuwarf, als fragte sie sich, was es mit Leonie und ihm auf sich hatte. Waren sie ein Paar vor oder nach der Liebe? »Wie hält man es so lange in einem stockdunklen Keller aus? Was hast du gemacht, damit du nicht durchdrehst?« Leonie beugte sich vor, als wollte sie eine besondere Geschichte hören.

Brasch trank einen Schluck Kaffee und räusperte sich. Ich habe an dich gedacht, wollte er ihr antworten, ich habe dein Gesicht in der Dunkelheit gesehen und das Ende unserer Liebe begriffen, doch bevor er das erste, schwierige Wort aussprechen konnte, sah er, wie Hedwig, Leonies jüngere Schwester, auf das »Lorenzo« zulief. Sie hatte einen dunkelhäutigen Mann mit Rastalocken im Schlepptau und winkte ihnen zu. Wie immer wenn sie frisch verliebt war, wirkte sie aufgedreht und voller Energie.

»Dürfen wir uns zu euch setzen, oder stören wir?« Hedwig küsste Brasch auf die Wange, während der Dunkelhäutige ihn an sich drückte, als wären sie alte Freunde.

Leonie schaute Brasch an und zuckte die Achseln.

»Nein«, sagte Brasch und unterdrückte ein Lachen, das nicht einmal Leonie verstanden hätte. »Ihr stört überhaupt nicht. Wir haben uns gerade gefragt, was wir mit diesem schönen Sommerabend anfangen sollen.«

DANKSAGUNG

Meinen Dank sage ich Joachim Jessen, Frauke Brodd und Claudia Negele – vor allem aber danke ich Michaela für ihre Geduld und Unterstützung.